中公文庫

四神の旗

馳　星周

中央公論新社

目次

登場人物系図

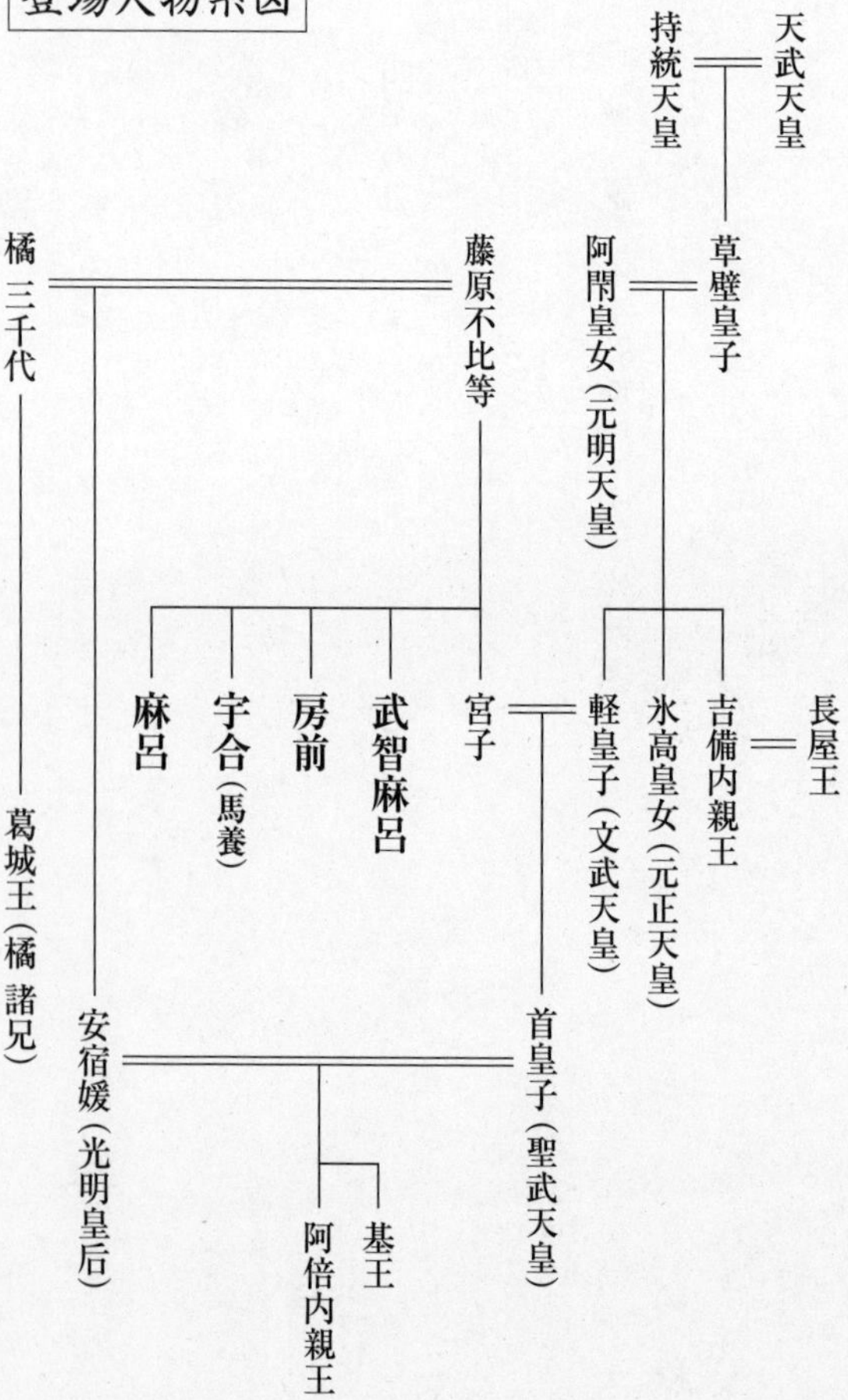
天武天皇
持統天皇
草壁皇子
阿閇皇女（元明天皇）
藤原不比等
橘三千代
長屋王
吉備内親王
氷高皇女（元正天皇）
軽皇子（文武天皇）
宮子
武智麻呂
房前
宇合（馬養）
麻呂
葛城王（橘諸兄）
首皇子（聖武天皇）
安宿媛（光明皇后）
基王
阿倍内親王

四神の旗

序

父、不比等《ふひと》への誄《しのびごと》を聞きながら、藤原麻呂《ふじわらのまろ》の心は幼き日へと飛んでいた。

麻呂は不比等の傍らに座っている。不比等は上機嫌に微笑《ほほえ》んでいた。不比等のそんな笑顔を見るのはまれだった。

「見るがよい、麻呂よ」

不比等が言った。不比等の視線の先では首皇子《おびとのみこ》と安宿媛《あすかべひめ》が戯れている。妹の安宿媛は首皇子と同い年。ふたりはたいそう仲がよかった。

「はい、父上」

麻呂は答えた。不比等のそばにいると、いつも心が堅くなる。

麻呂は不比等が怖かった。

「あの仲睦《なかむつ》まじい様が、いつまでも続けばと吾《われ》は思っているのだ」

不比等が言った。麻呂はただうなずいた。

「いずれ、首様は天皇になられる。そして、安宿媛は皇后になるのだ」

「しかし、父上。安宿媛は我らが藤原の娘。天皇の血が流れておらぬ者は皇后にはなれませぬ」

麻呂は恐れながら口を開いた。

「それはただのしきたりだ。しきたりは、いずれ新たなしきたりに取って代わられる。吾がやっているのは、そのための準備ぞ、麻呂よ」

「準備ですか」

「そなたたち兄弟にそれぞれ家を持たせるのも、そのひとつだ。今のしきたりでは、参議として政《まつりごと》に与《くみ》することができるのはひとつの家門にひとりだけ。しかし、いずれ、そなたたち兄弟すべてが政の中心に立つようになるであろう。それが新しいしきたりだ」

麻呂は再びうなずいた。

「そなたたち兄弟が政を動かすのであれば、安宿媛が皇后になることもたやすい。そして、藤原の娘が皇后になるという新しいしきたりをそなたたちが作るのだ」

「そのようなことができますでしょうか」

「できるとも」

不比等は居住まいを正した。

「首様が玉座に就かれるとき、大極殿《だいごくでん》の南には四神の旗が立てられる。四神とはすなわち、そなたら兄弟だ。青龍《せいりょう》、白虎《びゃっこ》、朱雀《すざく》、玄武《げんぶ》。そなたたち兄弟が力を合わせ、藤原のための新しきしきたりを作るのだ」

「武智麻呂《むちまろ》兄上や房前《ふささき》兄上ならそれもできましょう。宇合《うまかい》兄上もです。しかし、わたしなどにそのようなことができるとはとても思えません」

麻呂は言った。上の三人の兄とは母も違う。自分があの三人の力になる日が来るとは到底思えなかった。

「武智麻呂も房前も宇合も、吾の息子ではあるが、吾ではない」

不比等が言った。その目は、変わらず首皇子と安宿媛を見据えている。

「武智麻呂も房前も、ひとりではなにもできまい。なにかをやろうとしても、長屋王《ながやのおう》がそれを阻むであろう。だが、四人が力を合わせれば、長屋王とて敵ではない――」

長屋王の名で麻呂は我に返った。誄を読み上げているのはその長屋王である。

麻呂は右に目をやった。麻呂の隣から順に、宇合、房前、武智麻呂が座っている。

武智麻呂の顔には表情というものがなかった。房前は悲しみを押し殺している。宇合の顔は摑み所がなかった。

「父上、それにしても早すぎます」

麻呂は兄たちから顔を背け、そっと独りごちた。

＊＊＊

「不比等が死んだ」

太上天皇《だいじょうてんのう》が言った。

「死にましたね」

天皇が言った。

橘《たちばなの》三千代《みちよ》は頭を下げた。

「そなたも辛かろう」

「ありがたきお言葉に存じます、阿閇《あへ》様」

三千代は太上天皇に言った。

「葬儀は大変であったろう」

「不比等の息子たちがすべて取り仕切ってくれましたゆえ、わたくしはなにもしておりませぬ、氷高《ひだか》様」

「そうか」

天皇は冷めた声を出した。不比等のことが好きではなかったのだ。

「入道すると耳にしたが」

太上天皇の顔が曇った。

「はい。そのつもりでおりまする」

三千代は長い時を代々の天皇のそばで過ごしてきた。県犬養《あがたのいぬかい》の一族の期待を一身に背負い、後ろを振り返ることなく歩き続けてきたのだ。不比等が死んだ今、体にも心にも澱《おり》のような疲れが溜《た》まっている。

「不比等が死に、そなたが宮からいなくなったら、我らはどうすればよいのだ」

「不比等の息子たちがおりまする。彼らを頼りにされてはいかがでしょう」

「それはならぬ」

天皇が眉《まゆ》を吊り上げた。

「これ、氷高」

「母上、軽《かる》と首のためにあの者が力を尽くしてくれたことは知っております。そのために、我ら親子は座りたくもない玉座に座らされ、あの者の思うがままに政を進めさせてきました。わたしはもう、嫌なのでございます」

太上天皇の顔は曇ったままだった。若くして身罷《みまか》られた文武《もんむ》天皇に思いを馳《は》せているのかもしれない。

「ならばどうするというのだ。我らだけで政をするというのか？」

「長屋王に任せてはと思っております。あの者は不比等やその息子らとは違って我らの血縁。自らのためではなく、我らと首のために死に物狂いで働きましょう」

「長屋王だけを取り立てれば、他の者どもが黙ってはおるまい。それに、不比等の息子たちは三千代の血縁でもあるのだぞ」

　太上天皇が視線を投げかけてきた。三千代は再び頭を下げた。

「三千代の血縁といえるのは安宿媛だけにございますよ、母上」

「房前は三千代の娘婿《むすめむこ》ぞ」

「そうである前に不比等の息子にございます」

　天皇は苦々しげに言った。

「三千代に失礼であろう。夫を亡くしたばかりなのだぞ」

「すまなかったな、三千代。しかし、これがわたしの本心なのだ。藤原の者たちを政から遠ざけたい」

「ありがたきお言葉。されど、氷高様の御心《みこころ》をおかなえするには時間が必要かと存じます」

「時間だと？」

　三千代はうなずいた。

「不比等は朝堂に己の力を蜘蛛《くも》の巣のように張り巡らせておりました。不比等によって引き立てられた者たちは、不比等に忠誠を誓っておりましょう。その忠誠は武智麻呂たちにも向けられております。氷高様が長屋王様に政を託したくても、それに異を唱える者どもがあちこちから現れましょう」

「なんと無礼な」

「おゆるしくださいませ。されど、それが今の朝堂なのでございます。不比等の力はそれほどまでに大きくございました」

「では、どうせよと申すのだ」

「長屋王様と同様に武智麻呂たちも取り立てておやりになるのです。そうしながら、武智麻呂たち兄弟の間にひびを入れてやれば……いずれ、あの者たちは自ら瓦解していくでしょう」

「その手立てはあるのか？」

太上天皇が身を乗り出してきた。

「わたくしに考えがございます」

「しかし、そなたは不比等の妻ではないか。それでかまわぬのか」

太上天皇の言葉に、三千代は微笑んだ。

「わたくしの望みは、天皇となられた首様の傍らに、常に安宿媛がおることにございます」

安宿媛が天皇の后になれば、三千代が美努王《みぬおう》との間にもうけた息子たちも引き立てられるだろう。県犬養の者どもの前に道が開ける。

そのためにも、武智麻呂や房前の力を少しでも削いでおかなければならない。

最後にもう一働きする必要があった。

「そなたの考えを申してみよ」

天皇が言った。三千代はもう一度頭を下げた。

一

太上天皇の御寝所へと向かう廊下を、藤原房前は長屋王と肩を並べて歩いていた。

「阿閇様のお体の具合はどうなのでしょう」

房前は長屋王に問うた。

「あまり芳《かんば》しくないと聞いております」

長屋王が答えた。

「氷高様だけでは心許《こころもと》ない。首様が玉座に就かれるその時まで、阿閇様には無事でいてもらわねば」

「天意には逆らえませんぞ、房前殿」

長屋王は涼しい顔をしている。いつもそうなのだ。どんな時でも動ぜず、泰然としている。

あのお方は吾に倣《なら》ったのだ――生前、不比等は長屋王を指してそう言ったことがある。房前は己の感情を殺すことが苦手だった。その意味では不比等には似ていない。似ているのは長兄の武智麻呂。そして、不比等の婿であるこの長屋王だった。

御寝所に着くと、女官が戸を開けた。

「入るがよい」

奥から太上天皇の弱々しい声が流れてきた。房前は長屋王と顔を見合わせ、御寝所に足を踏み入れた。

「失礼いたします」

太上天皇は床に伏せっていた。房前は鼻をうごめかせた。部屋に立ちこめている匂いに覚えがある。不比等が病に倒れたときに立ちこめていた香りと同じだ。人を死へと誘《いざな》う、枯《か》れたもの悲しい香りだった。

「近うよれ」

太上天皇は女官の手を借りて体を起こした。白い衣に包まれた体は細い。太上天皇は見る影もなくやつれていた。

「お体の方はいかがなのですか」

房前は挨拶《あいさつ》をすませてから訊いた。

「もう長くはないのであろう」

「そのような――」

「よいのだ、房前。わたしは十分に生きた。今死んだとしても、天を呪《のろ》おうとは思わぬ」

「阿閇様――」

言葉を続けようとする房前を、隣の長屋王が諌《いさ》めた。

「天を呪いはせぬが、ひとつだけ、心残りがある」

太上天皇は口を閉じ、房前と長屋王を見つめた。

「首様のことでございますね」

長屋王が言った。

「首はまだ幼い。氷高はあの通りだ。不比等はすでになく、わたしがいなくなった後のことを考えると空恐ろしい」

太上天皇は溜息を漏らした。

「長生きなされればよいのです」房前は言った。「首様のためにも、病を治して生きるのです」

「もう長くはないと申したであろう、房前よ」

房前は太上天皇の言葉に頭《こうべ》を垂れた。

「なぜわたしどもをお呼びになられたのですか」

長屋王が口を開いた。

「そなたたちに首を託したいのだ」

房前は長屋王と顔を見合わせた。

「長屋王はすでに右大臣である。朝堂を率い、よき政を行っていくであろう」

「もったいなきお言葉」

長屋王が頭を下げた。

「房前よ、わたしはそなたを内臣《うちつおみ》に任じようと思うておる。長屋王は政に忙しいゆえ、そなたが、内臣として氷高と首に寄り添うのだ」

「わたしはまだ若輩者。そのようなお役目なら、我が兄武智麻呂こそ相応《ふさわ》しいかと。武智麻呂は首様の養育にも関わっておりましたゆえ——」

「そなたでなければならぬのだ、房前」

太上天皇の声が房前の言葉を遮った。

「藤原の氏上《うじのかみ》である武智麻呂を内臣に任ずれば、藤原に不満のある者たちが反発しよう。すでに、武智麻呂は中納言《ちゅうなごん》。そなたも政に参議している。藤原の氏からふたりも議政官が出ておるのだ。中納言である武智麻呂が内臣にもなるとなれば——」

太上天皇は言葉を切った。

「不比等殿がそなたたち兄弟にそれぞれ家を持たせたのには意味がある」

長屋王が言った。

「いずれ、宇合殿も麻呂殿も議政官に任ぜられるだろう。それに表だって口出しする者もおるまい。しかし、だからといって、中納言と内臣をひとりの身で兼ねるというのは無理がある」

房前はうなずいた。

「右大臣長屋王と共に、内臣として首を支えるのだ、房前。死にゆく者の願いを、どうか、聞き入れてはくれまいか」

「もったいなきお言葉に存じます。臣、藤原房前、阿閇様のお言葉に従い、首様に忠誠を誓いまする」

「よう言うてくれた、房前。これで安心して死ぬことができる」

白かった太上天皇の顔に、かすかに朱《しゅ》が差した。心の底から首皇子の将来を案じているのだ。

「長屋王、そなたにも頼むぞ」

「はい。天皇の血を引く者として、この身を阿閇様、氷高様、首様に捧げます」

長屋王は相変わらず涼やかな顔をしていた。

＊＊＊

「これでよかったのか」

三千代が奥の部屋から御寝所に移ると、太上天皇が言った。咳《せき》が絶えず、女官が背中をさすっている。

三千代は女官に替わり、太上天皇の背中を優しくさすった。

「はい。見事でございました」

「しかし、房前はどうするであろう。あれも不比等の息子だ」

「それも太上天皇ともあろうお方が、死を前にして自分をたぶらかすとは、房前は思いもしませんでしょう。あれは、真っ直ぐな人間なのです。これが武智麻呂なら、太上天皇様のお言葉といえども素直には受け止めないでしょうが」

「少し、心が痛むのだ、三千代。房前は曇りひとつない目でわたしを見つめてくるのだ」

「それが房前のよいところです。不比等が武智麻呂より先に参議に引き上げたのは、房前のそうしたところが不安だったからに違いありませぬ」

太上天皇の咳が治まった。三千代は背中をさするのをやめ、肩を揉《も》んだ。

「そなたに肩を揉まれると、凝りがいつの間にか消えていく。本当に入道してしまうのか」

「はい。入道して、阿閇様のために経典を唱える日々を送るつもりにございます」

「寂しくなる」

「時は流れるのです、阿閇様」

太上天皇がうなずいた。

「武智麻呂はどう出るかの」

「すでに、房前が内臣に任じられたことはあの者の耳に入っておりましょう」

「我らの企みに気づくか」

三千代はうなずいた。

「あの者は、不比等の血をだれよりも濃く受け継いでおりますゆえ」

「長屋王は武智麻呂を抑えられるか」

三千代はまたうなずいた。

「長屋王様もまた、不比等を間近で見ておりました。聡明さでも、政を行う力でも、武智麻呂にひけはとりません。あのお方には、武智麻呂にはない強みもありますし」

「強みとはなんだ」

「その体に流れる高貴な血でございます。天皇に連なるお方々は、みな、長屋王様のもとに集うことでしょう」

「もうよい、三千代。わたしは疲れた。しばし眠る」

「はい。わたくしはこれで失礼いたします」

「入道しても、折を見ては顔を出しておくれ」

「そういたします」

三千代は太上天皇に深く頭を下げ、御寝所を離れた。

廊下に長屋王がいた。

「やはり、三千代殿のお知恵でしたか」

「なんのお話でございましょうか」

長屋王が笑った。

「わたしは不比等殿が奪っていった皇親の力を取り戻そうと思っております」

三千代は一礼し、長屋王の傍らを通り抜けた。

「お力添えいただけるのであれば、わたしは生涯、県犬養の一族のことを忘れはしないでしょう」

三千代は唇を噛んだ。長屋王も考え違いをしている。この国を統《す》べるのは皇親でも貴族でもない。

天皇だ。

その天皇を陰に日向に支える安宿媛こそ、県犬養の一族にとっての光だった。

不比等によって、藤原の一族は比類なき家門となった。

死した不比等は太政大臣《だいじょうだいじん》を贈られたのだ。武智麻呂や房前はもちろん、彼らの子孫はみな、他の家門の者たちより上位の階位で朝堂に上がり、だれよりも早く出世する。

藤原の牙城が崩れることはそうはあるまい。だが、県犬養は力のない豪族に過ぎない。元明《げんめい》天皇から姓を賜ったとはいえ、橘という家門もまだ成立していない。

不比等とともに苦難の道を歩んできたのは、県犬養の期待を背負っていたからでもある。

不比等の死は辛く、悲しいが、幸い、武智麻呂も房前も宇合もまだ若い。麻呂に至ってはほんの子供といってもよい。

上の三兄弟が本当の力をつける前に、できる限りの手を打っておかねばならない。

三千代は力強い足取りで廊下を進んだ。

＊＊＊

「兄上、聞きましたか」

宇合が部屋に入ってきた。武智麻呂は筆を置いた。目の前の紙には書きかけの詩《うた》が連ねられている。

「なにをだ」

「太上天皇様が房前兄上と長屋王を呼びつけたとか」

宇合にしては珍しく、顔を上気させていた。

「知っている」

武智麻呂は答えた。

「太上天皇様が房前兄上を内臣に任じられたというではありませんか」

「それも聞いている」

「そのように泰然としていていいのですか、兄上。兄上は父上の跡継ぎ。藤原の氏上ですぞ。それなのに、先に政に参議したのは房前兄上。兄上もようやく中納言に任ぜられましたが、その兄上を差し置いて、房前兄上が内臣まで兼ねるとは……太上天皇様も天皇様も兄上のことを軽んじておるのです」

「仕方ないではないか。房前もなかなかの男だ。わたしは中納言になったばかりだが、房前は父と共に朝堂に上がり、政を論じていた」

「三千代殿の娘を娶《めと》ったからに過ぎません。三千代殿が太上天皇様たちに要らぬことを吹き込んでいるのです」

「三千代殿は我らの血縁だ。安宿媛は三千代殿の娘でもある。おまえは安宿媛を嫌っているのか」

「そうではありません。しかし、こたびのこの仕打ちはあまりに酷《むご》すぎます」

「わたしは気にしておらんのだ。おまえも気にするな」

「兄上」

話せば話すほど、宇合の怒りは増していくようだった。武智麻呂は溜息を漏らした。

「長屋王様も一緒だったのだ。おまえにはその意味がわからぬか」

　宇合が息を呑んだ。

「三千代殿なのか、それとも太上天皇様か天皇様の意思なのかはわからぬ。だが、確かなことは、あのお方々が我らの力を削ごうとしているということではないか」

「兄上――」

「房前は実直な男だ。長屋王様共々、天皇のために力を尽くせと命じられたら、藤原より、太上天皇様のお言葉を重んじるだろう。太上天皇様はそこまでお見通しなのだ」

「ならばなおさら――」

「わたしは房前が好きなのだ、宇合。おまえのこと同様、大切な弟だと思うておる。だから、房前を苦しめたくない」

　宇合が口を閉じた。宇合も房前の性格をよく知っている。

「わたしとて、房前兄上のことは好きです。しかし、藤原の栄華は父上が築き上げたものです。それを思うと歯痒《はがゆ》いのです。我らがもう少し早く生まれておれば、このような事態にはならなかったものを」

「それは考えても仕方のないことではないか。確かに、父上にはもっと長く生きていてほしかった。だが、もう父上はいない。それが天意と心得て、我ら兄弟で父上の築いたものを守っていかねばならん」

「だというのに、房前兄上は――」

「また房前の話に戻るのか」

武智麻呂は宇合を睨《にら》んだ。宇合が怯《ひる》んだ。

「わたしとて、無為に日々を送っているわけではない。朝堂には父上に恩義を感じている者たちが大勢いるのだ。そうたやすく太上天皇様たちの意のままにはならぬ」

「兄上を信じていないわけではないのです」

「余計なことを考える暇があったら、自分の足下を固めることに専念するがいい。いずれ、そなたも政に加わることになるのだ」

「そういたします」

宇合が出ていった。

武智麻呂は書きかけの詩に目をやった。宇合が来る前に頭に浮かんでいた言葉はどこかに消え去っていた。

＊＊＊

安宿媛は机に向かい、筆を忙しく動かしていた。不比等が好んで使っていた部屋である。

房前は背後からそっと近づき、紙を覗《のぞ》きこんだ。

安宿媛が書き写しているのは経だった。

「安宿媛様は偉いですな」

房前が声を発すると、安宿媛の筆が乱れた。

「驚くではありませんか、兄上」

安宿媛は眦《まなじり》を吊り上げた。

「申し訳ない。驚かせるつもりはなかったのです」

「ここは宮ではありません。堅苦しい言葉遣いはおやめくださいませ」

「いずれ、首様の跡継ぎをお産みになるお方に敬意を表しているのです。阿倍《あべ》様はどちらに」

房前は安宿媛が首皇子との間にもうけた皇女《ひめみこ》の名を口にした。

「乳母《めのと》が世話を焼いております」

「首様のおそばにおられなくてもよろしいのですか」

「宮にこもっていると時折、息が詰まりそうになるのです。わたしは宮より、この家が好きです」

安宿媛は朗らかに言った。不比等の死後、この屋敷を受け継いだのは安宿媛だった。武智麻呂をはじめとする息子たちはすでに自らの家を構えていたからだ。

東宮から首皇子がやって来るときを除けば、写経に没頭しているらしい。

「兄上こそどうしてここに」

「たまたま近くを通りかかったら、安宿媛様がおいでだと耳にしたのです。久しぶりに妹の顔が見たくなりました」

「嘘ばっかり。聞きましたよ。内臣に任ぜられたこと。そのことで話があるのでしょう」

房前は苦笑した。この聡明な妹の前では隠し事など通用しない。

「太上天皇様の御命により、臣、藤原房前、首様と安宿媛様をお支えすることになりました」

安宿媛が笑った。

「相変わらずですね、兄上は」

「おふたりにこの身を捧げる所存です」

房前は頭を下げた。

「先日、母のもとを訪ねたところ、麻呂兄上がおられました」

「麻呂が三千代殿のところに」

「はい。兄上が内臣に任ぜられたいきさつを知りたかったようでございます。母上ならなにか知っているのではないかと」

「それで、三千代殿はなんと申したのだ」

「母はなにも知らないそうです。入道して宮から離れる身、政にはもう関わりたくはないとおっしゃっておりました」

房前はうなずいた。安宿媛の言うとおり、三千代は入道の支度をはじめている。おそらく、太上天皇が身罷られたら入道するつもりだろう。持統《じとう》天皇をはじめとして、代々の天皇に仕え、信頼されてきた。不比等でさえ、あの女人《にょにん》には心を開いたのだ。

だが、その女傑《じょけつ》も不比等を失い、急速に年老いている。表舞台から去りたくなるのも理解はできた。

「麻呂兄上は、宇合兄上が怒っていると申しておりました」

「宇合が」

安宿媛がうなずいた。

「長兄である武智麻呂兄上を差し置いて、房前兄上が内臣になるのはけしからんと」

「そうか」

房前は拳を握りしめた。宇合は普段はそのような物言いをする男ではない。その宇合が不満を口にするということは、もっと多くの者が房前の内臣就任に不満を抱いているということだ。

「武智麻呂兄上はどう思うているのだろうな」

「麻呂兄上によると、武智麻呂兄上は泰然としているそうです。房前兄上なら相応《ふさわ》しいとおっしゃっていたそうですよ。武智麻呂兄上らしいですわ」

「さようですか」

房前は拳を握っていた手を開いた。幼い頃から武智麻呂の腹の内を読めた例《ためし》がなかった。

「首様はお健やかですか」

房前は話を変えた。

「ええ。とてもお健やかです。日々、学問に勤《いそ》しんでおいでです。この家で暮らしていた頃は、武智麻呂兄上を嫌っていたのに、今では武智麻呂兄上のおかげで学問がはかどるとおっしゃって」

幼き日の首皇子の教育を受け持っていたのは武智麻呂である。遊びたい盛りの首皇子に、忍耐強く接していた。

「近々、拝謁に伺うつもりです。その旨、首様にお伝えください」

「わかりました。首様は兄上のことを信頼なさっておいでですから」

「ありがたきお言葉です」

「わたしに対する言葉遣いを改めないと、房前兄上は内臣には相応しくないと首様に言いますよ」

「安宿媛」

房前が困惑すると、安宿媛は嬉しそうに笑った。

＊　＊　＊

舎人《とねり》親王《しんのう》と新田部《にいたべ》親王《しんのう》は、庭に目を瞠《みは》った。

「話には聞いていたが、これほどまでとは……」

舎人親王が言葉を漏らした。長屋王は薄く笑った。

貴族たちを集めて漢詩の詠み比べをしたり、新羅《しらぎ》からの使者を招くために佐保《さほ》にこしらえた別邸は凝った造りになっている。皇親とはいえ、このような屋敷を目にしたことはないはずだ。

「舎人様、新田部様、こちらへどうぞ。この部屋からでも庭は眺められます。外の風に当たると体に障《さわ》りますゆえ」

長屋王はふたりを部屋に招いた。百済《くだら》から来た匠《たくみ》に造らせた部屋は庭に劣らぬ華美をたたえている。

「しかし、素晴らしい邸《やしき》だな、長屋王」

舎人親王が腰を下ろしながら言った。

「ありがたきお言葉です」

「わたしも言葉を失った」

新田部親王は舎人親王の隣に座った。

「新羅の使者が持ってきた干した果物はいかがですかな」

長屋王が言うと、侍女たちが果物を運んできた。ふたりは果物をつまみ、呻くように吐《と》息《いき》を漏らした。

「それで、こたびは我々にどんな用があるのかな。このような振る舞いをされては、腰が引けてくる」

舎人親王が長屋王の顔を覗きこんできた。長屋王はその視線を受け止めた。

「舎人様と新田部様にお願いの儀がございます」

「さて、なんであろう」

新田部親王が首を傾げた。

「奪われたものを取り戻したくはありませんか」

「奪われたもの」

舎人親王と新田部親王が顔を見合わせた。

「はい。藤原不比等に奪われたもの、我らが皇親の力と権威です」

「右大臣殿が我らからそれを奪ったと申すのか」

「ご存じのはずです」

舎人親王は知太政官事《ちだいじょうかんじ》、新田部親王は知五衛及授刀舎人事《ちごえいおよびじゅとうとねりじ》として、政と軍事の長を務めている。だが、それは名ばかりだ。どちらも不比等がその位に就けた。不比等が死してなお、不比等の息子たちの顔色をうかがっている。

「そなたも存じておろうが、我らふたりは右大臣殿に恩義を受けた」

「それは違いましょう。もともと、知太政官事も知五衛及授刀舎人事も、天皇が任命なさるもの。不比等殿にはいささかの関係もなきこと」

「しかし……」

新田部親王が顔をしかめた。長屋王は身を乗り出した。

「これは、氷高様のご意向なのです」

「氷高様がそのようなことをおっしゃったと申すのか」

長屋王はうなずいた。長屋王の妻、吉備内親王《きびのないしんのう》は天皇の妹だった。その縁で、天皇は玉座に就く前は長屋王の邸によく出入りしていた。

天皇の言葉として長屋王が口にすれば、それを疑う者はいなかった。

「氷高様は不比等殿のことを嫌っておりました。それはおふたかたもご存じのはず」

ふたりは渋々といった体《てい》でうなずいた。

「不比等殿が死んだ今、息子たちが力をつける前になんとかせよというのが氷高様のお考えにございます」

長屋王は言葉を切り、ふたりの表情をうかがった。どちらの顔も強ばっていた。

「知太政官事といっても、議政官《ぎせいかん》たちが舎人様のお言葉に素直に耳を貸しますか」

「それは——」

「新田部様の命を衛士《えじ》たちが直接耳にすることはありますか」

新田部親王はまた顔をしかめた。どちらもその地位が飾りに過ぎないということは承知しているのだ。

「政を主導したくはありませぬか。皇親として、この国を正したいとは思いませぬか」

「そのようなことができるのか」

舎人親王が口を開いた。

「できますとも。おふたかたが力を貸してくれさえすれば。我々三人で、太政官を主導するのです。さすれば、臣下たちも昔のように天皇とその眷属《けんぞく》にひれ伏すことでしょう」

「不比等に奪われたものを取り戻す、か」

新田部親王が腕を組んだ。

「軽様はもちろん——」長屋王は文武天皇の名を口にした。「阿閇様も氷高様も、不比等殿の言いなりにございました。天皇の権威がないがしろにされたのです。わたしは、あの方々を見ていると、悲しさと苦しさで胸が潰れそうになります。それは舎人様も新田部様も同じではありませんか。なんとなれば、わたしの父とおふたりは大海人《おおあま》様の御子。尊く誇り高い血筋なのです」

天武《てんむ》天皇の名を耳にすると、ふたりの背筋が伸びた。世が世であれば、どちらかが玉座に就いてもおかしくはなかったのだ。それを阻んだのは持統天皇と不比等だった。持統天皇は掟《おきて》を曲げ、古きしきたりをうち捨ててまで、自らの息子、草壁皇子《くさかべのみこ》を玉座に就かせようとし、草壁皇子が若くして死ぬと、孫である軽皇子に望みを託した。

持統天皇の心を利用したのが藤原不比等だ。持統天皇の信用を得、その意を汲み取りながら己の野望を果たしていった。

結果、天皇と皇親の権威は失墜し、藤原の者たちがまるで天皇と皇親であるかのように振る舞いはじめたのだ。

「我ら三人が手を結べば、武智麻呂や房前、宇合といえどもひれ伏させることができましょうぞ」

「しかし、房前は内臣に任ぜられたではないか。阿閇様はあの者を信頼しておられるのだろう」

新田部親王が言った。長屋王は微笑んだ。

「あれは藤原の兄弟たちの間に楔《くさび》を打ち込んだに過ぎません。内臣という位を与えながら、その力を奪う。内臣は議政官ではないのです。房前はもはや、政を論じることはありますまい」

「ならば、武智麻呂は議政官に任ぜられて日が浅い。宇合や麻呂に至っては、朝堂に上がるのはまだ先のこと」

舎人親王が目をぎょろりと動かした。

「我々が政を主導するなら、宇合や麻呂が議政官になることはありますまい。議政官はひとつの家にひとりのみ。不比等が足蹴《あしげ》にしたしきたりを復活させればよいのです」

「敵は武智麻呂ひとりか」

「左様にございます」

「橘三千代はどうなのだ。あの女人は手強《てごわ》いぞ」

「三千代も藤原に背を向けまする。あの女には不比等あっての藤原だったのです。不比等亡き今、三千代の思いは安宿媛ひとりに向けられておりましょう」

「このことは、阿閇様もご存じなのだな」

新田部親王が言った。長屋王は深くうなずいた。

「阿閇様と氷高様は仲睦まじい親子にございます」

「よかろう。長屋王、そなたの願い、聞き入れよう。互いに力を合わせ、不比等に奪われたものを取り戻すのだ」

舎人親王の目に光が宿った。

「わたしも力を貸そう。父、大海人の血筋とその眷属が政を論じるべきだ。大臣だ大納言《だいなごん》だと申しても、いずれも天皇の臣下に過ぎぬではないか」

新田部親王が拳を握った。

長屋王は静かに頭を下げた。

＊　＊　＊

不比等の邸は静かだった。家の者たちが穏やかな顔つきで仕事に勤しんでいる。安宿媛が訪れることのないときはいつもこうなのだ。

宇合は、かつて、自分が暮らしていた部屋に足を踏み入れた。

部屋は綺麗《きれい》に片付けられ、がらんとしていた。

ここで寝起きし、ここで学問に勤しんだ。教授役を務めてくれたのは武智麻呂と房前だ。

武智麻呂は優しく、房前は厳しかった。性格も行いも対照的なふたりの兄のことが好きだった。

しかし、それも遠い昔の想い出だ。

「兄上、こちらですか」

声と共に廊下を進んでくる足音がした。宇合は相変わらず子供じみた歩き方だと苦笑した。

末っ子であるせいか、麻呂はいつまで経っても幼いままだ。

「おまえも来ていたのか」

宇合は姿を見せた麻呂に声をかけた。

「ええ。なんだか、昔が懐かしくて。まだ、父上がいないのだとは信じられません」

「父上は死んだのだ」宇合は言った。「三千代殿もいずれ入道なさる。これからは、己の力だけを恃《たの》んで生きていかねばならん」

「それは承知しているのですが」

麻呂の顔が曇った。庇護者《ひごしゃ》を失って途方に暮れているのだ。

「ならよい」

宇合は再び視線を部屋の中にさまよわせた。

「長屋王が佐保の邸に舎人親王と新田部親王を招いたそうです」

麻呂が言った。麻呂は昔から宮中の出来事に通じていた。舎人や女官たちを手なずけているからだ。

「ほう」

宇合は目を麻呂に転じた。

「長屋王は、皇親が主導する政を復活させようとしているのではありませんか」

「そうであろうな」

「あの者の好きにさせておくのですか」

「武智麻呂兄上や房前兄上ならともかく、今のわたしにはなんの力もない。長屋王を止めたくても手立てがないのだ」

「なにか手段を講じるよう、兄上から武智麻呂兄上に言ってください。わたしの言葉には耳を貸してくれないのです」

麻呂は幼子が駄々をこねるように身をくねらせた。

「わたしの言葉にだって耳を貸そうとはしないだろう」

「兄上、このままでは、朝堂にわたしたちの席がなくなります。武智麻呂兄上や房前兄上はすでに座を手に入れていますが、わたしたちはこれからなのですよ」

「焦ったところでなにも変わらんぞ、麻呂。すでに、藤原は議政官をふたり、出している。その上、わたしとおまえもということになれば、いかに藤原を恐れる者たちといえども黙ってはいないだろう。その時が来るのを待つしかないのだ」

「長屋王の企み通りに行けば、その時などやってきません。武智麻呂兄上と房前兄上の子孫だけが栄え、我らは傍流《ぼうりゅう》となって忘れられていくのですよ。こんなことなら、家を分けるのではなかった。そう思いませんか」

「思わぬ」

宇合は吐き捨てるように言った。藤原の世を造るためには、朝堂に一族の者を多く送り込まねばならない。そのために、不比等は息子たちに家を構えさせたのだ。

政の場に藤原の者が増えれば増えるほど、あらゆることが容易になっていく。

不比等の考えに間違いはない。

ただ、死ぬのが少しばかり早すぎただけだ。

「兄上は政の場で思う存分腕を振るってみたくはないのですか」

麻呂の言葉に宇合は俯《うつむ》いた。

武智麻呂や房前と政について論じると、いつも苛立《いらだ》ちを覚えるのは確かだった。

ふたりの兄はこの国のことしか知らない。半島や大陸のことは書物で読むか人づてに聞いたことしかない。

宇合は遣唐使として唐に渡った。そこで見聞したものは今でも色褪せることがない。

あの国は強大で多様だった。いろいろな国の者たちが入り乱れ、国を育み、強くしている。

この国もそうあるべきだ。もっと遠い未来に思いを馳せるべきだ。

そう訴えても、武智麻呂や房前には通じない。いや、ふたりの兄だけではない。朝堂で政を論じる立場にある者たちの多くがなにもわかってはいないのだ。

話が通じるのは、同じく唐に渡ったことのある者たちだけだ。そして、彼らは政を論じる立場にない。

もどかしい。もどかしすぎて気が狂いそうになるときすらある。

自分の思う国を造りたいのなら、政を主導しなければならない。第一歩は議政官になることだ。参議からはじめ、中納言、大納言、右大臣、左大臣。そうなってはじめて、理想を口にすることができるようになる。

早く議政官になりたいのは麻呂と同じだ。だが、焦ってはならぬこともわかっている。

「長屋王の企みが頓挫《とんざ》して、いずれ、わたしたちが議政官になる日が来るやもしれません。しかし、兄上、そのときには武智麻呂兄上や房前兄上はずっと先を歩んでいるのですよ。早く議政官にならなければ、わたしたちは兄上たちに永遠に追いつけません」

麻呂は唇を噛んだ。

「それはどうかな」

宇合は言った。

「どういう意味ですか、兄上」

「わたしには唐で得た知識がある。そなたは宮中のことをお見通しではないか。我々にも兄上たちに劣らぬ力があるのだ。時が来れば、兄上たちを追い越すことも夢ではない」

「本気でそう考えておられるのですか」

宇合はうなずいた。家を構えたときに、兄弟としての縁も断ち切ったのだ。同じ一族とはいえ、なによりも大切なのは家の繁栄だ。時には兄たちと敵対することもあるだろう。その覚悟はとうにできていた。

「麻呂よ、そなたもそろそろ覚悟を決めるときぞ」

「覚悟ですか」

「武智麻呂兄上や房前兄上と、いや、このわたしとも刃《やいば》を交わす覚悟だ」

麻呂の顔から血の気が引いた。

「父上は、わたしたち兄弟は四神なのだとおっしゃいました」

「四神だと」

「はい。青龍、白虎、朱雀、玄武。四神として首様と安宿媛をお守りし、支えていくのだと。それが藤原のためだと仰せでした」

麻呂の真剣な目つきに、宇合は頰《ほお》を緩めた。

「首様が玉座に就かれ、安宿媛が皇子を産めばよいのだがな。さすれば、我らが四神たる意味はある」

「皇子が生まれなかったときにはどうなります」

「さてな。そうならぬことを祈るほかはあるまい」

麻呂が溜息を漏らした。

「兄上と話しているとき、風と話しているように感じることがあります」

「風か」宇合は笑った。「では、武智麻呂兄上はなんだ」

「水です」

「房前兄上は」

「火です」

「では、麻呂。そなたは土だな」

「土ですか」

「この世のすべてを支えておるのは土だ。そなたはそのような者になるとよい」

家の中が急に慌ただしくなった。

安宿媛がやって来たのだろう。写経をして、宮中で積もった疲れを取り払うつもりなのだ。

「安宿媛が来たな」

宇合は言った。

「安宿媛はなんでしょう」

麻呂が訊いてきた。

「月だ」宇合は答えた。「日輪たる首様を支え、我らが行く暗く細き道を照らす満月だ」

「なるほど。月ですか」

「長屋王の企みも、そなたの焦りも、いずれ、首様と安宿媛が打ち砕いてくれるだろう。そのために父上はあのふたりを一緒に育てたのだ」

「父上は恐ろしい人です」

「我らも父上のようにならねば。四神なのだからな」

宇合は笑った。

「あら。兄上がいらしているのかしら」

安宿媛の声が響いた。いつ聞いても愛くるしく、優しい声だった。

「安宿媛様。わたしたちはここです」

安宿媛の声を聞いて、麻呂の顔にも微笑みが浮かんでいた。

二

「首様、房前が参りました」

房前は戸の前で声を張り上げた。

「入るがよい」

首皇子のよく通る声が響き、戸が静かに開いた。房前は一礼し、部屋に足を踏み入れた。

首皇子はきらびやかな敷物の上に腰を下ろしている。その隣にいるのは安宿媛だった。

「失礼いたします、首様。内臣、藤原房前にございます」

平伏する。

「頭を上げよ、伯父上《おじうえ》」

顔を上げると、首皇子の目が房前を射貫《いぬ》いた。気概に満ちた目だった。とうに玉座に就いていておかしくはない年だが、首皇子は不比等の孫であり、房前たちの甥《おい》に当たった。首皇子が天皇になれば、さらに藤原の力が強まると警戒する者たちがいるのだ。

「こたびは、太上天皇様の命により、内臣として首様を支える任に就きました。なにとぞ、よろしくお願いいたします」

「堅苦しい挨拶はよい。内臣がどうのこうのと言う前に、伯父上たちは常に余を支えてくれてきたではないか」

「ありがたきお言葉に存じます」

房前は再び平伏した。

「兄上、ここには侍女しかおりませんよ」

安宿媛が口を開いた。

「しかし、皇太子様と臣下の分はわきまえねば」

房前は頭を上げた。

「不比等のことは誠に残念だ。しかし、余には伯父上たちがいる。なにも心配はあるまい」

首皇子は安宿媛に微笑みかけた。首皇子が安宿媛を慈《いつく》しんでいる姿は房前の心をほんのりと温めた。

「首様、今後はなんなりとわたしにお命じくださいませ。首様のため、誠心誠意尽くしますゆえ」

「それなのだがな、房前。ひとつ、恃みたき儀がある」

「なんでございましょう」

「玉座に就いた後は、余は自ら政を執《と》り行いたいのだ」

房前は息を呑んだ。

「不比等が余を玉座に就けるためにどれほどのことをしてくれたかはよくわかっている。それでも、余は天皇として為すべきことをしたい。今は太政官たちが取り仕切っている政を、余、自らが主導するのだ」

房前は唇を一文字に結んで首皇子の挑むような視線を受け止めた。

「どうだ。力を貸してくれるか、房前。長屋王と共に、余を、いや、余の子孫代々、玉座を継いでいく後の世の天皇たちを支えてはくれぬか」

房前は安宿媛の顔を盗み見た。安宿媛は心ここにあらずという風情だった。

「太上天皇様も、そのためにそなたと長屋王を呼び、そなたを内臣に任じたのであろう。もちろん、そなたは不比等の息子、藤原の一族。藤原が大事なのはわかっておる。しかし、その前に、そなたは余の臣なのだ」

「心得ております」

房前はゆっくりと口を開いた。

「頼りにしてよいのだな」

「わたしは常に、首様の僕《しもべ》にございます」

首皇子がうなずいた。

「よくぞ申してくれた。そなたこそ、余の一番の臣下だ」

「恐れ多きお言葉」

房前は頭を下げ、唇を舐《な》めた。頭の奥を兄弟たちの顔が駆け抜けていく。

それでも——頭を上げながら腹をくくった——自分は藤原の一門である前に天皇の臣下なのだ。

「下がってよいぞ、房前」

首皇子の言葉にうなずき、腰を上げた。

「首様、兄上をお見送りしてきてもよろしいですか」

安宿媛が口を開いた。

「もちろんだ。兄上と昔話に興じてきてもよいのだぞ」

「ありがたきお言葉」安宿媛が腰を上げた。「参りましょう、兄上」

安宿媛に促《うなが》され、房前は部屋を出た。

「難しいことになりましたね、兄上」

安宿媛が押し殺した声を出した。

「わたしは首様の信頼にお応えしたいと思っています」

房前の言葉に安宿媛が笑った。

「なにかおかしいですか」

「兄上らしいと思って。でも、武智麻呂兄上たちのお考えはどうでしょう」

「だから難しいとおっしゃったのですか」

「ええ」

「武智麻呂兄上や麻呂はわたしとは違う考えを持っているでしょう。宇合はよくわかりませんが」

「武智麻呂兄上と対立するようなことになったらいかがなさるおつもりですか」

安宿媛は房前の後ろをついてくる。侍女も資人《しじん》も近くにはいなかった。あらかじめ指示しておいたのだろう。かなり離れたところをついてくる。

「先ほども申しましたように、わたしは首様の臣下です」

「武智麻呂兄上も困るでしょうね」

「安宿媛様はどうお考えなのですか。あなたも、藤原の娘である前に、首様の夫人《ぶにん》です」

安宿媛がまた笑った。

「わたしは首様の夫人であり、藤原の娘であり、また、橘三千代の娘でもあるのです」

「それはどのような意味でしょう」

「わたしもまた、兄上とは違う考えを持っているということです」

「安宿媛様、あなたは首様の――」

「わたしはわたしです。首様を愛おしく思い、また、藤原の一族、橘の一族にも思いを巡らさねばならぬ者です」

「わたしとて――」

「いえ」

安宿媛は房前の言葉を遮って首を振った。

「兄上は自らに忠誠を誓うお方です。首様でも藤原でもなく、己の信念にのみ従うお方なのですよ。それは他の兄上たちも同じ……あら、麻呂兄上はどうかしら」

安宿媛は幼子のように声を立てて笑った。「安宿媛様、お戯れはそれぐらいに」

「わたしも、わたしの信ずる道を歩むだけです。それをお忘れなきよう。では、ここで失礼いたします」

安宿媛は一礼し、踵《きびす》を返した。侍女たちが足早にやって来て安宿媛を取り囲んだ。どの侍女たちも、三千代が手配し、安宿媛のそばに置いたのだ。耳を閉ざす時を心得ている。

房前は去って行く安宿媛の後ろ姿に頭を下げ、胸に溜まっていた息を吐き出した。

＊　＊　＊

「麻呂殿、よくぞおいでになられた」

佐保の邸に足を踏み入れると、家人たちを押しのけるようにして長屋王が姿を見せた。

「長屋王様」

麻呂は一礼した。

「堅苦しい挨拶など抜きで。こちらへ参られよ。みな、揃うております」

長屋王に従い、宴席に向かった。すでに宴ははじまっており、酒に顔を赤らめている者も見受けられた。長屋王の佐保の邸で宴が催されると報せがあったのは先日のことだ。房前も出席すると聞いていたのだが、その房前の姿はない。

「兄の房前はまだですか」

「急な用事ができて今宵《こよい》は来られないとのことです。さ、こちらへどうぞ」

長屋王は麻呂を宴席の中央に誘った。

「長屋王様、このような席はわたしには相応しくありません。たかだか従四位上《じゅしいのじょう》の身分」

宴席の顔ぶれは多彩だったが、多くは麻呂より位階が上の者たちだった。

「なにをおっしゃる。麻呂殿は京職大夫《きょうしきのだいぶ》ではありませぬか」

「任じられたばかりです」

「わたしが催す宴では位階は関係ありませぬ。見事な詩を詠めるのか、素晴らしい音楽を奏でられるのか、それだけです」

「わたしの詩や音楽など、たいしたものではありませんよ」

「そうですか。わたしは好きですよ、麻呂殿の詩も箏《そう》も」

長屋王の言葉に、麻呂の胸はざわついた。三人の兄たちも見事な詩を詠む。だが、箏を弾く腕は自分が一番だと思っている。

「さあ、お座りください」

長屋王に促され、麻呂は腰を下ろした。すぐに酒で満たされた盃《さかずき》が手渡される。麻呂はそれを一息で飲み干した。

長屋王が優雅に一礼し、主の席に戻っていく。

「京職大夫殿、どうぞ」

隣にいた男が空になった盃に酒を注いだ。

「ありがとうございます」

麻呂は礼を言った。男は麻呂のことを知っているようだったが、麻呂の方には覚えがなかった。もともと、麻呂は人の顔と名を覚えるのが苦手だった。

「不比等殿が亡くなられて、この先どうなることやらと案じておりましたが、不比等殿の息子たちはそろって出世なさりましたな。中でも麻呂殿が一番出世なされた。めでたいことです」

麻呂は頭を下げ、盃に口をつけた。たしかに、兄弟の中では麻呂の位階が一番上がった。だが、もともとが高位であったわけではない。武智麻呂は中納言に抜擢され、房前は内臣だ。宇合も要職に就いている。

京職大夫などとおだてられても、兄たちと比べれば見劣りするのは明らかだった。

「まずは酒と箏を楽しみ、その後で詩の詠み比べとまいりましょうぞ」

長屋王が声を上げた。資人がやって来て、麻呂の前に箏を置いた。

「京職大夫、藤原麻呂殿は都きっての箏の名人。その腕前を披露していただきましょう」

麻呂は盃を置き、箏の弦の張り具合を確かめた。咳払いをして、弦をつま弾く。男たちの話し声が途切れ、宴席を箏の音色が満たしていく。

麻呂は箏に心を込めた。

位階などどうでもよい。今このとき、箏に心と身を委《ゆだ》ね、思うままに音色を奏でればよいのだ。

酒に酔い、箏をつま弾いているときだけ、自分は自分でいられる。兄たちに思いを馳せることもない。

最後の一音を奏でると、麻呂は溜めていた息を吐き出した。箏の音は途絶えたが、余韻が残っている。だれも口を開かず、その余韻に浸っているようだった。

「お見事」

長屋王が静寂を破った。他の者たちも表情を和らげ、麻呂に賞賛の言葉をかけてきた。

「もう一曲、お願いできますかな」

長屋王の言葉にうなずき、酒で口を湿らせた。

今宵は腕の動きがいい。いくらでも奏でられる。

麻呂は笑みを浮かべ、弦に指を置いた。

＊　＊　＊

厠《かわや》から宴席に戻る廊下の途中で長屋王が待っていた。

「みな、麻呂殿の箏と詩に感銘いたしておりまするぞ」

「箏も詩詠みもいつものごとく、たいしたものではございません。長屋王様もご存じでしょう。わたしを褒め称えたところでなにも出てきはしません。それとも、なにか含むところがおありなのですか」

酒が麻呂を大胆にしていた。

「含むところなどはありませぬが、房前殿の弟君には、いずれ、力を貸していただきたいとは思っております」

「わたしの力を。わたしなどにはなんの力もありませんが」

麻呂は自嘲した。

「武智麻呂殿と房前殿は違う道を歩まれることでしょう。宇合殿は唐帰りゆえ、また、違う道を行かれるかと。麻呂殿はどういたします。武智麻呂殿と同じ道を歩まれるのか。あるいは、房前殿と歩を合わせるのか」

「わたしもわたしの道を参ります」

「これは、ご気分を害されましたか」

「そのようなことはありません。わたしは藤原の末子。自らはなにもしなくても、周りが勝手に位階と職をあてがってくれます。それを頼りに、箏を奏で、詩を詠み、酒を飲んで生きていくだけです」

長屋王が微笑んだ。

「麻呂殿はまだ若い。いずれ、自らの本当の力と欲に気づかれることでしょう」

欲という言葉が胸に刺さった。胸の奥で熾火《おきび》のように燃えているものが確かにある。だが、麻呂はその炎を燃え上がらせることを恐れていた。

「そんなときが来るのでしょうか。いつになるのでしょうね」

「いずれ、阿閇様は天に召されます。そうなれば、氷高様は皇位を首様に譲られましょう。麻呂殿が本当の自分に気づくのはそのときでしょう」

「長屋王様はそのときを待ち望んでおられるのですね」

麻呂は言った。長屋王の表情がかすかに歪《ゆが》んだ。

「何度も申しますが、わたしはわたしの道を参ります」

一礼し、長屋王の傍らを通り過ぎる。その瞬間、わかった。

長屋王は虫が好かない。

麻呂は唇を嚙み、足を速めた。あれほど酒を飲んだというのに、酔いはすっかり醒《さ》めていた。

＊＊＊

「母上の様子はいかがだ」

三千代が御寝所に入ると、天皇がけだるそうに顔を上げた。顔色が優れない。太上天皇が病に伏し、天皇はすべてをその肩に背負っている。背負う荷の重さは三千代の想像を遥かに超えていることだろう。

「お辛そうでございます」

三千代は部屋の隅《すみ》に腰を下ろした。

「もっと近う寄れ。そう遠くては、声を張り上げなくてはならないであろう」

「失礼いたします」

天皇に近づき、相対した。

「母上がいなくなったら、わたしはどうしたらよいのだ」

「氷高様、天皇はもっと毅然としていなければなりません」

「なりたくてなったのではない」

「それは存じております」

天皇は湯の入っている器に口をつけた。

「母上は怒るだろうが、すぐにでもこの座を首に譲ろうと思っている」

「なりませぬ」

三千代は言った。

「なぜだ」

「首様は不比等の孫。首様が玉座に就けば、また、藤原の者たちが権勢を振るうと思っている臣下たちがおります。その者たちがこぞって反対するでしょう。そうなれば、氷高様の心労は増すばかりです」

「では、どうすればよいのだ」

「お待ちになるのです。長屋王様が朝堂を意のままに操れるようになるまで、待つのです。長屋王様なれば、それほど長く待つ必要はございません」

天皇が溜息を漏らした。

「わたしも母上と共に天に還《かえ》りたい」

「氷高様」

三千代は声を上げた。

「本気だぞ、三千代。わたしは首を玉座に就けたいという母上と不比等のための贄《にえ》だ。不比等もおらず、母上もいなくなるのであれば、贄でいる必要もない」

「これまでのご苦労をすべて無になさるおつもりですか。阿閇様と氷高様が共にいなくなれば、次の天皇をだれにするかで争いが起こり、政は滞ります。そうなれば、困るのは民です」

「民草を持ち出すのはずるいぞ、三千代」

「もうしばらく耐えてくださいませ。氷高様あってのこの国なのです」

天皇がまた溜息を漏らした。

「武智麻呂と房前はどうなっておる。そなたの目論見《もくろみ》通りに進んでいるのか」

　三千代は首を振った。

「池の水はさざ波ひとつ立てておりません。なにかが起こるのは、首様が玉座に就いた後にございましょう」

「長すぎるな」

　三千代は微笑んだ。

「吉備様を頻繁に宮中にお呼びになればよいのです」

　三千代は天皇の妹であり、長屋王の妻である吉備内親王の名を口にした。ふたりはとても仲のよい姉妹だった。

「吉備とて、宮中は息が詰まるであろう。顔には出さぬが、よくわかる。わたしのために己を殺してくれているのだ」

「吉備様の優しさにお甘えなされ。それがかなわぬのなら、せめて安宿媛と話をなさるのがよいかと。あの娘は聡明です。氷高様のご心労もすぐに察しましょう」

「あれは不比等の娘だ」

「わたしの娘でもあります」

　天皇の頰が緩んだ。

「そうであったな。ゆるせ、三千代」

「不比等が恨めしいのだ。あの者のせいで、わたしは夫を持つこともかなわなかった。母上と吉備以外にはだれもおらぬ。だが、吉備は宮の外で暮らしておるし、母上はこの世からいなくなる。寂しい。辛い。苦しい」

「お察しいたします」

三千代は頭を下げた。

「そなたも、母上が死ねば、入道する。わたしはひとりだ」

「入道と申しても、寺に住むわけではございません。ときおり、顔を出して氷高様の慰めになりましょう」

「安宿媛か。確かに、不比等の娘というより、そなたの娘だ。首も深い情けをかけておるそうな。そなたの申すとおり、これからは折を見ては呼ぶことにしよう」

「ありがたきお言葉。安宿媛もたいそう喜ぶことでしょう」

三千代は深く頭を下げた。

「ときおり、宮の外で暮らしていたときのことを夢に見る」

天皇が言葉を継いだ。三千代は口を結んだまま耳を傾けた。

「首にこの座を譲っても、太上天皇として祭り上げられ、宮から出て暮らすなどままならぬのだろうな」

「ゆるすなど滅相もない」

「御行幸《ごぎょうこう》にいらっしゃってはいかがです。少しは気分も変わりましょう」

「行幸か。それも良いかもしれぬ」

天皇はまた溜息を漏らすと、物思いに沈んでいった。

三

太上天皇が崩御したのは十二月に入ってまもなくのことだった。病に伏せったのは夏の声が聞こえるかどうかという頃だったから、大きな混乱はなかった。だが、年の瀬が近づいても都は静まりかえったままだった。

人の姿もまばらな都の大路を歩き、武智麻呂は中納言、大伴旅人《おおとものたびと》の邸を訪れた。

「よくおいでになった、武智麻呂殿」

旅人が太って見えるのは何枚もの衣を羽織っているからだ。年が年なだけに寒さがこたえるのだろう。

この冬は寒さが厳しかった。

部屋に通され、温めた酒を供された。武智麻呂は酒に口をつけると、対面した旅人の顔を見据えた。

旅人は酒に顔を赤らめている。古《いにしえ》から武門として名高い氏族の氏上は、今では酒と詩を愛する老人だ。

「先日、とある場所で詩詠みの宴が催されましてな。そこで宇合殿とお会いしました」

旅人が口を開いた。

「そうですか」

「宇合殿は詩の才に恵まれておりますのう」

「あれの詩には、嫉妬を覚えることもあります」

武智麻呂はまた酒に口をつけた。唐から戻ってのち、宇合の漢詩は格段に良くなった。兄弟の中では武智麻呂がもっとも詩の才に恵まれていると言われてきたのだが、宇合の詩には一目置かざるを得ない。

「なんの、武智麻呂殿の詩も素晴らしい」

「旅人殿の足下にも及びませぬ」

「それで、今日はどのような用向きで」

「実は――」武智麻呂は背筋を伸ばした。「阿閇様が亡くなられてから、朝堂の様子が変わりはじめているのは旅人殿もお気づきでしょう」

旅人がうなずいた。

「このところ、右大臣は舎人親王様や新田部親王様、巨勢邑治《こせのおおじ》殿を頻繁に佐保の邸に招いているようです」

巨勢邑治はもうひとりの中納言だった。

「わたしも何度か顔を出しておりますぞ」

旅人の言葉に武智麻呂はうなずいた。

「長屋王様は内密の集まりだと申しておりましたが、武智麻呂殿の耳はよく聞こえるようだ」

旅人は盃を干した。武智麻呂は空になった盃に新たな酒を注いだ。

「さほどよく聞こえる耳でもないので、佐保の邸でなにが話されているのかまでは聞こえません」

「酒を酌《く》み交わし、詩を詠んだり、花や月を愛でたり。そんなところでございましょう」

「旅人殿――」

「武智麻呂殿、逸る気持ちはよくわかりますぞ。しかし、逸ったところでいかんともしがたいことがある。今は力を蓄えるとき。あなたはまだ若い。焦りは禁物ですぞ」

旅人は幼子を諫めるように言った。

「では、旅人様は長屋王様と同じ道を歩まれるのですね」

「それが首様のお望みなら致し方ありません。我らはみな、天皇の臣下なのです」

「首様が……」

武智麻呂は喉の渇きを覚えた。

「房前殿から聞いておりませんか。首様は、自らが玉座に就いた暁《あかつき》には、政を主導することを望んでおられるとのことです。すでに、房前殿にはその意を漏らされたとか」

武智麻呂は両の拳をきつく握った。房前からはなにも聞かされていない。

「それはまことですか」

「さて。わたしも長屋王様から聞かされただけなので。しかし、疑う理由はありません。首様にはあなたと同じ血が流れておりますからな。不比等殿の血です。自ら政を導きたいと思われるのは当然では」

「房前は、いつ、首様からそのような話をされたのでしょう」

「さて。長屋王様の口ぶりでは、阿閇様が崩御なさるだいぶ前のことだとか」

武智麻呂は痛みに顔をしかめた。拳を強く握りすぎて、爪が掌《てのひら》の皮膚に食い込んでいる。

「房前殿を責めてはなりませんぞ。内臣としての務めを果たしているに過ぎませんからな」

「心得ております」

声が震えそうになり、武智麻呂は意志の力でそれを抑えた。怒りにはらわたが煮えくりかえっている。

「首様も安宿媛も、あなたたちの身内のようなもの。いずれ、首様が玉座に就けば、武智麻呂殿の位階も上がりましょう。それまで待つのが最善です」

　そのときが来たなら、朝堂にあなた方の居場所はない――武智麻呂は喉元まで出かかった言葉を飲み込んだ。

「そういたすことにしましょう。無粋な話はここまでにして、今宵は旅人殿と詩を詠みたいと思っているのですが」

「それはよいですな。紙と筆を用意させましょう」

　旅人の顔がほころんだ。酒と詩がなによりの楽しみなのだ。

　麻呂と同じだ――武智麻呂は独りごちた。盃に残っていた酒を飲み干し、掌に滲んだ血を酒で濡れた舌で舐め取った。

＊　＊　＊

「安宿媛様、房前様。武智麻呂様がお見えでございます」

　安宿媛の部屋で昔話に興じていると、廊下から侍女の声が響いた。

「兄上が。お通しして」

　安宿媛が答えた。

「それが……」

廊下の向こうで侍女が口ごもった。

「どうしたというのだ」

房前は口を開いた。

「たいそうご立腹のご様子でして」

「武智麻呂兄上がなにかに腹を立てていると申すの。まあ、珍しい」

安宿媛の顔に笑みが浮かんだ。房前は唇を噛んだ。武智麻呂が訪ねてきたのは安宿媛ではあるまい。武智麻呂が腹を立てるとしたら、相手は自分以外になかった。

「とにかく、お通しして」

「かしこまりました」

侍女の気配が遠のき、ほどなくして荒々しい足音が近づいてきた。

「失礼する」

戸が開き、武智麻呂が姿を現した。表情が強ばっているのは怒りのせいだろう。武智麻呂は房前を睨んで足を止めた。

「話がある、房前」

「安宿媛様がおいでです。失礼ではありませんか、兄上」

房前は武智麻呂の視線を受け止めた。

「これは、無礼をおゆるしください、安宿媛様」

武智麻呂が安宿媛に頭を下げた。

「かまいませんよ。武智麻呂兄上がこんなに立腹だなんて、どうしてそんなに怒っているのか、知りたくてたまりません。房前兄上に腹を立てていらっしゃるのですか」

「房前とふたりで話したいのですが」

「ここはわたしの邸です。話がしたいのなら、わたしの前でお願いします」

武智麻呂の顔が歪んだ。安宿媛の言うとおり、武智麻呂がこれほどまでに感情を露わにするのは珍しい。

「ではここで話しましょう。首様は自ら政を主導することを望んでおられると耳にした。そなたも知っていたそうだな」

やはりそのことか——房前は唇を舐めた。

「首様から直接伺っております」

「なぜ、それをわたしに伝えなかった。すでに長屋王は舎人親王様、新田部親王様をはじめ、多くの議政官を取り込んでいる。首様の意思を知っていたら、わたしも早くに動けたものを」

「兄上がそうなさるだろうとわかっていたから伝えなかったのです」

房前は言った。

「なんだと」

「わたしは内臣。氷高様と首様をお支えするのが役目にございます。首様のお望みをかなえるには、兄上にはなにも伝えない方がよかろうと考えた次第です」

「そなた――」

武智麻呂が震えた。顔は朱に染まり、唇は色褪せていく。

「武智麻呂兄上、落ち着いて、深く息をお吸いになって」

安宿媛が言った。たおやかな声が耳に届いたようで、武智麻呂が深く息を吸い込んだ。

「そなたは藤原不比等の次男だぞ、房前」

「承知しております」

「父上の意を継いで、我らが氏族が栄華を極めるために力を注ぐのがそなたの務めだ」

「わたしは不比等の次男である前に、天皇の臣下です。また、内臣である以上、氷高様と首様のために心を砕くのがわたしの務めです」

「我らに背を向けると申すのか」

房前は首を振った。

「わたしの立場をわかってくださいと申しているのです」

「そなたの立場では、首様がそうしたいと望むのなら、長屋王に与することも厭《いと》わぬということだな」

「それは違います」

房前は声を荒らげた。苛立ちが募る。武智麻呂はどうしてわかってくれないのか。できることなら武智麻呂に力を貸したい。不比等の望んだ世を作り上げるために兄弟で力を合わせたい。

だが、内臣である以上、それはかなわぬことなのだ。

「父が生きておられたら、今のそなたを見てなんと申すだろうな」

「房前らしくて良い。そうおっしゃるでしょう」

房前の言葉に、武智麻呂の眦が吊り上がった。

「房前兄上、少し外していただけますか」

安宿媛が口を開いた。その顔に笑みはなく、どこか大人びた表情が宿っていた。まるで、聞き分けのない幼子に腹を立てる母親のようだ。

「しかし、安宿媛様」

「外してくださいとお願いしているのですよ」

「かしこまりました」

房前は頭を下げ、部屋を出た。外では雪が舞っていた。

「いつから降っておる」

戸口にいる侍女に訊いた。

「一刻《いっとき》ほど前からでしょうか」

では、武智麻呂が来たときにはとうに降っていたことになる。降りしきる雪をものともせず、武智麻呂はやって来たのだ。

怒りに燃えさかるその胸の内を思うと、房前は溜息を漏らした。

武智麻呂の怒りはよくわかる。だが、だからといって己を曲げることもできぬ。

胸が苦しかった。体が火照っている。

房前は庭に下りた。

降りしきる雪を一身に浴びたが、火照りは一向におさまる気配を見せなかった。

＊　＊　＊

「わたしも存じておりました」

安宿媛は墨をすりながら言った。心を落ち着けるために写経をしないかと勧められたのだが、武智麻呂は断っていた。

「どういうことでしょう」

「首様が政を主導することをお望みになっているということ、それを房前兄上に告げたとき、わたしもそばにおりました」

「さようですか」

「わたしも武智麻呂兄上には口をつぐんでおりました。房前兄上のようにお怒りになりますか」

武智麻呂は首を横に振った。

「怒るはずがありません」

「わたしは首様の妻ですから」

武智麻呂は口を閉じたまま、安宿媛の次の言葉を待った。

「房前兄上も同じではありませんか」

「同じとは」

「内臣のことです。房前兄上は、阿閇様に内臣を命じられたのです。好きでもない相手に無理に嫁がされた娘と同じです」

安宿媛の言いたいことはよくわかった。だが、安宿媛は女で、房前は男だ。よそに嫁いだわけではない。

「武智麻呂兄上や宇合兄上と違って、房前兄上は器用ではないのです。あれもこれもと上手にやることはできません。内臣に任じられたのなら、内臣としての使命を全うする。房前兄上にはそれしかできないのですよ」

「お言葉ながら――」武智麻呂は口を開いた。「わたしと房前は、安宿媛様より長い付き合いです。あの者のことはよく存じております」

「弟ですものね」

「あの者は選べる立場にあったのです。たとえ、意に反して内臣に任じられたとしても、藤原のために力を尽くそうと思えば、そちらを選ぶこともできた。しかし――」

武智麻呂は言葉を切った。

「房前兄上は、氷高様や首様でもなく、まして藤原でもなく、ご自分をお選びになった。

「さすが、安宿媛様です。まだ幼き頃、父上が申しておりました。安宿媛が男だったら傑物になったであろうと」

「わたしは藤原不比等と橘三千代の娘ですから」

安宿媛は屈託のない笑みを浮かべた。

「それにしても頑固で困ります」

「わたしが、でございますか」

「武智麻呂兄上も、房前兄上もでございます。宇合兄上も頑固です。麻呂兄上はどうなんでしょう……いずれにせよ、だれの血を引いたのでしょうね」

「なんと申してよいのやら」

武智麻呂は苦笑した。妹にたしなめられるのはこれが初めてではない。

「よいのです。わたしたちはきょうだいなのですから、それぞれそれを受け入れて生きていくしかありません」

安宿媛の手が止まった。筆を置き、紙を取り替える。侍女にやらせればいいものを、すべてを自分の手でやらなければ気が済まないところは幼い頃と変わりない。

「それで、兄上。わたしに房前兄上を諫めろとでもおっしゃるのですか」

武智麻呂は首を振った。

「滅相もございません。あれを諫めるのは長兄であるわたしの役目にございます」

「それでは何用でここへ来られたのです」

「心苦しいのですが、お願いがございます」

「なんでしょう」

安宿媛が首を傾げた。幼い頃と同じ仕草だった。武智麻呂は胸が締めつけられるのを感じた。安宿媛や麻呂はまだ幼く、自分や房前たちはまだ若かった。

不比等の加護のもと、心配事はなにひとつなく、新たな母となった三千代もよくしてくれた。きょうだいみな、仲睦まじく、邸に笑い声の絶えることはなかった。

あの頃に戻れるのならば——そこまで考えて、武智麻呂は唇を嚙んだ。流れた時を戻すことはできない。これが自分に与えられた運命ならば、精一杯前に進むだけではないか。

「兄上」

安宿媛に促され、武智麻呂は頭に浮かんだらちもない思いを振り払った。

「首様と房前、それに長屋王がどのようなことを話しているのか、わたしに教えていただけるとありがたいのですが」

安宿媛が溜息を漏らした。

「何度も申し上げているではありませんか。わたしは首様の妻ですよ、兄上」

「それを承知でお願いしているのです。藤原のために、なにとぞ」

武智麻呂は深々と頭を下げた。

「麻呂兄上が女官を手なずけているではありませんか」

「女官の耳に入らないことも、安宿媛様の耳には入りましょう」

「兄上とお目にかかるのではなかったわ」

安宿媛がまた溜息を漏らした。

「わたしも心苦しいのです」

武智麻呂は追い打ちをかけた。

「約束はできません。けれど、心にはとめておきます。それでよろしいですか」

「ありがたきお言葉」

武智麻呂は再び頭を下げた。顔を上げると、安宿媛はまた筆を動かしていた。

「それでは、わたしはこれで失礼いたします」

写経に没頭しているのか、安宿媛は返事をしなかった。武智麻呂は足音を殺して部屋を出た。

「頑固か」

呟《つぶや》き、苦笑する。

「あなた様も相当頑固にございますぞ」

武智麻呂は歩き出した。

＊　＊　＊

正室である牟漏女王《むろのおおきみ》の邸には母の三千代がいた。三千代は次男の永手《ながて》に文字を教えていた。長男の鳥養《とりかい》は別宅で暮らしている。

「お食事はいかがいたしましょう」

家人《けにん》のひとりが訊ねてきた。

「ここで食べる」

「かしこまりました」

家人が下がっていくと、三千代が房前に顔を向けて微笑んだ。

「お久しぶりですね、房前殿」

「ご無沙汰いたしております。牟漏女王は」

「どこかで病を得たらしく、伏せっております。それで、わたしが孫たちの面倒を見るためにこちらへ」

「そうでしたか。それでは、わたしはお暇《いとま》しましょう」

「せっかくいらしたのです。夕餉《ゆうげ》を一緒に摂りましょう。家人たちが支度をはじめております」

「もしかすると、鳥養も」

房前は訊ねた。三千代がうなずいた。

「牟漏から移されたのでしょうか、鳥養も伏せっております」

房前は顔をしかめた。鳥養は幼い頃から体が弱かった。

「父上、今宵はお泊まりになられるのですか」

永手が口を開いた。

「久しぶりにそなたらの顔を見ようと訪れたのだ。泊まっていくぞ」

永手の顔が輝いた。

「ならば、昔話をお聞かせください。わたしは父上の昔話が大好きです」

房前も顔をほころばせた。

「夕餉が終わった後で話してやろう」

「ありがとうございます」

永手は立ち上がると、部屋を出て行った。

「賢い子でございます」

三千代は永手の背中を見つめながら言った。

「鳥養はいかがでしょうか」

「あの子は伏せってばかり。胸が痛みます」

「他の子供たちはみな、たいそう元気がいいのに」

「なに、長じれば体も健やかになっていきましょう。心配しすぎぬことです」

房前はうなずき、三千代の向かいに腰を下ろした。

「宮中が恋しくはありませんか」

三千代は長い間、宮に仕えてきた。不比等の妻となった後も、それは変わらない。代々の天皇に寵愛《ちょうあい》され、宮では絶大な力をふるっていたのだ。

「未練はなにひとつありません。わたしもいい年です。残された時間は、阿閇様と不比等殿の菩提《ぼだい》を弔《とむら》いながら過ごしてまいります」

房前はうなずき、口を結んだ。

「なにか、わたしに訊きたいことでもあるのですか」

三千代が言った。

「阿閇様がわたしを内臣に任じたのは、三千代殿が口をきいたからでしょうか」

三千代が首を振った。

「さようなことはありません」

「しかし、阿閇様おひとりでは——」

「阿閇様は首様の行く末を案じておられたのです。長屋王様と房前殿に首様を託せば、安らかに逝《い》けると思われたのでしょう」

房前は溜息を漏らした。

「不満ですか」

「そうではありません。しかし、武智麻呂兄上はわたしが内臣に任じられたことを好ましく思ってはおりません」

「そうでしょうね」

「それに、阿閇様はわたしと長屋王様に首様を託されたのです。けれど、長屋王様は政にしか目を向けられません。すでに、舎人様や新田部様を味方にし、朝堂は長屋王様の手の中にあります。武智麻呂兄上には為す術《すべ》もありません」

「内臣ではなく、議政官のままであれば武智麻呂殿に力を貸し、長屋王様の独断を阻止できるとお考えですか」

三千代の顔には穏やかな笑みが浮かんでいる。不比等が存命中には滅多に見せなかった笑顔だ。

「わたしひとりの力などたかがしれております。しかし、もどかしいのです」

房前は膝の上で拳を握った。

「内臣になったからには、内臣としての任を全うしなければならない。けれど、兄の苦労をただ見ているのもしのびない。房前殿らしい」

「三千代殿がわたしならば、いかがいたしますか」

「なにもいたしません」

三千代はすぐに答えた。

「なにもせぬと」

「はい。確かに、今、政の中心におられるのは長屋王様でございましょう。あのお方は血筋も高貴ですし、学問にも通じておられます。けれど、あのお方は天皇ではないし、あのお方の子が天皇になることもありません」

三千代の顔から笑みが消えた。

「されど、藤原には安宿媛がおりましょう。安宿媛が男の子を産めば、その子が首様の次の天皇になられるのです。藤原は安泰です。ですから、泰然と構えていればよろしいのです」

「しかし、安宿媛が男子を産まなければどうなります。あるいは、首様が正室を娶るかもしれない。安宿媛の子が天皇になるとは限りません」

「だから、武智麻呂殿も焦っておられるのでしょう。まずは、首様が即位なされた後に、安宿媛を立后《りつごう》することです」

房前は顔をしかめた。

「安宿媛は三千代殿と父上の娘ではありませんか。天皇の血を引かぬ者は皇后にはなれません」

「不比等殿が今の言葉を耳にしたら嘆息されるでしょうね」

房前は言葉に詰まった。三千代の言うとおり、不比等は古からのしきたりを次々に打ち破っていったのだ。

「天皇の血を引かぬ初めての皇后に安宿媛がなればよいのです。それがかなえば、皇后になるのは藤原の娘という新しいしきたりができましょう。武智麻呂殿もそうお考えのはずです」

「兄上が——しかし、長屋王様たちは反対されるはずです。武智麻呂兄上ひとりでは抗えない」

「そこをなんとかするのが不比等殿の息子たる武智麻呂殿の務めでしょう」

三千代の顔に、また笑みが戻った。房前は腕を組んだ。

三千代は簡単に言うが、事は容易ではない。安宿媛が皇后になれば、その後は藤原の娘が皇后になるという新たなしきたりができる。長屋王をはじめとする者たちも、そのことは重々承知しているだろう。だからこそ、手に手を携えて反対するはずだ。

「武智麻呂殿を信じ、房前殿は己の務めを果たしていればよいのです」

三千代は手を叩いて家人を呼んだ。

「房前殿に酒肴《しゅこう》を。なにをぐずぐずしているのです」

房前は三千代の顔を盗み見た。昔から、なにを考えているのかが読めない女人だった。それは今も変わらない。

藤原不比等が認めた女なのだ。ゆめゆめ、油断してはならぬ——房前は己を戒めた。

* * *

長屋王の佐保の邸から箏を奏でる音が流れてくる。宇合には音色を聴いただけで弦をつま弾いているのが麻呂だということがわかった。

「また酒と箏にうつつを抜かしているのか」

宇合は独りごち、邸に足を踏み入れた。漢詩を詠む宴に招かれたのだ。長屋王のまわりに集う者たちの顔ぶれを確かめておくのも悪くはないと足を運んできた。

長屋王とその取り巻きたちはすでに酒が進んでいるようで、顔を赤らめながら漢詩を詠み、世間話に興じていた。

麻呂はひとり離れたところで箏を奏でている。

宇合は長屋王に会釈し、麻呂の前に腰を下ろした。麻呂が顔を上げ、箏の音色が途絶えた。

「なにをしているのだ」

「見てわかりませんか。箏を奏でているのです」

「それはわかっている。聞くところによると、そなた、ここに入り浸っているそうではないか」

「他にすることもありませんので。少なくとも、ここにいれば食べたいだけ食べられるし、飲みたいだけ飲むこともできる」

宇合は微笑んだ。世を拗《す》ねたふりをしているが、麻呂とて不比等の息子だ。思うところがあるに違いない。

「長屋王のそばにいれば、武智麻呂兄上の役に立てると思っているのか」

宇合は声を潜めた。

「武智麻呂兄上はわたしの言葉には耳を貸してくれませんよ」

「ならば、そなたの話にはわたしが耳を貸そう。そなたから聞いた話を、わたしが武智麻呂兄上に伝えればよいだけのことだ。そなたと違って、わたしの言葉には耳を傾けてくれるからな」

「兄上」

麻呂の眦が吊り上がった。どうやら、麻呂の痛いところを突いてしまったらしい。

「戯《ざ》れ言《ごと》だ。そう腹を立てるな」

「宇合殿、よくぞおいでになった」

麻呂をなだめていると、背中に長屋王の声が浴びせられた。

「お招きにあずかり、光栄です」

宇合は長屋王に向き直り、会釈した。

「麻呂殿の箏は見事なものです」

「酒と箏に関しては兄弟の中でもぬきんでております」

舌打ちが聞こえた。麻呂がまた弦をつま弾いた。顔には出ないが、相当飲んでいるらしい。

「折り入って、宇合殿と話したいことがあるのですが、付き合っていただけますかな」

「あの御仁らはよろしいので」

宇合は漢詩を詠んでいる者たちに目を向けた。

「今日は耳を傾けるほどの詩詠みがおりません」

長屋王は涼しげに微笑んだ。

「こちらへどうぞ」

廊下を歩き、案内されたのは書物が置かれた部屋だった。

「これは――」

宇合は書物の量に息を呑んだ。

「遣唐使に買い求めさせたものや、新羅からの使者が献上してくれた書物です」

「羨ましいことです」

宇合も遣唐使として唐に渡った折に、大量の書物を買い求めた。だが、長屋王の蔵書には到底及ばない。

「少し見てまわってもよろしいでしょうか」

「ご随意に」

長屋王の言葉に甘え、宇合は蔵書を一冊ずつ手に取り、眺めてまわった。宇合が唐で買い求めた書物はほんの一握りで、多くの書物は初めて見るものだった。

「経典などはあまりないのですね」

書物を一通り見終えると、宇合は口を開いた。

「経典などは、寺へ行けばいくらでもあります」

「なるほど」

「わたしにとって興味深い書物は政のためになるものです。経典などはなんの役にも立たない。唐の皇帝が仏道の教えを元に政を行っていますか。そんなはずはない。道理に基づいて民を治めているはずです。わたしはその道理を極めたい」

宇合は近くにあった書物に目をとめた。

「唐に赴いたことのある宇合殿なら、わかってくれるのではないかと思いまして」

「彼の国の学者たちは孔子《こうし》という者の教えを重んじております」

「『論語』にはわたしも目を通しております。経典などよりよほどためになる」

「長屋王様は仏道がお嫌いですか」

長屋王が首を振った。

「あれは人が生きるためには良い教えです。しかし、政を担う者としては仏道に寄りすぎてはいけない」

「なるほど」

「宇合殿の口癖ですかな、なるほどというのは」

宇合は苦笑した。昔は、不比等はもちろん、武智麻呂や房前と議論を交わしてもかなわなかった。そのせいで、当たり障りのない言葉を口にするのが癖になってしまったのだ。

「申し訳ございません」

「いいのです。それより、どうです。ここにある書物を読みたいとは思いませんか」

「よろしいのですか」

「だれにでも読ませるというわけではありませんぞ。宇合殿だからこそです」

「なぜわたしに」

「唐帰りだからです。武智麻呂殿も房前殿も優れた資質をお持ちだ。しかし、あなたと違ってこの国のことしか知りません」

なるほど――また同じ言葉を口にしそうになって、宇合は口を閉じた。

「書物の中には難解なものもあります。恥ずかしながら、わたしには理解しがたいものもある。しかし、宇合殿と共に学んでいけば、いずれ、わかるときが来るのではないかと思いましてね」

「長屋王様にわからぬものが、わたしにわかるはずがありません」

「謙遜はときに礼を失しますよ、宇合殿。あなたは不比等殿の息子ではありませんか」

宇合はうなずき、書物をもとの場所に戻した。

「読ませていただけるのなら、是非に」

長屋王がうなずいた。宇合は涼しげな顔の裏にあるものを読もうとした。

無駄な努力だった。

四

長屋王と落ち合ってから、天皇の御寝所へと向かった。

「なにごとでしょうか。内臣殿、なにか聞いていますか」

長屋王が言った。眉間《みけん》に皺《しわ》が寄っている。長屋王にとっても寝耳に水の呼び出しなのだ。

「先日お目にかかったときも、いたって元気なご様子でしたから、病を得たということではないでしょう」

房前は答えた。

「となると、我々を呼んだ理由はひとつですかな」

「譲位ですか」

長屋王がうなずいた。

開墾《かいこん》した者から数えて三代にわたる墾田の私有をゆるした格《きゃく》を発布した頃から、天皇はしきりに譲位をしたいと口にするようになっていた。首皇子もまもなく二十三歳になる。自分の役目はもう終わりだという思いが強いのだ。

「いかがされます」

房前は長屋王に訊ねた。

「これまでにも散々なだめてきましたが、そろそろ限界でしょうか」

長屋王は苦々しげに答えた。首皇子は不比等の孫だ。加えて、寵愛する安宿媛は不比等の娘である。首皇子が玉座に就けば、武智麻呂、ひいては藤原の力が強まると考えているのだ。

しかし、首皇子に譲位したとしても、天皇は太上天皇となり、新たな天皇を後見する。首皇子が天皇としての力と権威を身につけるのはまだ先のことだ。

それまでは、朝堂の主である長屋王は安泰である。

「房前殿はどう思われる」

長屋王の言葉に、房前は足を止めた。

「わたしは内臣として、氷高様の御心がかなうよう、忠義を尽くすのみです」

長屋王が微笑んだ。

「房前殿らしい。わたしはあなたのそんなところが好きです」

「ご冗談を」

再び歩き出す。御寝所の前で立ち止まると、長屋王が女官にうなずいた。

「右大臣様と内臣様がおいでにございます」

「通せ」

間髪容れずに天皇の声が響いた。その声を耳にして、房前と長屋王は太い息を漏らした。腹をくくったときに出す声なのだ。

「これは、なだめるというわけにはいかないようですな」

長屋王が先に御寝所に入った。房前はそれに続き、天皇に向かって深く頭を下げた。

「よく来た」

天皇がふたりを見据えた。大きな瞳の奥で、固い決意を孕《はら》んだ炎が揺らめいている。

「失礼いたします」

長屋王が天皇の向かいに腰を下ろした。房前は少し下がったところで同じように腰を下ろした。

「房前、もっと近くに」

天皇が言った。

「は――」

房前は長屋王の隣に移動した。居心地の悪さに首を掻いた。長屋王は皇親だが、房前は臣下に過ぎない。内臣ではあるが、長屋王と肩を並べて天皇の目前に座るのは不遜《ふそん》ともいえた。

「首はもうすぐ二十三になる」

天皇が前置きもなく口を開いた。

「存じております」

長屋王が涼しげに答えた。

「わたしが玉座に就いたのは、首が幼かったからだ。その首も立派な男になった。そろそろ、玉座を明け渡すべきだと思わぬか」

「阿閇様が氷高様に譲位なされたのは、首様が幼かったというだけの理由ではございません。首様に流れているのは天皇の血筋だけではない。そのことに反感を抱く臣下たちがよからぬことを企てぬようにという深いお考えがあってのこと」

「その者たちがなにをどう考えようと、首は遠からず玉座に就く。なぜ、それが今ではいけないというのだ」

「今まで待ったのです。もう少し待つというわけにはまいりませんか」

天皇が長屋王を睨んだ。

「母上がわたしに譲位されたとき、朝堂の主は不比等だった。だからこそ、他の臣下たちは警戒もしたのだろう。だが、今の朝堂の主はそなたではないか」

天皇の目が、長屋王から房前に移った。房前は腹に力を込めた。そうしなければ、天皇の視線を受け止めることができない。

「房前、そなたはどう思う。首が玉座に就いたからといって、武智麻呂やそなたが専横に振る舞うのか」

「そのようなことは決してございません」

房前は頭を下げた。

「首が玉座に就けば、確かに武智麻呂は機に乗じようとするだろう。しかし、そなたの力を切り崩すまでには至らぬ。このわたしがそうはさせぬ」

房前は長屋王の横顔を盗み見た。長屋王は泰然と構えている。

首皇子は自ら政を主導することを望んでいる。となれば、藤原の者たちは政敵となる可能性がある。首皇子は武智麻呂を抑えるために長屋王にさらなる力を与えるだろう。

　天皇の言うとおり、譲位がなされたからといって、長屋王の座が脅かされることはない。

「首様だけではないのです」長屋王が言った。「安宿媛様もまた、不比等の血を引く女人です。天皇とその妻が藤原の一族ということになれば、これまでは起こりえなかったことが起こるかもしれません」

「なにも起こらぬ。安宿媛はただの妻ではないか。天皇の血を引かぬ者は皇后にはなれぬのはそなたも知っていよう」

「古きしきたりは新しきしきたりに取って代わられる。それを教えてくれたのは不比等にございます。お忘れですか」

　天皇の顔がかすかに歪んだ。

「それでは、そなたはどうあっても譲位は認めぬと言うのだな」

　長屋王が首を振った。

「わたしは氷高様の御心に従う所存です」

　天皇が目を瞠った。

「それならばなぜ――」

「譲位は、氷高様がお考えになっておられるほど簡単なことではないとお伝えしたかったのです」

「まったく、そなたという男は……」

天皇は唇を舐《な》めた。喉が渇いているようだった。

長屋王が背筋を伸ばした。膝の前に手をつき、ゆっくり頭を下げる。

「長きにわたり、天皇の務めをよく果たされました」

房前も長屋王に倣った。

「太上天皇になられましても、これまで同様、臣下と民に慈愛を賜り、首様の後見として末永く過ごされることを願っております」

房前は言った。

「わたしは心底くたびれているのだ、長屋王、房前」

房前と長屋王は、深く頭《こうべ》を垂れた。

＊＊＊

武智麻呂の邸に着くと、すぐに部屋に通された。三人の兄たちはすでに顔を揃えていた。

「わたしが最後ですか。待たせて申し訳ありません」

麻呂は兄たちの顔を眺めた。一様に表情が硬い。

「房前兄上がいらっしゃるのですから、もう、譲位の件はみなの耳に入っているのですね」

麻呂は腰を下ろした。武智麻呂と宇合、房前と麻呂が相対する形だ。

四神の旗だなと麻呂は思った。かつての不比等の言葉が思い出される。

我ら四人の兄弟は四神となりて、首皇子と安宿媛を支え、藤原の末永い繁栄の礎《いしずえ》を築くのだ。

だが、三人の兄たちの表情は硬く、刺々《とげとげ》しかった。

「来年の二月、首様は玉座にお就きになられる」

武智麻呂が言った。

「二月ですか」

麻呂は頬を掻いた。天皇が譲位を決断したという話はすぐに伝わってきたが、そこは初耳だった。

「いよいよ、父上の悲願を我らがかなえる時がきたのだ」

「安宿媛の立后ですか」

麻呂は答え、房前と宇合に顔を向けた。二人とも口を一文字に結び、言葉を発しようとはしなかった。

「しかし兄上、簡単にはいきますまい。長屋王が反対するでしょう。天皇の血を引かぬ者が皇后になった例はない。古くからのしきたりに、長屋王だけではなく尊き血を引く方々はしがみつくはずです」

「まずは宮子《みやこ》からだ」

武智麻呂の言葉に、やっと房前と宇合が反応を見せた。

「宮子をどうしようと言うのです」

宇合が言った。武智麻呂が懐から一枚の紙を取り出し、広げた。紙には「大夫人」と書かれていた。

「だいぶにん、ですか」

房前が文字を読んだ。

「天皇になられたら、すぐに宮子を大夫人にするという勅令《ちょくれい》を出されるよう、首皇子様に話をしてくれ。生まれてからこの方、ずっと母に恋い焦がれておられたのだ。首様はこの話に飛びつかれるであろう」

「しかし、兄上、大夫人という尊称は律令《りつりょう》には定められておりません。皇太夫人《こうたいぶにん》の書き間違いですか」

武智麻呂が首を振った。

「大夫人で間違いはない」

麻呂は宇合と目を合わせた。武智麻呂の真意がどこにあるのか、皆目見当もつかない。

「わからぬか、房前」

「まさか、兄上……」

「その、まさかだ。首様が宮子を大夫人とするという勅を発すれば、長屋王たちはこぞって反対するだろう。だが、天皇になられたばかりの首様に、真っ向から反論するのは躊躇《ためら》われるはず。大夫人という尊称は令に反し、しかし、それを変えるのは勅に反する。長屋王ならばどうすると思う」

武智麻呂の問いに宇合が口を開いた。

「あのお方ならば、首様自らに判断を迫るでしょう」

「令に反し、勅に反する問題は臣下では議論できぬから、首様自らがご判断を、ということですか」

麻呂は言った。武智麻呂がうなずいた。

「首様は機嫌を損ねるだろう。まだ一度も会ったことのない恋しい母に、ただ、相応しい尊称を与えようとしただけなのに、長屋王をはじめとする皇親たちに難癖をつけられるのだ。だが、頭のよいお方ゆえ、表だって腹立ちをぶちまけたりはするまい」

「長屋王への不信の種を蒔《ま》くのですね」

宇合が感に堪《た》えぬというような声を出した。武智麻呂の深謀に驚いている。

「なにもそのような真似をせずとも、最初から皇太夫人にせよという勅を出させればいいではありませんか。宮子が皇太夫人になれば、後に安宿媛を立后するときに優位に働きます。それだけでよいのでは」

武智麻呂が首を振った。

「安宿媛の立后に対しては、長屋王をはじめ、多くの者が表だって反対しよう。やつらには名分があるのだ。首様の気持ちを慮《おもんばか》る必要さえない」

「事は慎重に進める必要があり、そのために打てる手立てはすべて打っておくということですね」

宇合の言葉に、武智麻呂が嬉しそうにうなずいた。

「そういうことだ。長屋王を甘く見ることはできない。こちらも持てる力のすべてを振り絞らねば」

「お言葉ですが、兄上」

房前が言葉を発した。武智麻呂の頬がかすかに痙攣《けいれん》するのを麻呂は見逃さなかった。

「阿閇様は我ら兄弟と長屋王様が手に手を取って首様を支えていくことを望んでおられました。わたしは、長屋王様と対立するのではなく、お互いの意を尊重して協力していくというのが臣下としてあるべき姿かと思います」

武智麻呂が冷たい目を房前に向けた。

「我らの意と長屋王のそれとでは進む道がまったく違うのだ。おまえは、藤原が大伴や蘇《そ》我《が》のように衰退していってもよいと言うのか」

「そうではありません。しかし、阿閇様の意に逆らってまで藤原の栄華を重んじるのは臣下のあるべき姿ではないと申しているのです」

「阿閇様はもういない。我らが忠義を尽くすのは首様に対してだ。その首様も、宮子や安宿媛がそれに相応しい位を得ることに反対はしないだろう」

　武智麻呂と房前のやりとりを聞きながら、麻呂は溜息を押し殺した。

　青龍と白虎は互いに反目している。朱雀はなにを考えているかわからず、玄武たる自分にはなんの力もない。

　父上、これが力を合わせて首様と安宿媛を支えるべき四神ですか。

「なにがおかしいのだ、麻呂」

　房前の声が飛んできて、麻呂は自分が笑っていたことに気づいた。

「変わった箏の弾き方を思いつきまして、それをみなの前で披露することを考えると、つい」

「このような時に箏だと」

　房前の眦が吊り上がった。本気で怒っている。

「そう目くじらを立てるな、房前。相手は麻呂だぞ」

　武智麻呂が房前をなだめた。

「ずいぶんな言いようですね、兄上」

麻呂は拗ねた声を出した。

「あしざまに言われたくないのなら、このような時ぐらい、筝のことは忘れたらどうだ」

武智麻呂は首を振った。

「ただ反目するばかりの武智麻呂兄上と房前兄上もいかがなものかと思いますが」

宇合がさらりと言ってのけた。

「それはどういう意味だ、宇合」

「互いの意をぶつけ合うだけではなく、兄弟なのですから、もう少しお互いに歩み寄ったらいかがと思っただけです。とくに房前兄上、反目するのではなく、長屋王と手を組めと言っておきながら、武智麻呂兄上の言葉に異を唱えるだけではありませんか」

「わたしに説教するつもりか、宇合」

「いけませんか」

房前と宇合が睨みあった。普段は静かな宇合だが、ここぞというときには激しく燃え上がる。

青龍と白虎だけではなく、朱雀も反目する。玄武はひとり、寂しくさまようだけだ。

「昔から、房前兄上は我が強すぎます。優しそうな顔と物腰に人は騙されますが、兄上は決して引こうとなさらない。尊大で身勝手です」

「宇合」

房前が膝を立てた。

「宇合、おまえは外へ出ていろ」

武智麻呂が声を張り上げた。

「それでは」

宇合が部屋を出ていく。

麻呂はその後ろ姿を見つめながら、唇を曲げた。

＊　＊　＊

「お待ちください、兄上」

遠ざかっていく背中に声をかけると、宇合が振り返った。

「どうした。おまえも、兄上たちの諍《いさか》いに嫌気が差したのか」

「兄上たちは口も利かずに睨みあうばかりで、居心地が悪いことこの上ありません。用を思い出したと方便を使って逃げ出してきました」

「おまえらしいな」宇合が微笑んだ。「変わった箏の弾き方を思いついただと。よく、そのような嘘が口から出てくるものだ」

「ばれておりましたか」

麻呂は舌を出した。

「おまえのことはよくわかっている。なにを笑っていたのだ」

「まだわたしが幼き頃、父上が話してくれたことがあったのです」

宇合は口を開かなかった。

「我ら四兄弟は、首様と安宿媛をお守りし、支える四神だと」

宇合の顔にかすかな笑みが広がった。

「その四神が諍いをしているのがおかしかったのだな」

「父上の嘆息する顔が浮かびまして」

「父上に睨まれると怖くて小便を漏らしそうになったものだ」

「わたしはそのような記憶はありませんが」

「おまえのことは可愛がっていたからな」

「それにしても、兄上が房前兄上に意見するのははじめてではありませんか」

麻呂は話を変えた。

「房前兄上は我が強すぎるのだ。武智麻呂兄上はすべてを承知した上で事を進めようとなさっている。内臣だからといって、氏上たる武智麻呂兄上に噛みつくのは納得がいかん」

「房前兄上は昔からああですよ」

　宇合がうなずいた。

「大人になってくれればいいものを」

「兄上も藤原の栄華を求めますか」

　麻呂は意外だという思いが顔に表れぬよう気を使った。

「わたしにはやりたいことがあるのだ。それには、力がいる。長屋王が朝堂の主であるかぎり、わたしのやりたいことは永遠にかなわん」

「兄上のやりたいこと……」

　察しはついたが、麻呂は言葉を濁した。

「この国を、唐にも負けぬ強い国にしたいのだ。だが、古きしきたりに縛《しば》られていてはいつまで経っても同じままだ」

　遣唐使として唐へ渡り、帰国した後、宇合は変わった。唐という国があいつを変えたのだ——当時、房前が口にした言葉をありありと覚えている。

「しかし兄上、長屋王を退けたとしても、朝堂の主になるのは武智麻呂兄上ですよ。武智麻呂兄上が兄上のお考えに賛同するとお思いですか」

　宇合が首を振った。

「武智麻呂兄上も房前兄上もこの国のことしか知らないのだ。だから、どうでもいいことで諍う」

「どうするおつもりですか。長屋王を退けた後は、武智麻呂兄上や房前兄上を退けるのですか」

「わからん」

宇合の声はどこか寂しそうだった。

「兄上……」

「自分がなにをどうするのか、皆目見当もつかん。だが、わたしには力が必要だ。だから、武智麻呂兄上と共に長屋王を退ける。まずはそこからだ」

宇合は唇を噛み、空を見上げた。その体の奥で燃えさかる炎が見えたような気がした。

武智麻呂も房前も宇合も、その身と心を捧げるなにかを内に秘めている。

自分にはなにもない。それが悔しくて悲しくて、日々、酒と筝に慰めを見出している。

麻呂は宇合から顔を背け、そっと息を漏らした。

五

即位の儀は無事に終わり、首皇子が玉座に就いた。

誇らしげに大極殿に座していた新しい天皇の姿が脳裏に焼きついて離れない。

自分が内臣に任じられたのはこの日のため、いや、新しい天皇の治世のためなのだ。

そう考えるだけで体の奥が熱くなる。

「内臣様、天皇様がお呼びです」

安宿媛付きの女官がやって来てそう告げた。

「どちらにいらっしゃる」

「御寝所です。安宿媛様もご一緒でいらっしゃいます」

房前はうなずき、女官を従えて歩き出した。宮は人の行き来が激しかった。

「内臣様がお見えです」

寝所に着くと、一緒にやって来た女官が中に声をかけた。静かに戸が開く。

礼装から着替えた天皇を安宿媛がねぎらっていた。

「失礼いたします」

房前は一礼した。

「ご苦労であった、内臣。そなたのおかげで即位の儀も無事に済んだ」

天皇が微笑んだ。

「首様におかれましては、このたび――」

「堅苦しい挨拶はよい」

房前の言葉は天皇に遮られた。なぜかはわからないが、天皇は気が急《せ》いているようだった。

「なにかご用でしょうか」

「まず、座るといい」

天皇に促され、房前は腰を下ろした。

「実は、昨日、中納言が訪ねてきてな」

「中納言といいますと――」

「そなたの兄だ」

房前は思わず唇を噛んだ。勝手なことはしないでくれとあれほど念を押したのに、武智麻呂は耳を貸さなかったのだ。

「わたしが玉座に就くのだから、母上の尊称を決めるべきだと申すのだ」

「尊称でございますか」

「そうだ。母上はかわいそうなお方だ。せめて、天皇の母に相応しい尊称を贈ってやらねば。中納言は大夫人がよいのではないかと言っておった」

「令によれば、天皇の母君は皇太夫人と呼ぶ決まりとなっております」

房前は答えた。天皇の顔が歪んだ。

「わたしの母上であるぞ。令に従っていれば、他の天皇の母と変わらぬことになるではないか」

「恐れながら、議政官たちも、令に反すると異を唱えるかと」

「黙れ」

天皇の声が低くなった。

「は――」

房前は平伏した。

「そなたはわたしの勅より令の方が大事だと申すのか」

天皇が立ち上がった。房前は平伏したまま身を硬くした。

「中納言はこう申しておった。母上に大夫人という尊称を贈るとわたしが申せば、多くの臣下たちが異を唱えるであろうとな。それは、母上が不比等の娘だからであろう。令がどうのこうのというのはこじつけに過ぎん」

「首様――」

房前は顔を上げようとしたが、天皇に睨まれて凍りついた。

「わたしの母上はそなたの妹ではないか。なぜそなたまでわたしの想いに異を唱えるのだ。我が意を汲み、そのために力を尽くすのが内臣ではないか」

しかし、天皇が間違いを犯さぬよう戒めるのも内臣の務めにございます――喉元まで言葉が出かかったが、天皇が歩み寄ってくるのを感じて房前は口を閉じた。

「そなたは母上の兄にして我が妻の兄。わたしはそなたを心から頼りにしているのだ、房前」

「ありがたきお言葉にございます」

「わたしの母上への想いはそなたもよく知っているであろう。力を貸してくれ」

天皇の手が肩に置かれた。この世に生を受けてから、一度も母の顔を見たことがなく、その手に抱かれたこともない。

天皇の母親に焦がれる気持ちはよくわかっていた。

武智麻呂の思い描くとおりに事が進むとは限らない。あの聡明な長屋王のことだ。武智麻呂の企みを見破るだろう。

自分にそう言い聞かせ、房前は体を起こした。

「おゆるしください、首様。わたしの考えが至りませんでした」

「わかってくれればよいのだ、房前」

天皇が下がっていく。安宿媛が心配げな顔で房前を見つめていた。

「たとえ、我が意に異を唱える臣下がいたとしても心配するには及ばん。わたしは、即位を機に、長屋王を左大臣に引き立てる」

予想していた言葉だった。天皇は政を主導することを望んでいる。自ら政に乗り出す前に、長屋王を引き立てて天皇の進む道を整えさせておくつもりなのだ。

ほら見たことか——武智麻呂の声が耳の奥で谺《こだま》した。

「長屋王様を左大臣にでございますか」

天皇がうなずいた。その顔に浮かぶ笑みは、自分にできないことはなにもないと確信しているかのようだ。

「すぐに勅を出す」

天皇が言った。

「かしこまりました」

房前はまた頭を下げた。

＊＊＊

「これはなりません」

天皇の勅が書かれた紙を読み終えると、多治比池守《たじひのいけもり》が声を震わせた。

「令によれば、天皇の母上は皇太夫人と呼ぶべきです。大夫人などとは……」

「しかし、天皇のご意向なのですぞ、池守殿」

武智麻呂は口を開いた。

「この勅に従えば、我々臣下は令を犯すことになります。そうではありませんか、左大臣殿」

多治比池守は助けを求めるように長屋王を見た。

長屋王は腕を組んで座したままだった。

「池守殿の言うとおりだ」

代わりに答えたのは舎人親王だった。武智麻呂は唇を舐め、長屋王の反応を見守った。

「例外を認めれば、それがしきたりになり、令はどんどん無視されていく。律令をまとめたのはそなたの父親ではないか」

新田部親王が武智麻呂を睨んだ。

「しかし、首様の母上への想いを知る身としては、首様の切なる願いを無下《むげ》にはできかねます」

武智麻呂は答えた。

「藤原の血縁だからそう申すのであろう」

武智麻呂は声のした方に顔を向けた。みなが顔を背け、だれが発した声かはわからなかった。

「血縁だというのならば、首様も安宿媛様も我が血縁にございます。しかし、そのようなつまらぬことで申し上げているのではありません。首様は長年、このことに関して思案しておられたはずです。そして、玉座に就かれたのを機に、母親に相応しい尊称を与えると勅を出された。その首様の気持ちに、令にはないという理由だけで臣下が異を唱えるのはいかがなものかと申しているのです」

武智麻呂の言葉にうなずく者たちがいた。この一年、長屋王のやり方を快く思わぬ者たちを手なずけてきた。

「令は令ではないか」

多治比池守が声を荒らげた。

「落ち着きなさい、池守殿」

長屋王がやっと口を開いた。

「しかし、左大臣殿」

多治比池守が口を尖らせた。新しい天皇は即位すると同時に長屋王を左大臣に引き立てたのだ。

「首様のお気持ちは痛いほどよくわかるではありませんか」

長屋王の涼やかな目が議政官たちを見据えている。だれも言葉を発しようとはしなかった。

「しかしながら、令は令。我ら朝堂の者が令を犯すわけにはいきません」

多治比池守をはじめとする数人が、我が意を得たりとばかりにうなずいた。

「とはいえ、勅は発せられてしまいました。令に従えとなれば勅に反することになり、勅に従おうとすれば令に反することになる。困りましたな」

長屋王は首を傾げた。

武智麻呂は頬が緩みそうになるのをこらえた。

かつての長屋王と今の長屋王は違う。驕《おご》りが長屋王に隙を与えている。

「ならば、どうしようと言うのです」

多治比池守が痺《しび》れを切らしたというように口を開いた。

「これは臣下が決められることではありません。我ら、朝堂の意見をまとめた上で奏上するのがよろしいかと思います」

「奏上とはつまり、令に反するのか、勅を反故にするのか、首様ご自身がお決めになるべきだと迫るのですか」武智麻呂は言った。「それでは、我らはなんのための臣下ですか」

宮子に大夫人の尊称を与えたくて必死になっている――長屋王にはそう思わせなければならない。

「しかし、これは臣下には決められません。すでに令に反する勅が出されているのですから」

「そのような奏上をすれば、首様はどう思われるでしょう」

「天皇といえども、すべてが思いのままになるわけではない。それをわきまえることでしょうね」

長屋王が言った。

天皇を軽んじているわけではない。ただ、一度定められた法は断じて守られなければならない。それが長屋王の信念なのだ。

その信念が長屋王の強みであり、弱みでもある。

横顔に視線を感じ、武智麻呂はそちらに顔を向けた。朝堂の隅にいる房前が武智麻呂を睨んでいた。

いずれ、おまえにもわかるときが来る——武智麻呂は微笑み、房前の視線を受け流した。

＊　＊　＊

「まことに長屋王がこの奏上を認めたというのか」

天皇の頬が引きつっている。房前は口に溜まった唾を呑み込んだ。

「さようにございます」

「なぜ長屋王がわたしと母上にこのような仕打ちをするのだ」

「左大臣はそのようなお方でございます」

武智麻呂が言った。房前は兄を睨んだ。

「お慎みください、兄上」

「よい。武智麻呂、それはどういうことだ」

「左大臣は、法はなにがあっても守られるべきだとお考えです。たとえ、天皇であっても、法を犯すことはできぬと」

「たかが母上をどう呼ぶかという話ではないか」

「それでも、左大臣にとっては法は法なのです」

「法はわたしの情より勝ると」

武智麻呂がうなずいた。

「しかしながら、勅もまた法に準ずるもの。首様の情を受け入れれば令に反し、情を切り捨てれば勅に反する。自分ではどうにもできぬので、首様にすべてを押しつけたというところでございましょう」

「兄上――」

身を乗り出そうとした房前を、天皇が遮った。

「そなたは黙っておれ、房前」

「は――」

房前は頭《こうべ》を垂れた。

「なんとずる賢い男だ」

「ずるいと言うよりは、左大臣の立場としてはそれしかできぬというところでございましょう」

天皇が首を振った。

「そうではない。勅に従え。そう言えばいいだけのことだ」

天皇は両の手で拳を握っていた。その拳が細かく震えている。

「そうできないのが左大臣なのです。さて、いかがなさいますか、首様。朝堂の奏上に従いますか、それとも勅を優先させますか」

「そなたはどう思う」

天皇が訊いた。

激情に駆られても、それに流されずにいられるのは、体に流れる不比等の血のせいだろうか――房前は思った。

「首様は天皇。やりたいようにやればよいのです。しかしながら、それでは臣下たちの反発も大きくなりましょう。首様が目指す国造りに支障をきたすやもしれません」

「では、わたしはどうしたらよいのだ」

「わたしに考えがあります」

房前は武智麻呂の言葉に鼻を鳴らした。もったいぶってはいるが、最初からすべてを見通していたのだ。事の解決策も、前もって用意しておいたに違いない。

こたびの騒ぎを起こした目的は、天皇の心に長屋王への不信の種を蒔くこと。それはもう達せられた。

「令に反せず、勅にも反せず。ならば、皇太夫人と大夫人、両方の尊称を用いればいいのです」

　天皇が眉を吊り上げた。

「わかるように申せ」

「書面上では皇太夫人と記し、口にするときは大夫人――いえ、大御祖《おおみおや》とするよう、新たな詔《みことのり》をお出しくださいませ」

　おおみおや――天皇は武智麻呂が口にした言葉を繰り返した。天皇の祖先、あるいは天皇の母を指す言葉だ。

「長屋王たちも、それならば納得するでしょう。ただし、詔はすぐに出してはなりません。朝堂ではそれらしいことを口にする連中も、いざ、首様の怒りを買ったかもしれないと考えると、安心して寝ることもできないでしょう。しばらくの間は、連中を怯えさせてやるのです」

「武智麻呂。よい考えだ。気に入ったぞ」

「もったいなきお言葉」

　武智麻呂が頭を垂れた。

　天皇といえども、すべてが思いのままになるわけではない――長屋王は朝堂でそう言い放った。

　やり方さえ考えれば、天皇はすべてを思いのままに動かせる――武智麻呂は天皇にそう教えている。

どちらが正しいのかと問えば、長屋王に気持ちが傾く自分がいた。

六

太政官の曹司《ぞうし》に向かう途中で房前と出会った。

「急ぎ参れということでしたが、なにごとでしょう」

房前が口を開いた。

「おまえも呼ばれたのか」

武智麻呂は眉を吊り上げた。

「はい。長屋王様からの使者が参りました。兄上はなにもご存じないのですか」

「ああ。皆目見当もつかん」

問い詰めてはみたが、長屋王が遣わした使者はなにも知らないようだった。ただ、一大事が起こったため、至急曹司へ参られよ、議政官が一堂に揃って話し合わねばならぬことがある、そう伝えられただけだ。

曹司には長屋王をはじめとする議政官たちが勢揃いしていた。

「これは、遅れてしまったようですな。申し訳ございません」

武智麻呂は一同に頭を下げた。

「これで全員が揃いましたな」

長屋王が口を開いた。

「左大臣殿、一大事とはなにごとですか」

大納言の多治比池守が身を乗り出した。

「陸奥《みちのく》より報せが届いたのです」長屋王は全員の顔に視線を走らせた。「陸奥大掾《だいじょう》、佐《さ》伯《えきの》児《こ》屋麻呂《やまろ》が蝦夷《えみし》に殺されたとのことです」

ざわめきが起こった。

「それは確かなのですか」

武智麻呂は訊いた。

「間違いありません。海道《かいどう》の蝦夷たちが叛乱を起こしたのだとか」

「叛乱ですと。なんという者たちだ」

巨勢邑治が怒りを露わにした。

「蝦夷が叛乱を起こしたのは確かだとして、どうなされるおつもりですかな」

長屋王を糺《ただ》したのは大伴旅人だった。

「鎮圧せねばなりませぬ。叛乱を起こすというのは、天皇に反旗を翻《ひるがえ》すということに他なりません。放っておけば、天皇の権威は地に堕ち、あちらこちらで叛乱の火の手があがるやもしれません」

「軍勢を派遣なさるおつもりか」

武智麻呂の隣で房前が言葉を放った。長屋王がうなずいた。

「では、だれが軍勢を率いるのです」

房前の言葉に長屋王は応じなかった。他の者たちも口を閉じている。

「長屋王様——」

焦れたというように房前が追い打ちをかけた。

「わたしは、宇合殿が適任かと思っているのですが」

思いがけない名を耳にし、武智麻呂は房前と目を合わせた。

「しかし、宇合殿は戦の経験はないのではありませんか」

大伴旅人が言った。

「確かに、宇合殿は軍勢を率いて戦ったことはありません。しかし、兵法《ひょうほう》には通じています。よく、唐の書物をお読みになっておられる」

武智麻呂は腕を組んだ。遣唐使として入唐したせいか、宇合は唐の文物に心を奪われすぎるきらいがある。武智麻呂や房前ならわかるが、なぜ、長屋王はそれを知っているのだろう。

「なるほど。それならば、宇合殿が適任ですな」

阿倍広庭《あべのひろにわ》が膝を打った。

「異論がなければ、宇合殿を持節大将軍《じせつだいしょうぐん》に任命し、陸奥へ派遣しようと思います。軍勢をどうするかは、新田部様と宇合殿でお決めになればよい」

長屋王は新田部親王に目を向けた。

「承知した」

新田部親王がうなずいた。

武智麻呂はこの場にいる者たちすべての顔に目をやった。

みな、自分の一族がやっかいな役目を押しつけられなかったことに安堵《あんど》している。

「武智麻呂殿、それでよろしいかな」

長屋王が言った。

「異論はございません」

武智麻呂は答えた。

＊　＊　＊

「なぜ宇合なのです。兵法には詳しいかもしれませんが、それは書物を読んだだけのこと」

房前は不満を露わにしていた。

「舎人様、新田部様の様子を見るに、議政官が集まる前に、すでに宇合を派遣することが決まっていたに違いない」

武智麻呂は言った。

「それはわたしも察しております。なぜ、宇合なのですか」

なおも言いつのる房前には答えず、武智麻呂は足を止めた。長屋王がなにを企んでいるのか、考えに考えても答えは出ない。

「兄上――」

「宇合はどこにいるかな」

房前を手で制して訊いた。

「家でありましょう。あるいは、妻の家か」

「どの妻の家だ」

「そこまではわかりません。宇合と話し合われるのですか。ならば、わたしも――」

「おまえは内臣としての務めを果たせ」

武智麻呂は言った。房前が不満そうにうなずいた。

武智麻呂は政の方面から、房前は天皇から長屋王の企みを探る。言葉を費やさずとも理解し合えるのはやはり血の繋がりだろう。

房前と別れ、宇合の邸へ足を向けた。宇合は書物を読んでいた。

「兄上、いかがいたしました」

「おまえは知っているのか」

武智麻呂は宇合の目を見据えた。

「なにをですか」

「陸奥で蝦夷が叛乱を起こした。鎮撫《ちんぶ》するために軍勢を送るが、その軍勢をおまえが率いるのだ」

宇合は瞬《まばた》きを繰り返した。

「わたしがでございますか」

「そうだ。長屋王がそう決めた。なにも聞いていないのか」

「はい」

宇合は素直にうなずいた。

「長屋王はおまえが兵法に詳しいと言っていた。唐の書物をよく読んでいると。なぜ、長屋王がそんなことを知っているのだ」

「佐保の邸にある書物を読ませていただいているからです」

武智麻呂は弟をまじまじと見つめた。

「麻呂だけでなく、おまえも佐保に通い詰めているのか」

「通い詰めているというほどではありません。書物を借り、読み終えると返しに行き、また借りて戻ってくる。それだけです」

「佐保には唐帰りのおまえが読みたくなるような書物があるのか」

「遣唐使が持ち帰ったものや、新羅の使者が献上したものなぞ、数多くあります」

「佐保で、長屋王となにを話しているのだ」

　武智麻呂の問いに、宇合はうんざりしたような表情を浮かべた。

「書物の内容に関してです。政の話はしませんよ」

「なぜ、式部卿のおまえが持節大将軍として陸奥に行かねばならないのだ」

「わかりません。あのお方と政の話はしないのです」

「おまえが行って、蝦夷たちを征伐できるのか」

　武智麻呂は言葉を和らげた。

「やってみなければわかりませんが、できるでしょう。蝦夷は烏合《うごう》の衆《しゅう》。わたしには軍勢があり、兵法も学んでおります」

「蝦夷を征伐して都へ戻れば、おまえには褒美《ほうび》が与えられる」

　武智麻呂は顎《あご》をさすった。長屋王の企みがかすかに見えたような気がした。

「おまえは正四位上《しょうしいのじょう》だったな」

「それがどうしました」

「都へ戻れば、従三位《じゅさんみ》に叙《じょ》されるだろう。より高位の官人となるのだ。長屋王の狙いはそれかもしれん」

「わたしがそのような立場になれば、藤原の力が増します。長屋王がそんなことを望むとは思えませんが」

武智麻呂は宇合の言葉には応じず、思案に耽《ふけ》った。

房前は内臣、武智麻呂は中納言。そこに宇合が加われば、確かに藤原の力は増すだろう。

だが、宇合が武智麻呂の意に従わないとすれば、どうなるか。

すでに房前は武智麻呂のやることなすことに不満の色を露わにしている。氏上たる自分に従おうという気がないのだ。

宇合とて不比等の息子。欲も野心もあるだろう。

麻呂も佐保の邸に入り浸り、酒と箏に淫している。

長屋王は宇合と麻呂を手なずけようとしているのではないか。つまり、兄弟の絆《きずな》を断ち切ろうとしている。房前だけではなく、宇合や麻呂も武智麻呂に背を向けたら……。

「兄上、どうなされました」

宇合の声に我に返った。

「なんでもない。わたしと房前は反対しようとしたのだ」

「わたしの持節大将軍をですか」

「だが、ほとんどの議政官は長屋王に従った」

「そうでしょうね」

宇合は涼しい顔で微笑んだ。武智麻呂はその手を取った。

「無事で帰ってくるのだぞ」

「実際に戦場で刃《やいば》を交わすのはわたしではありませんよ、兄上」

「それでも、無事に帰ってくるのだ。わたしには……藤原にはおまえが必要だ」

「兄上――」

宇合は当惑した目で武智麻呂を見た。

＊　＊　＊

資人たちが忙しげに立ち働いていた。安宿媛が難しい顔でその様子を眺めている。

「なにがあるのですか」

房前は安宿媛に声をかけた。

「兄上、よいところにいらっしゃいました。ちょうど、お話ししたいことがあったのです」

安宿媛は顔をほころばせると、房前を邸の中に誘った。

「ここにどれほどの食料が蓄えられているか、確かめさせているのです」

安宿媛は朗らかに答える。

「それはなぜですか」

「悲田院《ひでんいん》に運ばせるためです」

前の年、安宿媛は興福寺《こうふくじ》に悲田院を建てた。安宿媛に乞《こ》われてそのために奔走したのは房前だった。

福田《ふくでん》という仏の教えのひとつに感銘を受けた安宿媛が貧しき者たちに施しをするための施設として悲田院を設けたのだ。良き行いの種を蒔き、それを収穫する田とでもいえばよいだろうか。

「悲田院の食料が足りなくなりそうなのです。兄上も家にある食料を分けていただけませんか」

「すぐに家人に食料を運ばせましょう」

房前がすぐに応じると、安宿媛の顔に笑みが広がった。

「さすがは、房前兄上。真っ先に相談しようと思っていたわたしの考えは間違いではなかったわ」

安宿媛の顔から笑みが消えた。

「資人たちが忙しそうにしておりますが」

「あら。そういえば、兄上もわたしに用があるのでしょう」

　房前は苦笑した。

「安宿媛様のお顔を見に来ただけです」

「嬉しいことをおっしゃるのですね」

「そういえば、ひとつだけ、お伺いしたいことがありました」

　房前は言った。

「なんでしょう」

「先日、長屋王様が氷高様と首様にお会いになられたと思うのですが、どんな話がなされたか、聞いてはおりませんか」

　安宿媛の頬が膨らんだ。

「わたしの顔を見たいだなんて、嘘ですね」

「そんなことはありません」

「兄上たちの興味は政ばかり。仕方ありませんね。みな、父上の血を引いているのですから」

「それは安宿媛様も同じ」

「そうですね。でも、わたしは政は嫌いです」

　安宿媛は顔をしかめた。

「こたび、陸奥で蝦夷が叛乱を起こしたとか」

「そうなのですか」

安宿媛の顔に戸惑いの色が浮かんだ。

「宇合が持節大将軍に任じられ、軍勢を率いて陸奥へ行くことになりました。そのことに関して、首様からなにかお聞きになったことはありませんか」

「蝦夷が叛乱を起こしたということを、たった今知ったばかりなのですよ」

房前はうなずいた。

「そうでしょうね。いや、愚かなことを訊きました」

「宇合兄上は大丈夫なのでしょうか。これまで、軍勢を率いたことなどないのに」

「あれは唐の書物に通じております。彼の国の兵法も心得ているとか。心配には及ばないでしょう」

「お腹が減るからです」

安宿媛の言葉に、房前は首をひねった。

「お腹が減る、でございますか」

「そう。お腹が減るから、食うや食わずの暮らしを強いられるから、蝦夷は叛乱などを起こしたのです。この国のすべての民が、日々腹を満たして過ごせれば、叛乱など起きません。だからこそ、わたしは民たちに施しをしたいのです。それは、首様のためにもなります。違いますか、兄上」

「安宿媛様の、御仏《みほとけ》のように広く深い慈愛に、この兄、感銘を受けておりますぞ」

「ふざけないでください」

「ふざけてなどおりません。素晴らしいお考えです。首様のためになるというのも正しい」

安宿媛の顔が輝いた。

まるで日輪のようだ——妹の笑顔を見ながら、房前はそう思った。

＊　＊　＊

「おめでとうございます」

不意に声をかけられ、麻呂は箏をつま弾く手を止めた。酔いが回った頭を振りながら声の主に目を向ける。

見た顔だが、名前は思い出せなかった。

「なにがめでたいのですか」

麻呂は訊ねた。

「ご存じないのですか。蝦夷が叛乱を起こして、宇合殿が持節大将軍に任じられて鎮圧に向かうのです」

「兄上が——」

酔いが急速に醒めていく。

「なぜ兄上が」

「太政官の議政でそう決まったそうです。蝦夷を鎮撫して凱旋《がいせん》すれば、宇合殿の出世は約束されたようなもの」

「宇合兄上は持節大将軍を引き受けたのですか」

「議政官が決めたのですぞ。その場には武智麻呂殿も房前殿もいたとか。断る、いや、断れるはずがないではありませんか」

頭の中で「戦」という文字が躍りはじめた。肉が断ち切られ、血が飛び散る。

吐き気を催して、麻呂は口をきつく閉じた。

「顔色が優れませんぞ、麻呂殿」

「少し、飲みすぎたようです。失礼します」

麻呂は立ち上がり、相手に頭を下げた。踵を返すと新緑に彩られた庭が目に飛び込んできた。頭に浮かぶ血なまぐさい光景が鮮やかな緑に塗り潰されていく。肺に溜めていた息をゆっくり吐き出し、廊下に出た。

冷気が体から酔いを追い出していく。佐保の邸は主が留守でも客をよくもてなしてくれる。

漢詩の一節が浮かんだ。陳腐すぎて苦笑するしかなかった。酒で濁った頭で考えた詩は、翌日読み返すと腹立たしくなるのが常だ。

書庫が見えた。もしかすると宇合がいるかもしれないと思い、足を向けた。

書庫は無人だった。しんと冷えた空気の中、無数の書物がわたしを読めと麻呂に迫ってくる。

麻呂は腕を伸ばし、適当に書物を手に取った。唐のものだった。

太陽や月、星の位置と季節の移ろいについて書かれている。

「まったく……」

麻呂は首を振り、書物を元の場所に置いた。長屋王や宇合の気が知れない。なにが楽しくて、この年になって書物に淫しなければならないのか。

幼い頃から、書物に向き合ってきた。読まされるものの大半は、政や詩に関するものだった。

この国の政を司《つかさど》る立場の人間として学んでおかなければならないすべてのことを叩きこまれたのだ。

書庫を出ようとして足が止まった。入口に人影がある。

この邸の主だった。

「お戻りですか」

麻呂は口を開いた。

「宇合殿かと思いましたが、麻呂殿でしたか。ここに足を運ぶとは珍しい」

長屋王は寒さを感じさせぬ笑みを浮かべた。

「少し飲みすぎたようで、頭をすっきりさせようかと思いまして」

「酔った頭で小難しい書物に目を通すと、ますます酔いが酷くなりますよ」

「おっしゃるとおりです」

麻呂は頭を掻いた。

「宇合殿の件は耳に入りましたか」

長屋王が言った。

「ええ、先ほど。ひとつ、お訊ねしてもかまいませんか」

長屋王がうなずいた。

「なぜ、宇合なのですか。鎮撫のための将軍なら、他に適任者がいると思うのですが」

「いえ宇合殿が適任です」

「しかし、兄は軍勢を率いたことなどありません」

「将軍といっても、宇合殿が自ら戦場に出るわけではありませんよ」

「それは承知しておりますが」

「麻呂殿は兄想いですね」

思いもかけない言葉を耳にして、麻呂は頬が熱くなるのを感じた。

「わたしがですか」

「ええ。宇合殿の身を案じておられる」

「それは兄ですから」

「力の前では兄も弟もない。それが朝堂というものです。父上の不比等殿も、力を己ひとりに集めるために、中臣《なかとみ》の一族を切り捨てた」

「それは朝堂に席を持つ方々の話でしょう。わたしは藤原の末席を汚しているだけにすぎません」

「武智麻呂殿は、いずれ、宇合殿も麻呂殿も議政官にと考えているはずです」

朝堂に席を持てるのはひとつの氏にひとりのみ。そのしきたりを破ったのは他でもない、父の不比等だった。

自分が右大臣であるにもかかわらず、息子の房前を参議にさせたのだ。

だが、それも不比等の力があってこそ。すでに朝堂には武智麻呂が席を持ち、房前は内臣だ。宇合や麻呂を参議にさせようなどと口にすれば、それこそ、議政官たちが一斉に目を吊り上げる。

「なにを馬鹿なことを」

「不比等殿が目指したものを、武智麻呂殿も目指そうとしているだけのことですよ。つまり、すべての力を、藤原の一族だけで独占するということです」

麻呂は長屋王の顔を見つめた。心の奥を読み取ろうとしてみたが、上手くいかなかった。

「ですが、あの不比等殿も見誤《みあやま》っています」

「なにを見誤るのです」

「力を分けることはできぬということです」

「わかりかねます」

麻呂の言葉に長屋王が微笑んだ。

「つまり、朝堂の力を藤原の一族が独占したとして、今度は藤原の中で争いが起きるということです。人間とはそういう生き物なのですから」

「我々兄弟が相争うと」

「すでに、武智麻呂殿と房前殿は違う道を歩まれている。そうではありませんか」

麻呂は首を振った。

「そうではございません。お互いに遠回りをしながら、結局は同じ場所を目指して歩んでいるのです」

長屋王が意外だという表情を浮かべた。

「兄たちもわたしも不比等の子。それだけはなにがあろうと違えることはかないません」

「不比等殿は兄上が夭折《ようせつ》されて幸いだったのです。ただ、それだけです」

長屋王は経典を読むような声で言った。

＊　＊　＊

武智麻呂の家人がやって来て、兄弟四人で話し合いたいことがあると告げたのは、日が傾きかけた頃合いだった。

宇合は支度を調え、急ぎ、武智麻呂の邸へ向かった。

「先日も四人で顔を合わせたばかりだというのに……」

溜息が漏れる。宇合は軍勢を率いて陸奥へ赴くための準備に忙殺されていた。

邸に着くと、酒肴の用意が整っていた。房前と麻呂の姿は見えず、武智麻呂が気難しい顔で膳の前に座っていた。

「兄上、話し合いたいことというのはなんですか」

宇合はいつもの自分の席に腰を下ろした。

「房前と麻呂が来たら話す。それより、出征の準備は進んでいるか」

「はい。慌ただしいですが、間もなく準備が終わります」

「以前にも言ったが、無事に戻ってくるのだぞ」

宇合にとって、武智麻呂のこうした気遣いは驚きであり、また、嬉しいことでもあった。ものの見方、考え方は違えど、血の繋がった兄弟なのだということが強く実感できる。

「お待たせいたしました」

房前と麻呂が連れ立って姿を現した。房前は武智麻呂と目を合わせてうなずき、腰を下ろした。

「兄上、今日はなにごとですか」

麻呂が言った。顔が赤いのはすでに酒が入っているからだろう。

「まず、宇合の出征が成功するよう、祈念しよう」

音もなく侍女たちがやって来て、それぞれの盃に酒を注いでいった。

「宇合、必ずや叛乱を鎮圧してくるのだぞ」

房前が盃を掲げた。

「無事に帰ってきてください」

麻呂が言った。宇合はうなずいた。

「我ら兄弟、宇合の無事を願って祈りを捧げる」

武智麻呂の言葉が終わると、兄弟で一斉に盃を干した。

「さあ、好きなように食べて飲んでくれ」

武智麻呂が促したが、酒肴に手を伸ばそうとする者はいなかった。

「兄上」

　宇合は武智麻呂を促した。

「こたび、宇合が持節大将軍に任じられた件だが、長屋王の企みがわかったような気がするのだ」

　房前が武智麻呂の言葉にうなずいた。どうやらこのふたりは事前に話し合いを持ったらしい。

「企みとはおだやかではありませんね。長屋王はなにを企んでいるのです」

　麻呂が武智麻呂の方に身を乗り出した。

「おまえは度々佐保に出入りしているようだが、長屋王とはどのような話をしているのだ」

　武智麻呂が訊いた。

「どのようなといっても、漢詩を詠んだり、箏を奏でたり。大抵は酒を飲んでおりますゆえ、たいしたことは話しません」

「我ら兄弟のことで、長屋王となにか話すことはないのか」

　麻呂の目が一瞬、泳いだ。だが、麻呂はすぐに気を取り直したようだった。

「そのようなことを話したことはありません」

「宇合、おまえはどうだ」武智麻呂が矛先を宇合に向けた。「おまえも唐の書物を読むために佐保に出入りしているそうではないか」

宇合は首を振った。

「先日も言ったように、佐保へは借りた書物を返し、新しい書物を借りに行くだけです。長屋王が在宅のときもあれば、そうでないときもあります。たとえ、在宅していたとしても、あの方は他の者たちと共に、漢詩を詠みあったり、酒宴をしたり。言葉を交わすことはほとんどありません」

武智麻呂が言った。

「長屋王は我らを揺さぶろうとしているのだと思う」

「揺さぶる」

宇合は房前の表情に意識を向けた。房前は腕を組み、目を閉じている。

「そうだ。叛乱を鎮圧して凱旋したら、おまえは褒美をもらい、位も上がるだろう。朝堂での序列が高くなる。いずれ、議政官となる道も早々に開けるだろう」

「それがどうしてわたしたち兄弟を揺さぶることになるのです。武智麻呂兄上が中納言、房前兄上が内臣、わたしが参議となれば藤原の力が増すだけ。長屋王としてはそちらの方を警戒するのではありませんか」

「我らが同じ道を進んでいるのなら、おまえの言うとおりだ」

武智麻呂は自分で酌をし、酒を呷《あお》った。

「同じ道……」

房前は目を閉じたままだ。麻呂は武智麻呂を見つめたまま動かない。

「しかし、違う道を歩んでいるとしたら、政の場におまえが加われば面倒なことになるかもしれん」

「兄弟同士で諍いが起こるということですか」

麻呂が口を開いた。

「これにはおまえも関わってくる」

「わたしがですか」

武智麻呂がうなずいた。

「上の三人が政の中心にいたり、天皇の寵愛が篤《あつ》いというのに、おまえだけが京職大夫のままであったとしたら、どう思う」

「どうも思いませんよ」

麻呂は笑い、武智麻呂と同じように自分で酌をして酒を口に含んだ。

「おまえとて、藤原不比等の息子だ。酒や箏にかまけているが、その心の奥ではちろちろと炎が燃えているのではないのか」

再び口に運ぼうとしていた麻呂の盃が途中で止まった。

「なにを馬鹿なことを」

麻呂の横顔は虚《うつ》ろだった。

房前が目を開いた。

「だから言っただろう。長屋王はわたしたち兄弟を揺さぶろうとしている。つまり、血の絆にひびを入れようとしているのだ」

「それがわたしを持節大将軍に任じた本意だと言うのですか」

「それしか考えられん」

宇合が房前に向けた言葉に、武智麻呂が答えた。

「ならば、わたしたちはどうすればよいと兄上はお考えなのですか」

宇合は再び問うた。武智麻呂が弟たちの顔に順繰りと視線を這わせた。

「同じ道を歩むのだ。父、不比等が目指した高みに、我ら兄弟が手を携えて登っていく。父上が望んでいるのもそれではないのか」

武智麻呂の言葉は房前に向けたものだった。

「それは承知しております。わたしとて、父上の意に逆らうつもりは毛頭ありません。しかしながら――」

「そのしかしが余計なのだ」

武智麻呂の声が烈《はげ》しくなった。

「おまえが頑《かたく》なな質《たち》なのは昔から変わらん。それはわかっていてなお、頼む」

宇合は目を瞠った。武智麻呂が房前に頭を下げたのだ。

「兄上、なにをしているのです。頭を上げてください」

「藤原のため、おまえの我を曲げてくれ。このとおりだ」

「わかりましたから、やめてください、兄上」

房前が狼狽《ろうばい》している。麻呂が宇合と目を合わせた。

武智麻呂がこのような挙に出るとは、想像もしていなかった。

「本当にわかってくれたのか」

武智麻呂が頭を上げた。

「わたしが兄上にそこまでさせたのだと思うと、胸が張り裂けそうです」

房前の目が潤んでいた。

「長屋王と皇親たちに打《う》ち克《か》つためには、我ら兄弟が力を合わせる必要があるのだ。宇合、麻呂、おまえたちもよろしく頼む」

「承知しております」

宇合は再び頭を下げようとする武智麻呂を制して言った。麻呂も同じ言葉を口にした。

武智麻呂が微笑んだ。

「長兄として、氏上として、おまえたちの口からその言葉を聞けたこと、心から嬉しく思うぞ」

心が冷えた。武智麻呂にとって、弟たちに頭を下げることなどなんの意味も持たないのだ。

だれよりも父上に似ておられる——宇合は冷えた心を温めるために酒を飲んだ。

＊＊＊

「どう思われます」

武智麻呂の邸から帰る道すがら、それまで口を閉じていた麻呂は宇合に言葉をかけた。

「武智麻呂兄上のことか。それとも房前兄上のことか」

「両方です」

「武智麻呂兄上は恐ろしいお方だ。そして、房前兄上は業《ごう》が深い」

「やはり、宇合兄上もそうお考えですか。武智麻呂兄上に頭を下げられた手前、房前兄上はああおっしゃった。しかし、本心は違う」

宇合がうなずいた。薄暮《はくぼ》の中、宇合の横顔は頼りなげに見える。

「房前兄上は我が強すぎる。父上が武智麻呂兄上より先に房前兄上を参議にさせたのは、早いうちから政の中に置いて、我を通すだけでは物事は進まないということを教えるためだったのではないかと思っている」

「けれど、房前兄上がそれを学ぶ前に父上は逝ってしまわれた」

麻呂は溜息を押し殺した。

「父上は生き急いだのだ」

宇合が空を見上げた。東の空に月が昇っている。

「出仕するのが遅かったゆえ、すべてを自分の思うがままに変えるには、すべてをなげうたなければならなかったのだ。父上に比べれば、わたしたちは遥かに恵まれている」

「父上が懐かしいです」

麻呂は言った。月が不比等の顔に見えた。

「そうだな。たまには叱責《しっせき》される声を聞きたいものだ」

宇合が足下に目を落とした。

「我々はどうなるのでしょう」

麻呂は月から宇合に視線を移した。

「さてな。なるようにしかならぬ。それがこの世の定めだ」

宇合は寂しそうに微笑んだ。

七

房前が詔の草案を読み上げると、太政官にどよめきが起こった。

「内臣殿、それが首様の出した詔だというのか」

多治比池守が最初に声を上げた。

「さようです」

「そのような詔があるか。書面には皇太夫人と記し、言葉にするときは大御祖と呼ぶだと。そんな詔が発せられたなど、聞いたことがない」

「しかし、これが首様の意にございます。はじめに、宮子様を大夫人と呼ぶようにとの勅が出されましたが、太政官においてはそれは令に反する、しかし勅に反することもできないので、どうすればいいか、首様のご判断を仰ぐということでした。そして、首様はその判断を出されたのです」

房前は多治比池守ではなく、長屋王の顔を見つめながら言った。

「この詔も令に反するからと突き返しますか、左大臣殿」

武智麻呂が声を発した。

「先の勅は突き返したわけではない。太政官ではどうすべきか判断できないゆえ、首様の判断を仰いだだけのこと」

長屋王が口を開いた。眦がいつもより吊り上がっている。

「この詔はいかがするのです」

「首様の意に従う他あるまい」

「しかし、大御祖ですぞ、左大臣殿。この言葉には皇祖という意味も含まれている。いくら首様の母上とはいえ、臣下の出の女人に大御祖の呼称を用いるとは、畏《おそ》れ多すぎます」

大伴旅人が言った。両の拳を固く握りしめている。

長屋王は黙して動かなかった。武智麻呂も同じように構えている。

「内臣、そなたが首様にそのような詔を出せと進言したのか」

舎人親王が房前に嚙みついてきた。

「わたしはそのような真似はいたしません」

房前は舎人親王の矢のような視線を受け止めた。

「ではそなたか、中納言」

舎人親王は今度は武智麻呂を睨んだ。

「わたしもそのような真似はいたしません」

武智麻呂が涼しい顔で応じた。

「いずれにせよ――」

巨勢邑治が声を張り上げた。

「この詔を受け入れるわけには参りませんぞ、左大臣。大御祖など、とんでもない」

「ならば、あなたたちが首様に諫言《かんげん》されるといい」

「左大臣——」

長屋王の言葉に議政官たちが顔を強ばらせた。

「首様は自らがお出しになられた勅の誤りに気づき、新たな詔を発せられた。その詔ですら従うわけにはいかぬとなると、天皇の権威など無きに等しいではありませんか。首様が我々臣下に譲歩してくれたのです。今度は我々が譲歩する番です」

「しかし、大御祖とは……」

大伴旅人が口を歪めた。

「最初から大夫人という尊称を受け入れておればよかったのです」

武智麻呂が言った。議政官たちが一斉に武智麻呂を見た。

「首様はただ、母上のためになにかをしてさし上げたかっただけ。それを令がどうだのと理屈を捏《こ》ねて反対などするから、事がこじれたのです」

「言葉が過ぎるぞ、中納言」

多治比池守が怒鳴るように言った。

「律令はこの国を貫く背骨です。しかし、天皇は言うならば、その背中がいただく頭。天皇が示す情が律令に反するのなら、優先すべきがどちらかは自明の理ではありませんか。我々は政を天皇から任されている臣下なのですぞ」

　武智麻呂は議政官たちを睥睨《へいげい》した。まるで不比等がそこにいるかのようだった。

「律令はあなたの父、不比等殿が主導して作り上げたのですよ」

　長屋王が言った。

「存じております」

「不比等殿が目指したのは揺るぐことのない根幹です。天皇が代われど、議政官が代われど、根幹は揺るがない。だからこそ、不比等殿は天皇を政から遠ざけたのです」

「存じております」武智麻呂は同じ言葉を繰り返し、目を見開いた。「しかしながら、律令は人の情まで縛るものではありません。飢えや病に苦しんでいる者に、律令で決められていることだから租《そ》や調《ちょう》を出せ、労役に出よと言って、民が朝堂、ひいては天皇に従いますか。海道の蝦夷のように叛乱を起こす者が出るやもしれません」

　長屋王は静かな眼差しを武智麻呂に向けていた。

「我々議政官がなすべきことは、律令に沿いながら、しかし、情を持って政に携わる。これに尽きるとわたしは思っております。ならば、左大臣殿は律令に反するからと勅から顔を背けるのではなく、首様の情に重きを置くべきでした」

「武智麻呂殿の考えはよくわかった」

長屋王が口を開いた。

「だが、情によって規則を変えていたのでは国が成り立ちません。律令がすべてに勝るのです」

「天皇も例外ではないとおっしゃるのですか」

長屋王の顔から血の気が引いた。武智麻呂の仕掛けた罠にかかったことに気づいたのだ。

舎人親王が長屋王の言葉に耳をそばだてている。皇親にとって、長屋王の言葉は聞き捨てならないものだった。

長屋王は目を閉じ、すぐに目を開けた。逃げ道はないと悟ったようだった。

「天皇も例外ではない。わたしはそう考えております」

舎人親王が唇を噛んだ。

房前は溜めていた息を吐き出した。

あれが詩歌が好きで優しかった武智麻呂か。まるで父のようではないか。

不比等の意を継がなければという想いが武智麻呂を変えたのか。それとも、力を求める野心が武智麻呂を変えたのか。

いずれにせよ、長屋王と対峙《たいじ》する武智麻呂は若き日の兄とはまったく違う存在だった。

＊＊＊

武智麻呂は小さくうなずいた。

「今日は負けました」

肩を並べてきた長屋王が呟くように言った。

「大夫人という尊称を受け入れるべきだったのです」

「わたしにはそれはできない。武智麻呂殿にはそれがわかっているのでしょう。はじめに大夫人。わたしが反対するのを見越して、次に大御祖ですか。やられました」

「なにをおっしゃっているのか、わたしにはわかりかねますが」

武智麻呂は足を速めた。長屋王がついてくる。

「だれも聞いてはおりません。とぼける必要はありませんよ、武智麻呂殿」

「ならば、わたしの言いたいことは先ほどと同じです。首様が宮子様を思う気持ちに寄り添うべきだったのです」

長屋王がうなずいた。

「大夫人と大御祖なら、大夫人の方がまだよかった。大御祖は皇祖とも読める。皇祖の眷属ならば、天皇の血筋に名を連ねることもできると考える者もいずれ出てきましょう」

武智麻呂は肩に力が入るのを覚えた。

「まさか、そのようなことは――」

「そう。まさかです。よろしいか、武智麻呂殿。わたしの目が黒いうちは、安宿媛が皇后になることはない。それだけは肝《きも》に銘《めい》じておいてください」

武智麻呂は足を止めた。長屋王も同じだった。

「臣下の娘が皇后などと――」

「宮子様の大御祖はそのための布石なのでしょう。先ほども言ったようにこたびの負けは認めましょう。しかし、次はあなたが負ける番です」

武智麻呂は言葉は返さず、目礼して長屋王の傍らを通り過ぎた。

背中に痛いほどの視線を感じる。長屋王は涼しい顔をしているが、その胸の奥では屈辱の炎が燃えさかっているのだろう。

安宿媛の立后をなにがなんでも阻止するつもりなのだ。

「ですが、左大臣。あなたは気づいていない」

武智麻呂は独りごちた。

天皇の心に植え付けた種がいずれ大きな実をつけるだろう。

それまでは、種から伸びる苗を大切に育てなければならなかった。

＊＊＊

佐保の邸では主がいてもいなくても、宴が催される。

漢詩と音楽を愛でる者はいつでも立ち入りがゆるされているのだ。

酒を飲み、その合間に箏を奏でる。あるいは箏を奏で、その合間に酒を飲む。

どちらが先なのか、酔った頭ではわからなくなっていた。

「麻呂殿、今の箏は見事でありましたな」

声をかけて近寄ってきたのは大伴旅人だった。

「お耳を汚して申し訳ありません」

「とんでもない。麻呂殿の箏は天下一です」

大伴旅人は麻呂の盃に酒を注いだ。

「まずは一杯、召し上がれ」

「かたじけない」

麻呂は酒を飲み干した。

「いつ見てもよい飲みっぷりですな」

大伴旅人は自分の盃に口をつけた。

「わたしにはこれしか能がありませんから」

「なにをおっしゃいますか。あなたは藤原麻呂。京職大夫にして、藤原の四男ですぞ」

「だからなんだと言うのです。長兄は中納言、次兄は内臣、すぐ上の兄は式部卿で持節大将軍です。京職大夫など、風が吹けば飛んでしまう塵芥《ちりあくた》のようなもの」

「その塵芥のような役職に就きたいと願っている者が大勢いるのですぞ」

「それはそうでしょうが……」

麻呂は口が過ぎたことに気づき、新たな酒を盃に注いでごまかした。

「いずれ、麻呂殿にも大きな仕事を担うときがやってきます。それまで辛抱されるといい」

「わたしはこれでよいのです。政の中枢に血を分けた兄弟がふたりいる。これだけでも大変なことです。それ以上を望めば天罰が下ります」

「本当にそれでよいのですか」

大伴旅人が声を潜めた。麻呂は聞こえなかったふりをした。

「あなたは藤原不比等の息子。その気になれば太政官の座などすぐに手に入る」

麻呂は盃を口に運ぶ手を止めた。大伴旅人の腹の内を探ってみようと思ったが、酔いすぎていて頭がよく回らなかった。

「わたしをおだててどうなさるおつもりですか」

「わたしは武智麻呂殿の物事の進め方が気に入りません」

大伴旅人が声を潜めたまま言った。麻呂は口を閉じた。

「房前殿は融通が利かなすぎる。宇合殿は唐にかぶれておられる。わたしとしては、同じ藤原の者が太政官に座を持つなら、麻呂殿がもっとも相応しいと思っているのですが」

「わたしならば扱いやすいとお考えですか」

「とんでもない」

大伴旅人は大袈裟に首を振った。

「麻呂殿なら、詩歌を愛する者なら、政の王道を進んでくれると信じているからです」

「政の王道ですか……ならば、旅人殿は兄のやり方は邪道だと思っているわけですね」

「そのようなわけではありませんが」

大伴旅人が言葉を濁した。

「旅人殿がどう思われようと、わたしが太政官の座に就くことなどあり得ませんよ。上がつかえているのですし」

「それはわかりませんぞ」

「どういうことです」

「先日の宮子様の尊称の件で長屋王様は立腹されている様子。いずれ、武智麻呂殿を排除しようと動き出すでしょう」

「そのようなことをわたしに話してもよいのですか」

麻呂は言った。

「武智麻呂殿とて、そのような動きはすぐに察しますでしょう」

大伴旅人の言葉に麻呂はうなずいた。

「とはいえ、今の朝堂は長屋王様がその手に握っているも同然。武智麻呂殿といえど、抗うことは難しいかもしれません」

「そうなれば、宇合が議政官になるだけです」

「宇合殿の唐かぶれも、長屋王様は嫌うでしょう。となれば……」

麻呂は盃に残っていた酒を飲み干した。

「武智麻呂を軽んじていると、後で痛い目に遭いますよ。兄は、だれよりも濃く父の血を引いているのです」

「確かに麻呂殿の言うとおりだ。武智麻呂殿は年々、不比等殿に似ていく。太政官で話をしていると、ときおり、まだ不比等殿がこの世にいるのではと錯覚することがあります」

「わたしもです。武智麻呂と話をしていると、ときに、父がこの世に戻ってきたのかと肝が冷えることがある」

「不比等殿はそのようなお方でした」

大伴旅人は遠くを見るような目つきをした。

「不比等殿は実にたくさんのことを成し遂げられた。律令を作り、記紀《きき》を編纂《へんさん》し、古きしきたりを退け……生き急いだような気がしてなりません」

「まだ幼かった頃、父に言われました。我々四兄弟は、首様と安宿媛を守り支える四神なのだと」

「四神ですか」

麻呂は自嘲《じちょう》の笑みを漏らした。

「わたしは出来損ないのようですが」

大伴旅人の顔つきが変わった。

「もし……もしもですが、武智麻呂殿が安宿媛様の立后を望んでおられるのなら、それだけはまかりなりません」

「なぜです」

「尊き血を引かぬ者が皇后になった例などないからです」

麻呂は笑った。

「旅人殿は先ほど言ったではありませんか。不比等は古きしきたりを退けてきたと」

「しかし、これだけは――」

麻呂は手を広げ、大伴旅人の言葉を制した。

「この話はもうやめましょう。わたしには武智麻呂兄上がなにを考えているかなどわからないのですから」

「これは失礼した。つい我を忘れてしまいました」

「それほど立后というのは大きな問題なのです」

麻呂は腰を上げ、大伴旅人に一礼した。佐保の邸を出ると、風がさらに冷たさを増していた。

酔いが一気に醒めていく。

「兄上、道のりは険しいようですぞ。いかがなさるおつもりなのです」

風がその声を瞬く間に運び去っていった。

＊　＊　＊

邸に戻ると、家人が青い顔をして飛んできた。

「ご主人様、お客様がいらっしゃっております」

「客とはだれだ」

宇合は訊ねた。

「長屋王様だそうでございます」

宇合は辺りを見回した。供の姿は見当たらない。

「長屋王様だと。間違いはないのか」

家人が首をひねった。

「そのような高貴な方のお顔など存じないものですから」

「わかった。至急、酒の支度をしなさい」

「かしこまりました」

宇合は客を通す部屋に急いだ。長屋王はそこが自分の邸でもあるかのように書物に目を通していた。

「これは長屋王様。申し訳ありません。出征の支度であちこちに出かけておりました。かなり待たれましたか」

「それほどでも。書物に目を通していると、時の経つのを忘れてしまうのです」

長屋王は書物を傍らに置き、微笑んだ。

「それはわたしも同じですが……わざわざお越しいただいたのはなんの用でしょう」

「あなたが都を立つ前にゆっくり話をしておきたいと思ったのです」

「なんの話でしょう」

宇合は身構えた。

「無事に叛乱を鎮圧して都に戻れば、あなたは褒美を受けることになる。望む褒美はなんですか」

「褒美ですか。さて、これは困った。考えたこともなかったのでなにも浮かびません」

凱旋したところでせいぜいが位階が上がるだけのことだ。長屋王の真意がはかりかねた。

「考えてください。あなたを持節大将軍に任じたのはわたしも同然です。大変な役目を押しつけたのですから、それに見合う褒美を用意したいのです」

「なにもありません」宇合は答えた。「わたしは今のままで十分です」

「本当にそうお考えですか」

長屋王はしつこく訊いてきた。宇合はうなずいた。

「ならば率直に申しましょう。あなたには夢があるはずです」

「夢ですか。それはもちろんありますが……」

「唐を手本にした国造り」

長屋王が書物に書かれた文字を読むような声で言った。

「あなたがよく目を通す書物を見ればわかります」

宇合が黙っていると、長屋王が言葉を続けた。

「その夢を実現させるためには、まず、議政官にならなければ」

「すでに長兄の武智麻呂が中納言ですし、房前も内臣。太政官にわたしの入り込む隙はありません」

長屋王が微笑んだ。

「不比等殿が生きておられれば、あなたたち四人の息子すべてに太政官の座を与えようとされるでしょう」

「父ならば、あるいは。しかし、その父はもうこの世にはおりません。他の議政官たちは、これ以上、藤原の者が太政官に座を持つことをよしとはしないでしょう」

「そのとおり。ならば、残る道はただひとつ。わたしが武智麻呂殿を退け、空いた席にあなたが座る」

「そのような話をわたしが真に受けると本気でお考えですか」

「だからわたしはこうしてここにいるのです」

宇合は腕を組み、長屋王の顔をまじまじと見つめた。

「いかがしました」

「長屋王様の気が触れたのではないかと疑っているのです」

長屋王が破顔した。

「わたしは正気ですよ。あなたの胸の奥で燃えている野心という炎に期待をかけているのです」

「わたしに野心などありません」

「わたしが協力すれば、思いのままにこの国を造り替えることができるのですよ」

「血の絆に背を向けてまでなにかを成したいと思ったことはありません」

「不比等殿が今のあなたの言葉を聞いたらどう思うでしょうね」

長屋王の顔には微笑みが張りついたままだ。その爽やかな笑顔で平気で嘘をつく。政とはなにかを得るためになにかを捨てることだ——かつて、不比等が口にした言葉が耳の奥によみがえった。

長屋王はなにも捨てずに自分の得たいものを得ようとしている。

長屋王は間違っている。

「父ならば、怒り、わたしを叱責したかもしれません」

「不比等殿はそういうお方でした」

長屋王が咳払いをした。

「こう考えたことはありませんか、宇合殿。なぜ、武智麻呂殿なのか。房前殿なのか。ただ自分より先に生まれたというだけで、なぜあのふたりが自分の進むべき道を塞ぐのか」

長屋王が口を閉じた。

「考えたことはあります。わたしとて、不比等の息子。兄たちがいなければ、自分が氏上として一族を率いていたはずだと」

「そうなさってもよいのですよ。古来、長兄が家を継がなかったということはいくらでもあります。能力のある者が父の意を継ぐ。それが当たり前の時代もあったのです」

「長屋王様の話、胸の奥でしばらく考えてみたいと思います」

宇合は言った。

「それはありがたい。それでは、わたしはこれで——」

「酒肴の用意をさせています。よろしければ、酒など酌み交わしながらまた書物の話でもどうですか」

腰を浮かしかけていた長屋王がまた腰を下ろした。

「よいのですか。わたしは、麻呂殿の箏を聴くのと、あなたと書物の話をするのがなによりの好物なのです」

政などに関わらなければ、長屋王とはいい友人になれただろうに——宇合は心の声に耳を傾けながら小さくうなずいた。

八

三千代が読経《どきょう》する声が庭に響いていた。

武智麻呂は案内しようとする三千代の家人を制し、庭を横切った。部屋に上がっても、読経が途切れることはない。

武智麻呂は読経が終わるのを待ちながら、三千代を観察した。

年を取り、顔には皺が目立つ。だが、経典を追う目には力がみなぎり、声も若々しかった。

不比等が三千代を妻として迎えたとき、まだ若かった武智麻呂の胸には言葉にしがたい思いが宿った。

武智麻呂の母は心から不比等を慕《した》っていた。だが、三千代が妻になってからは、不比等は母を顧《かえり》みなくなった。

閉じた瞼《まぶた》に映るのは、寂しさをたたえた母の横顔だ。

不比等を恨み、三千代を恨み、しかし、これが世の習いなのだと諦観《ていかん》した。

不比等にとって、三千代を娶ることは必定だったのだ。天皇の信が篤く、宮中においては絶大な力を持っていた。不比等が望むものを手に入れるのに、三千代の助けは不可欠だった。

「あら、いらしていたのですか。気がつきませんでした」

「熱心に経を読んでおられましたからね」

三千代が武智麻呂に向き直った。武智麻呂は一礼した。

「お忙しい中納言殿が、わたしのような老いぼれにわざわざ会いに来てくださるとは、ありがたいことです」

「お体の具合を案じていたのですが、まだまだお元気でいらっしゃる」

三千代が首を振った。

「最近は文字がよく見えません。この経典も、ただ手にしているだけ。読み上げているのは頭の中に書き記した経典なのですよ」

「だれかに命じて、目に効く薬を持ってこさせましょう」

「無駄です。年老いればだれもがこうなるもの。人は必ず老いるのです。それに抗おうとするのは愚かなこと。それで、なにか話でもあるのですか」

相変わらず、三千代は無駄話を嫌う。武智麻呂は唇を舐めた。

「最近、安宿媛とは会われていますか」

「あの子も今や天皇の夫人です。そう簡単に邸を出るわけにはいきません」

「それでも親子なのです。安宿媛にとって、三千代殿はただひとりの母。直に顔を見て、話をしたくもなるでしょう」

「中納言殿も、あの子の兄ではありませんか。知りたいことがあるのなら、わたしではなく、安宿媛に会って訊けばいいのです」

「直接には訊きにくいこともあります」

三千代が瞬きを繰り返した。

「なるほど。安宿媛に懐妊の兆《きざ》しがあるのかどうか、知りたいのですね」

武智麻呂は頭を掻いた。三千代の明晰《めいせき》さはまだ失われていない。

「あの子とそのような話をしたことはありませんよ」

「首様と安宿媛は仲睦まじくされていらっしゃいますが、夜の方はいかがなのでしょう」

「安宿媛の腹に首様のお子が宿って欲しいという気持ちはわかります。けれど、こればかりは人にはどうにもできません」

「承知しているのですが、できるだけ早くお子を産んで欲しいと思ってしまうのです」

「長屋王はそれほど手強いですか」

「いずれは打ち克ちます。が、時間はかかる」

「手っ取り早いのは、安宿媛が懐妊すること、ですか。しかし、中納言殿。いかに寵愛されていても、安宿媛はただの夫人です。他の夫人もいつかは懐妊するでしょうし、長屋王はいずれ皇后を立てようとするでしょう。そうなれば、安宿媛が男の子を産んだとしてもどうにもなりません」

「ですから、だれよりも先んじて安宿媛がお子を産めば、その皇子が長子として皇太子になる可能性が高まります」

三千代が首を振った。

「長屋王がいる限り、無理です」

「安宿媛の立后も、長屋王がいる限り、無理です」

武智麻呂は言った。

「ならばどうするおつもりですか」

「父上がするであろうことをするつもりです」

三千代が目を細めた。

「不比等殿に似てまいりましたね」

「まだ、父上の足下にも及びませんが」

「それでいいのです。焦りは禁物です。焦りがいいものをもたらすことはありません」

三千代は手にしていた経典に目を落とした。

「式部卿殿から便りはありますか」

宇合が下向して、すでに二月が経つ。蝦夷の叛乱は出羽《でわ》にまで広がり、小野牛養《おののうしかい》が鎮狄《ちんてき》将軍として派遣された。

すぐに鎮撫して凱旋するだろうと思っていたのだが、事態の収束にはまだ時間がかかりそうだった。

「苦労しているようです」

武智麻呂は答えた。

「読経をしていたのは、式部卿殿の無事を祈っていたからです。わたしの腹を痛めたわけではありませんが、あなたたち兄弟はわたしの息子も同然。なにごともなければよいのですが」

「ありがたいお言葉です」

武智麻呂は頭を下げた。

安宿媛は不比等の娘であると同時に三千代の娘でもある。安宿媛の産む男子が皇太子になれば、三千代の一族もその恩恵に浴するだろう。

もし、武智麻呂たちがいなければ、三千代とその一族はすべてを手に入れることも可能になる。

三千代がなにを考えているのか、武智麻呂には読むことができなかった。

＊＊＊

武智麻呂が立ち去ってしばらくすると葛城王《かつらぎおう》が姿を見せた。

三千代が不比等と結ばれる前に、美努王との間にもうけた息子だ。皇親の血を引いている。

「いかがでしたか」

三千代は葛城王に問うた。

「母上のことを頼りにしているようですね」

葛城王は三千代の向かいに腰を下ろした。

「馬鹿なことを」

三千代は鼻で笑った。

「武智麻呂はわたしを警戒こそすれ、頼りになどはしておりません。人を見誤ると、後で痛い目に遭いますよ」

「相変わらず、母上は手厳しい」

葛城王が苦笑した。

「武智麻呂が頼みにしているのは父である不比等の威光と安宿媛のみですよ。あなたもわたしの息子であり、安宿媛の兄なのです。いずれ、武智麻呂とは雌雄を決しなければなりません」

「しかし、向こうは中納言、こちらはただの馬寮監《めりょうのげん》に過ぎません」

「その馬寮監が従四位下《じゅしいのげ》の位を得ているのはなぜですか」

「母上のお力添えがあるからです」

「わたしが藤原不比等なら、今頃はあなたも太政官に座を得ているはずです。悔しいけれど、わたしは女の身。不比等ほどの力がありません」

「それで十分です。安宿媛が皇后になれば、わたしにも活路が開けます。長屋王や藤原の兄弟たちとも対等に渡り合えるようになるでしょう」

三千代は首を振った。

「長屋王はいずれ、武智麻呂たちに追い落とされるでしょう。それまでは、あなたはなにもせず、息を潜めているのです」

「長屋王が藤原の者たちの好きにさせますか」

葛城王が眉をひそめた。

「長屋王は育ちが良すぎるのです。ゆえに、詰めが甘い。今は栄華を誇っていますが、それも長くは続かないでしょう」

「母上はすべてをお見通しなのですね」

「物事をよく見極めれば、だれにでもわかることです。わたしと不比等はそうやって生きてきました」

葛城王はひとつうなずいたあとで、咳払いをした。

「ひとつ、考えていることがあるのです」

「なんですか」

「今すぐにとはいいませんが、いずれ、臣下にくだって橘の氏を名乗ろうと思っております」

「そうですか」

「もう、名も考えているのです。橘諸兄《もろえ》。いかがですか」

「よい名前です」

三千代は答えた。

＊＊＊

近江《おうみ》に入ると、天皇が遣わされた内舎人《うどねり》が宇合たちを迎え入れた。

このたびの働きに、天皇は大いに感謝しているという。

蝦夷の叛乱とその鎮撫は、天皇にとっても大きな問題だったのだ。

「首様がこれほど喜んでくださるとは」

慰労の宴で酒を飲みながら、小野牛養が顔をほころばせた。小野牛養は任地こそ違ったものの、鎮狄将軍として叛乱の鎮圧に奔走した。

「将軍、都へ戻れば大変な褒美が待っているのではありませんか」

そう言って笑ったのは大野《おおのの》東人《あずまひと》だった。

「我々もあやかりたいものです」

中臣《なかとみの》広見《ひろみ》がそれに続いた。

「愚か者たちめ。将軍が褒美を独り占めにするようなお方だと思っているのか」

高橋《たかはしの》安麻呂《やすまろ》が宇合の盃に酒を注いだ。

「安麻呂殿の言うとおりだ。我らは戦場で生死を共にした仲。そなたらを、放っておけるか」

宇合が盃を掲げると、四人もそれに倣った。

「血を分けてこそはないが、これまでも、これからも、我らは兄弟だ」

「兄弟の絆に」

四人が声をそろえ、酒を一気に飲み干した。

四人が四人とも、黒く日焼けしている。実際に戦場で刃を振り回していたわけではないが、都から遠く離れた陸奥で、日々、戦に目を凝らしていたのだ。

都から出たことのない者たちに比べれば、四人は頼もしい顔つきをしていた。

持節大将軍に任じられたことは驚きだったが、無駄ではなかった。心から信頼できる者を四人も得ることができたのだ。

「都の様子はどうなっている」

小野牛養が内舎人に訊ねた。

「なにも変わりありません」

内舎人は澄ました顔で応じた。

「安宿媛様にご懐妊の報せはないのか」

宇合は内舎人に顔を向けた。内舎人が首を横に振った。

「残念ながら、ご懐妊はまだのようです」

「そうか兄上はさぞ落胆しているのだろうな。もうよい、そなたは下がれ。今宵は我らだけで酒を楽しみたい」

宇合が告げると、内舎人は部屋を出ていった。

「安宿媛様が皇子をお産みになれば、いよいよ、藤原の兄弟たちが長屋王を追い落として政を主導するようになるのですね」

大野東人が言った。

「そのときが来るのが待ち遠しいですな」

応じた中臣広見の顔が歪んでいる。この戦を通じて、位階が下の者たちの間に長屋王への不満がくすぶっていることを知った。

「馬鹿を言うな。左大臣は天皇の信頼篤きお方。そのようなお方を追い落とすなど、それこそ天皇に対する不敬ではないか」

「とぼける必要はありません、将軍。我らは兄弟も同然と申したのは将軍ですぞ」

高橋安麻呂が頬を膨らませながら言った。

「武智麻呂、房前、宇合、麻呂、藤原の四兄弟が長屋王の好きにさせているのは、安宿媛様が皇子をお産みになるときを待っているのだ。世間ではみな、そう信じております」

中臣広見が乱暴に酒を呷った。

「みな、長屋王の政に辟易《へきえき》しているのです」

小野牛養が吐き捨てるように言った。

融通が利かず、上から一方的に押しつけられるだけの政に多くの者が呪詛《じゅそ》を口にする。

このことを知れば、房前はどう思うだろう。それでも、長屋王と手を携えて天皇を支えるという思いを変えないのだろうか。

「房前兄上なら、そうであろうな」

宇合は酒を口に含んだ。

「なにを独りごちているのです、将軍」

高橋安麻呂がまた宇合の盃に酒を注いだ。

「そなたらの言葉を左大臣が耳にしたらどうするかと思ってな」

「あのいつも涼しそうな顔が曇りますか」

小野牛養が身を乗り出してきた。

「いや、あの涼しい顔のまま、自分の抱く崇高な理想はなかなか理解されないものだと嘯《うそぶ》くであろう」

「左大臣というのはそういう方なのですね」

「そうだ。そして、困ったことに、わたしは左大臣が嫌いではないのだ」

「ご冗談を」

四人の顔が揃って引きつった。

「我々は藤原の兄弟たちに将来を賭けようと思っているのです。それを、左大臣は嫌いになれないなどと言われたら、我々はどうしたらよいのですか」

小野牛養が食い下がる。顔が赤いのは酔ったせいではない。気持ちが昂ぶっている。

「いいか、心して聞け」

宇合は盃を置いた。他の者たちもそれに倣った。

「かつて、父、不比等が言ったのだ。政は人の好き嫌いで行うものではない。心ゆるせる相手であっても、自分の目指す政に邪魔となるなら切って捨てよ。逆に、どうしても好きになれない相手でも政に良しとなるなら、その相手の肩を抱け」

だれかが溜息を漏らした。

「そのような言葉を、若いときから聞かされていたのですか」

小野牛養が嘆息するように言った。

「父は家にはほとんどいなかったが、たまに姿を現すと、政の要を教えてくれたのだ」

「胸に刺さる言葉です。政とはさようなものなのですね」

「とはいえ、わたしは父ではない。父の教えのとおりに政を行うつもりもない」

不比等の言葉は紛《まご》うことなく正鵠《せいこく》を射ているのだろう。だが、それではあまりに無情すぎる。

不比等は戦に出たことがない。だからわからないのだ。決して切り捨ててはならぬ者がいるということを。

「わたしは決してそなたらを切り捨てたりはせぬ。約束しよう」

「我らも将軍の意に背くようなことは決していたしません」

高橋安麻呂が叫ぶように言った。

「誓いますぞ、将軍」

中臣広見が盃を掲げた。

「この身ある限り、将軍に付き従います」

大野東人が続いた。

五人で黙って酒を飲んだ。

＊＊＊

邸に戻ると、妻の牟漏女王が橘三千代と語らっていた。

母と娘の横顔は瓜二つだ。

「これは三千代殿、ご無沙汰しております」

房前は三千代に頭を下げた。

「よいのですよ、内臣殿。お忙しいお方ですもの」

房前は苦笑しながらふたりの傍らに腰を下ろした。

「なにを話していたのです」

「宇合殿が凱旋されたので、牟漏が無事帰還された祝いの宴でも催したいと言うのですが、宇合殿はお忙しいようで、なかなか時間を作ってもらえぬと」

「そなたがそのようなことを」

房前は牟漏女王に問うた。

「はい。久しく宇合殿のお顔も拝見しておりませんし、これはいい機会ではないかと思ったのですが」

「聞くところによると、宇合殿は一緒に陸奥へ行った小野牛養らと親しくされているようす」

「さように聞いております。戦場で生死を共にした仲ゆえ、その絆も深いものがあるのでしょう」

「相変わらず甘いですね、内臣殿は」

三千代の声が棘《とげ》を孕んだ。

「どういうことですか」

「宇合殿はこのたびの功績で、従三位に上がるでしょう。まだ式部卿という身ながら、政の中心に躍り出るやもしれません」

「それがいかがいたしました」

房前は内心、舌を巻いた。退いたとはいえ、宮中における三千代の威光が消えるわけではない。宇合が受ける叙位、叙勲は先日、太政官で決められたばかりだ。それがすぐに三千代の耳に入る。女官たちに口止めしたところで意味はなかった。

「鎮狄将軍だった小野牛養をはじめとする者たちは、宇合殿に心酔しているのでしょう。宇合殿にとっては心強い味方。政では意のままになる者たちを抱えておくのが定石です」

「宇合がそのように振る舞うとして、それのなにが問題ですか」

「宇合殿の本心はいずこにあるのでしょうね」

三千代は言葉を切ると、房前の目を真っ直ぐに見つめた。

「中納言殿に従うのか、内臣殿に従うのか、あるいは己の道を進むのか。あなたは兄なのです、わたし以上に宇合殿のことをご存じでしょう」

武智麻呂に従うか、己の道を進むかのふたつにひとつだ——房前は唇を嚙んだ。

長屋王と志を共にするという考えは宇合にはないだろう。武智麻呂と手を結んで長屋王を追い落とすか、あるいは唐を手本にした国造りという己の夢を追い求めるか。

いずれにしろ、房前の進む道と宇合の進む道は交わることがない。

「あなたたち兄弟の絆にひびが入れば、長屋王がそれを利することになります」

「それは心得ております。先日も、兄弟で集まり、武智麻呂が同じことを申しました。その上で、兄弟が手を取り合って同じ道を進むと決意を新たにいたしました」

三千代の目が氷のように冷たい光を孕んだ。

「あなたにはそれが不満なのでしょう」

「そのようなことはございません」

「よいのです。阿閇様の言葉に忠義を尽くす。それが藤原房前という男です。だからこそ、わたしも中納言殿ではなく、内臣殿に娘を嫁がせたのですから」

「痛み入ります」

房前は頭を下げた。

「中納言殿は、あなたの心持ちなど気にもかけないでしょう。だれよりも不比等様に似ております。欲しいものを手に入れるためには、どんな犠牲も厭いません」

「兄は変わってしまいました」

三千代の顔に微笑みが浮かんだ。

「氏上という立場がそうさせるのです。不比等様も、兄上が生きておられれば、あのような人間にはなっていなかったでしょう」

不比等の兄、定恵《じょうえ》は僧となり、留学僧として唐へ赴いた。十数年の時を経て帰国したが、その直後に亡くなっている。

定恵が生きていれば、あるいは還俗《げんぞく》して父である藤原鎌足《かまたり》の後を継いだのかもしれない。であれば、不比等はどのような人生を歩んだのだろう。

房前は首を振った。

考えても仕方がない。伯父は若くして死に、不比等が藤原の氏上になった。それを変えることはできない。

房前が不比等の次男であることもまた、変えることはできないのだ。

「あなたの忠義がどこにあれ、それは、藤原の力が強くなければ貫くことはできません。よいですか。藤原の力あっての内臣なのです。思いは違ったとしても、中納言殿と共に歩むのです」

「承知しております」

房前の言葉に、三千代がまた微笑んだ。

「それでもなお我慢がならぬときは、道から足を踏み出してしまえばよいのです」

思わぬ言葉に、房前は瞬きを繰り返した。

「道を外れてもよいのですか」

「中納言殿はあなたをゆるさないでしょう。それでもかまわぬという覚悟があるのなら、なるようになります。そのときは、わたしが力添えをいたしましょう。あなたは牟漏の夫ですから。力不足ではありましょうが、葛城王もおります」

「温かく、力強いお言葉をいただきました」

房前はもう一度、三千代に頭を下げた。

＊＊＊

「つまらぬ」

箏をつま弾く手を止めて、麻呂は独りごちた。盃に酒を注ぎ、一息に飲み干す。

もうかれこれ一刻近くそうやって飲み続けているが、一向に酔いが回る気配はなかった。

長屋王の佐保の邸に赴くと武智麻呂が嫌な顔をするのでこのところは控えるようにしている。

代わりにといってはなんだが、宇合と時を過ごしたいと思うのだが、陸奥から戻ってきた宇合は、生死を共にした仲だと小野牛養や他の連中と常に一緒にいる。

戦の話など、一度聞けば十分だというのに、連中は飽きることなく陸奥での話を繰り返す。

それが面倒で、宇合に会いに行く足も遠のいてしまった。

仕方がないので京職大夫としての仕事が終わると自宅へ戻り、箏をつま弾き、酒を飲み、詩を吟じる。

しかし、それにももう飽きてしまった。飽きてしまったというのに、他にできることもしたいこともない。

「ご主人様、お客人がお見えです」

再び箏をつま弾こうとしたところで、家人から声がかかった。

「わたしに客だと。なにかの間違いだろう」

「葛城王様にございます」

「葛城王……」

麻呂は居住まいを正した。葛城王は三千代の息子であり、葛城王の妻、多比能《たひの》は不比等と三千代の娘であり、麻呂の妹にあたる。

藤原一族とは近しいが、これまではたまに言葉を交わすだけだった。

「失礼いたしますぞ」

葛城王が瓶を抱えて姿を現した。

「これは葛城王様。このようなところに、今日はどのような用で」

「珍しい酒が手に入ったのですが、普段酒を酌み交わす友たちはだれもかれもが多忙な様子で。ひとりで飲むのもつまらんと思っていたところ、突然、麻呂殿のことが思い浮かびました。だれよりも酒を愛す我が弟。その弟と飲まぬ手があるかと」

「それはわざわざ、痛み入ります」

「邪魔でなければよいのですが」

「見てのとおり、こちらも退屈を持て余していたところです。お座りください」

麻呂は家人を呼びつけ、酒膳の支度を命じた。

「やはり、箏をつま弾いておられましたか。酒と共に、麻呂殿の箏を久々に聴きたいとも思っていたのです」

盃と簡単な食事が運ばれてきた。葛城王は持参した瓶から直に酒を酌んだ。

「百済でよく飲まれていた酒だそうです。配下の者に、百済から来た一族の者がおりまして。故郷を偲《しの》んでは毎年、この酒をこしらえているとか。どうぞ、飲んでみてください」

麻呂も瓶から直に酒を酌んだ。普段飲んでいる酒より香りがきつい。ひとくち飲んでみる。味もきつかった。

「これはなんともまた……」

酒を飲み干すと、胃の腑《ふ》が一気に燃え上がった。

「香りも味もきつく、また、酔い方も強烈です。飲みすぎないよう、気をつけなされ」

「しかし、うまい」

麻呂はうなずき、また酒を口に含んだ。一向に回ってこなかった酔いが、瞬く間に麻呂をとらえた。気分がよくなり、箏を手元に引き寄せた。

心のままにつま弾いていく。酒に頬を赤らめた葛城王が目を細めて箏に聞き入っている。

気分がいい。実に気分がいい。

曲が終わると、葛城王が感に堪えぬというように吐息を漏らした。

「相変わらず、見事な腕前。心が洗われるようです」

「それほどたいそうなものではありません」

空だったはずの盃は新たな酒で満たされていた。麻呂はその酒を飲んだ。頭の奥で鬱屈《うっくつ》していたものが溶けていく。

「葛城王様、この酒、気に入りました。また手に入りますか」

葛城王がうなずいた。

「それほど気に入られたなら、配下の者にそう伝えます。あやつらも、天下の藤原麻呂が家伝の酒を気に入ったと知れば、大いに喜ぶでしょう」

「それは言いすぎです、葛城王様」

「なんの、みなが申しております。いずれ、安宿媛様が皇子をお産みになられたら、長屋王様に取って代わり、藤原四兄弟の時が来ると」

「しかし、皇子が生まれぬことにはどうにもなりません。それに、わたしは末っ子です。仮に藤原の世が来たとして、わたしが手に入れられるのは微々たるものです」

葛城王が笑った。

「相変わらず、野心がないのですな、麻呂殿は」

「どれだけの野心を内に抱えていようと、末っ子であるという現実は変えられません」

「わたしも、同じ母を持ちながら、そちらの父上は比《なら》ぶ者なきと謳《うた》われた藤原不比等、こちらはなんの力もない皇親だという事実は変えられない。詮方なき者同士、せいぜい、酒に酔って憂《う》さを晴らしましょう」

葛城王が盃を掲げた。麻呂も盃を掲げ、中の酒を飲み干した。

胃が燃え上がり、頭の奥が溶けていく。

葛城王が笑った。麻呂も笑った。

飲んでは笑い、笑っては飲み、気がつけば夜が更けていた。

九

だれもかれもが麻呂の顔を見るたびに「このたびはおめでとうございます」と声をかけてくる。

初めのうちは照れくさかったが、次第に腹立たしさを覚えるようになってきた。

いつものように酒を飲んでいる最中、葛城王が「祥瑞《しょうずい》が現れたと言って、白鼠《しろねずみ》でも献上してはどうか」と言ったのだ。

麻呂の酔った頭はそれを面白いと受け止めた。

それで、部下に命じて白鼠を探させ、年が明けると、天皇の徳が至る所に及んでいる証左《しょうさ》だと献上したのだ。

天皇がこれを喜べば、麻呂殿も叙位されるのではないかと葛城王は笑いながら言ったが、それが現実になった。

麻呂の白鼠だけではなく、大倭《やまと》の国守も白亀を献じたのだ。

祥瑞がふたつも現れたと天皇は大いに喜んだらしい。

麻呂は従四位上であったのが正四位上を叙位された。

喜ばしいことではあったが、麻呂に言葉をかけてくる者たちの顔に、少なからず侮蔑の色が混じっていることにすぐに気づかされた。

叙位のためならなりふりかまわぬ者と思われているのだ。

「ふざけるな」

麻呂は独りごち、近づいてこようとする者たちを無視して足早に歩いた。一刻も早く朝堂から立ち去りたかった。

「麻呂」

しかし、背中に浴びせられた声が麻呂の足を止めた。武智麻呂の呼びかけを無視するわけにはいかない。

「これは兄上」

麻呂は無理矢理笑顔を浮かべ、振り返った。武智麻呂は憮然とした顔で立っている。

他の者と同じだ。叙位のために白鼠を献じたと思っている。

「話がある。共に歩こう」

嫌だと言いたかったが、口から出たのは別の言葉だった。

「兄上と共に歩くなど、いつ以来のことでしょうか」

「思い出せないな」

武智麻呂は麻呂と肩を並べると、口を結んで歩き出した。

宮中に出ると、武智麻呂が口を開いた。

「恥ずかしくてたまらん」

「白鼠の件ですか。あれは、叙位のためにやったのではありません。首様に喜んでもらいたかった。ただそれだけです」

「しかし、朝堂の者はそうは思っていない。我ら兄たちに比べ、出世の遅いそなたが無い知恵を絞ったのだと噂《うわさ》している」

「言いたい者には言わせておけばいいのです。位が上がったところで、わたしはただの京職大夫。これまでとなにも変わりません」

武智麻呂が首を振った。

「なぜわたしたちになんの相談もせずにあんなことをしたのだ」

「酒の席の冗談だったのです」

「酒だと」

「はい」麻呂はうなずいた。「葛城王と酒を酌み交わしておりまして、その折に、白鼠でも献じてはどうかと。酔っていましたゆえ、面白そうに思えたのです」

　武智麻呂が足を止めた。

「葛城王とは、三千代殿の息子の葛城王のことか」

「そうです。最近は、長屋王の佐保の邸に足を向けると兄上が嫌な顔をなさるので、葛城王と酒を飲むことがよくあります」

「いつからだ」

「一年にはなりましょうか」

　武智麻呂は腕を組んでまた歩き出した。麻呂は慌ててついていく。

「葛城王とはどんな話をするのだ」

「わたしがだれと酒を飲み、どんな話をしようが、兄上には関係のないことだと思いますが」

「愚か者め。どんなことでも関係してくるのだ。わたしたちは藤原の兄弟だぞ」

　麻呂は唇を舐めた。

「葛城王は尊い血を引いている上に、三千代殿の息子だ。その胸の奥では野心が渦巻いているだろう。そういう者がおまえに近づいてきた。警戒してしかるべきだ」

「葛城王はそのような人ではありません」

武智麻呂が舌を鳴らした。苛立っているときに出る癖だ。

「いつになれば大人になるのだ、麻呂」

「兄上――」

「この都で善良と呼べるのは民草だけだ。朝堂に上がる者はみな、邪《よこしま》な心を持っていると思うがいい。葛城王もしかり、長屋王もしかり、このわたしもしかり。政というのはそういうものだ」

「そのような目で世を見て、辛くはありませんか」

麻呂は思わず訊いた。武智麻呂が苦笑した。

「おまえよりもう少し若いぐらいの頃は、辛いと思ったこともある。だが、父上が亡くなった今は、そんなことも言ってはおられん。目の前に延びる道を歩くだけだ。おまえや宇合にもその道をついてきて欲しいと願ってはいるがな」

麻呂は武智麻呂の顔を盗み見た。武智麻呂は房前の名を出さなかったことを意に介していないようだった。

「近づいてくる者はだれであれ警戒しろ。それが嫌なら、都を出よ。おまえがどう思おうと、藤原の末子であるという事実は変えられん。そして、藤原の血を引く以上、政と無縁でもいられないのだ」

「肝に銘じます」

麻呂は答えた。早く武智麻呂と別れたかった。

「白鼠だが、首様はたいそう喜んでおられたそうだ」

麻呂は武智麻呂の言葉に驚いた。

「さようですか」

「首様が玉座に就かれてから、災厄が度重なっているからな。左大臣も、政を担う我々に徳がないからだと言ったが、あれは暗に首様を非難しているのだ」

武智麻呂はまた舌を鳴らした。

「そんなときに、首様の治世は安泰であるとおまえが白鼠を献じたのだ。首様も心より嬉しかったことだろう。これは、間違いなくおまえの手柄だ」

「酒の席の冗談だったのです」

麻呂は俯いた。武智麻呂はときおり、昔の優しかった兄に戻ることがある。だが、突然すぎてどう応じればいいのかわからなかった。

「首様がお喜びになられたというのは事実だ。理由などどうでもいい。それが政だ、麻呂よ」

「はい」

「今のわたしには、左大臣を越える力がない。それゆえ、おまえには京職大夫という職に甘んじてもらっている。だが、いつの日か――」

武智麻呂は唇を噛み、空を見上げた。分厚い雲が広がっている。夜になれば雨が降り出しそうだった。

「おまえにも政を担ってもらう日が来る。それまで、耐えてくれ」

「兄上の気持ちはよくわかっております。わたしはただ――」

「箏をつま弾くのもよい、詩を吟じるのもよい。だが、酒は控えよ。酔いは頭の働きを鈍くする。必ず、そこにつけ込もうとする輩《やから》が現れる」

「承知しました」

「それでは、ここで別れよう」

朱雀門の前で武智麻呂が片手を上げた。

「失礼いたします」

麻呂は頭を下げ、邸に向かっていく武智麻呂の背中を見送った。

「これは飲まずにはいられないな」

武智麻呂の背中が遠のくと、そう呟いて喉を鳴らした。

＊＊＊

「冬に播磨《はりま》に行幸する」

天皇の言葉に、房前は小さくうなずいた。

「播磨からの帰りには難波《なにわ》にお寄りになりますか」

天皇は皇太子だった頃から何度も難波を訪れている。

「そうしよう。みなにその旨伝えて、抜かりなく準備を整えよ」

「かしこまりました」

「それから、行幸には京職大夫を連れていこうと思うのだが」

「麻呂をですか」

「そろそろ、あの者も政を担うべき頃合いだろう。行幸に参加させれば、他の者たちに余の意を伝えることにもなる」

「麻呂も喜びますでしょう」

「余のために白鼠を見つけてくるとは、可愛い男ではないか」

天皇が歯を見せて笑った。正月に麻呂が献じた白鼠がたいそう気に入っていたのだ。

「ご用はそれだけでございましょうか」

「安宿媛のことだが……」

天皇は咳払いをしてから口を開いた。

「このところ、元気がないように思えるのだ。なにか、心当たりはないか」

「それでしたら、懐妊の兆しがないのが心に重くのしかかっているようでございます」

房前は答えた。

「懐妊か。確かに、余も早く子を産んでくれと何度も言うた。そなたたち兄弟も、安宿媛が皇子を産むことを強く願っているのだろう。安宿媛にはそれが重荷か」

「申し訳ございません」

房前は頭を下げた。

「そなたが謝ることはない。祖父殿の悲願を果たすためには、安宿媛が皇子を産むことが必定。余の最初の皇子を産んでこそ、立后への道が開けるのだからな」

「はい」

天皇はなにかに苛立ったかのように頬を指先で掻いた。

「最近、氷高様がうるさいのだ。相応しい娘を娶って皇后にせよと。皇后のいない天皇など前代未聞だと言ってな。氷高様や阿閇様こそ前代未聞の天皇だったものを」

房前は口を挟まず、天皇の次の言葉を待った。

「だが、余は安宿媛以外の娘を皇后にするつもりはない」

「ありがたきお言葉」

「あれといると、心が安らぐのだ。そのような女人はこの世に安宿媛ただひとり。幼き頃より長くそばにいたせいであろうか。それにな、内臣」

「なんでございましょう」

「母上もそれを望んでいるように思えてならんのだ」

「宮子様がですか」

　天皇がうなずいた。

「母上は皇親の血を引かぬゆえ、皇后になれず、余を産んですぐに病を得た。皇后になっておれば、そのようなことはなかったはずだ。安宿媛を自らはかなわなかった皇后の座に就けたい。そう願っておられるのではないか」

「わたしにはお答えいたしかねます」

「ここには余とそなたしかおらぬのだぞ。相変わらず、融通の利かぬ男だ」

「申し訳ございません」

「いずれにせよ、余は安宿媛を皇后にする」

「はい」

「そのためには、やはり、左大臣は邪魔か」

　天皇の顔から表情が消えた。数年前、武智麻呂が天皇の心に植え付けた不信という名の種は芽を吹き、少しずつ、だが、確実に育っている。

「しかし、左大臣に邪な心はございません」

　房前は言った。天皇の顔つきは変わらなかった。

「あのお方は己の信じる理想の政を実現しようとなさっているだけ」

「そのためには、余の意さえも気にかけぬ」

「首様……」

「あれはいつのことだったか。災厄が続くのは、余に徳がないからだと言いおった」

「そうではございません。首様ではなく、我々、政を担う臣下に徳がないからと申されたのです」

「臣下に徳がないのは、主である余に徳がないからであろう。左大臣はそう言いたかったのだ。なぜ、あの者をそなたが庇《かば》うのだ」

「庇っているわけではありません」

「まあよい。確かに、あの者に邪な心はなかろう。下がってよいぞ、内臣。安宿媛のこと、今まで以上に気にかけてやってくれ」

「かしこまりました」

房前は一礼し、部屋を出た。廊下を進むと、前方から長屋王がやって来るのが見えた。

「首様をお訪ねか」

房前より先に長屋王が口を開いた。

「はい。冬に播磨へ行幸されるとの命を受けました」

「また行幸ですか」

長屋王の涼しげな瞳に苛立ちの影が降りた。

天皇が行幸すれば、多くの臣下がそれに付き従うことになり、政が滞る。長屋王はそれを嫌っていた。

「止めるおつもりですか」

房前の問いかけに、長屋王は首を振った。

「わたしが止めれば、首様は不快な思いをされるでしょう。それでは」

長屋王が房前の傍らを通り過ぎた。

邪な心はない。だが、不遜ではあるかもしれない——長屋王の背中を見つめながら、房前は瞬きを繰り返した。

＊　＊　＊

播磨への行幸から都へ戻る途中、天皇は難波宮に立ち寄られた。

麻呂は旅装を解きながら、溜息を何度も漏らした。

早く都へ戻りたい。

行幸では、宿泊先で酒を飲むことはできるが、飲みすぎることは躊躇われる。そしてなにより、箏をつま弾くことができないのが苦痛だった。麻呂と共に行幸に付き従う臣下たちは退屈な者ばかりで、長屋王の佐保の邸や葛城王と酌み交わす酒が恋しくてたまらなかった。

「京職大夫様、首様がお呼びでございます」

部屋の外から女官の柔らかい声が響いた。

「首様がわたしに」

部屋を出て問いただすと、女官がうなずいた。

「なにごとだ」

「わたしにはわかりかねます。ただ、京職大夫様をお連れしろと言いつかっただけですので」

この行幸の間、天皇と言葉を交わすことはなかった。突然呼び出された理由がわからず、麻呂は首をひねりながら天皇の居室に向かった。

「京職大夫、藤原麻呂にございます」

「入れ」

天皇の声が響くと、女官が戸を開けた。酒膳がふたりぶん、用意されている。天皇はすでに盃を傾けていた。

「よく参った、京職大夫。さあ、座るがよい」

「ありがたきお招きにございます」

麻呂は深々と頭を下げ、天皇の向かいに用意された酒膳の前に腰を下ろした。

「どのようなご用でしょうか」

「そうかしこまるな。まずは飲め」

天皇に促され、麻呂はまず天皇の盃に、ついで自分の盃に酒を注いだ。

「いただきます」

両手で盃を持ち、中の酒を一息に飲み干した。

「京職大夫はいい飲みっぷりだと耳にしていたが、そのとおりだな」

「恐れ入ります」

「遠慮せずに好きなだけ飲むがよい。こたびの行幸はいかがであった」

「至らぬことばかりで、周りの人間に迷惑をかけ通しにございました」

「細かいしきたりが多いからな。いずれ、慣れる」

天皇の盃が空になった。麻呂は酒を注いだ。

「白鼠を献じてくれたこと、嬉しかったぞ」

なんと応じてよいのかわからず、麻呂は酒を飲んだ。

「朝堂の者たちは政にかまけて、余の心に思いを馳せてはくれぬのだ」

「わたしはただ、首様の治世が末永く続くことを祈っているだけにございます」

「その気持ちが嬉しいのだ。京職大夫は藤原の者。言ってみれば、我が一族も同じではないか。その一族の者が余を案じてくれている。そう思うだけで胸の奥が温まる」

「ありがたきお言葉にございます」

「そなたの思いに応えたくて、こうして酒膳を用意させたのだ。旅先は都のようにうまい酒はあるまい。舌の肥えたそなたのことだ、困っていたのではないか」

「そのようなことはございません」

「今宵は遠慮なく飲み、食べるがよい」

「ありがとうございます」

麻呂は天皇に一礼した。

「この難波宮をどう思う」

「初めて訪れましたし、先ほど到着したばかりですので、まだしかとは見ていないのです」

「余はここが好きなのだ。ここを都にしたいと思っている」

「遷都《せんと》なさるおつもりなのですか」

麻呂は声を昂ぶらせた。

「そうしたい。だが、長屋王が反対するであろうな。中納言もだ」

「そうでしょうね」

麻呂は盃を置いた。酒を飲む気分ではなかった。

「玉座には就いたものの、なにひとつ思うようにはいかぬ。あれをしたい、これをしたいと思っても、議政官たちが異を唱えるのだ」

天皇が盃を突き出してきた。麻呂は酒を注いだ。

「それがあやつらの仕事だということはわかっている。わかってはいるが、腹立たしいものよ」

天皇は酒を一息で飲み干した。その間も、麻呂から視線を外さない。

「それで余も頭を働かせてみた。いきなり遷都では、議政官たちも声高に反対するだろう。だが、陪都《ばいと》ならどうだ」

「陪都でございますか」

麻呂は天皇の盃に酒を注ぎながら言った。

「さよう。遷都ではなく、もうひとつの都をここ、難波に造るのだ。議政官たちも異を唱える名分が見つからなくて言葉も出まい。どう思う、京職大夫」

「さすが首様。名案にございます。陪都ですか。わたしには思いもつかぬことです」

「難波宮の造営は式部卿に任せようかと思うている」

「宇合にですか」

「あれは、唐の文物に詳しいであろう。新しい都の造営を任せるには相応しいと思うのだ」

「宇合ならば、しっかりと責務を果たすでしょう。しかしながら、首様……」

麻呂は言葉を濁した。

「なんだ。言いたいことがあるならはっきりと申してみよ」

「なぜそのような話をわたしになさるのですか」

「そなたや宇合を信頼しているからではないか」

天皇は平然と言い放ち、酒を呷った。麻呂は天皇と自分の盃に酒を注いだ。

飲みたい気分ではないが、飲まずにはいられない雰囲気になってきている。

「武智麻呂や房前がおります。わたしも宇合も太政官に席を持っておりません。首様のお力になりたくてもなれないのです」

「中納言が第一に考えるのは余のことではなく、藤原だ」

天皇は盃を口へ運んだ。舐めるように酒を飲む。

「房前はなにかと左大臣に与したがる。ふたりとも、よく働いてはくれるが、余の心を預けることのできる臣下ではない。だが、そなたと式部卿なら、なによりもまず、余のことを思ってくれるのではないか。また、それがかなう立場にある」

麻呂は深く頭を垂れた。

「もったいなきお言葉に、我が心が震えております」

「余を思って動けば、中納言や内臣とぶつかることもあるだろう。それでも、余はそなたらに期待しているのだ」

「かつて、不比等が安宿媛と戯れる首様を見つめながら、わたしに申しました」

「不比等殿が」

天皇は酒を飲む手を止めた。

「我々兄弟は、首様と安宿媛を守り支える四神なのだ、と。その言葉を忘れたことは一日たりともありません」

「四神か……さすがは不比等殿。面白いことを口にしたものよ。今は武智麻呂と房前がいるゆえ、そなたと宇合に太政官の座を与えることはかなわぬ。しかし、いずれはそなたたちが我が治世の鼎《かなえ》となる日が来る。それまで待つのだ、麻呂」

「は――」

麻呂は両手をつき、床に額を押しつけるように頭を下げた。

それほど飲んだわけではないのに心が昂ぶっている。血潮が熱を帯びてうねっている。なんとしてでも天皇の信頼に応えねば――唇を噛んで己に誓った。口の中に血の味が広がった。

＊　＊　＊

「安宿媛が懐妊したというのは誠か」

荒々しい足音を立てながら武智麻呂が部屋に入ってきた。

房前は兄の耳聡《みみざと》さに舌を巻いた。つい先ほど知らされ、これから報告に行こうと思っていた矢先だったのだ。

「まだ確実ではありません。しかし、安宿媛の女官によれば、おそらくは懐妊であろうとのことです」

「そうか。安宿媛がとうとう首様の御子を……」

武智麻呂の声が震えていた。それほどまでに待ち望んでいた懐妊なのだ。

「しかし、まだ皇子なのか、皇女なのかもわかりません」

「皇子に決まっている。安宿媛は藤原の娘だぞ」

房前はうなずいた。不比等と三千代の娘なら、間違いなく皇子を産むだろう。理由もなくそんな考えが頭に浮かぶ。

「首様に会いに行くぞ、房前。懐妊が広く知れ渡れば、臣下たちがこぞって首様にお目通りを願うだろう。そうなる前に、我々が真っ先にお会いするのだ」

「もちろん、そのつもりです」房前は腰を上げた。「首様はすでに、安宿媛のもとへ向かっているそうです」

「ならば、東宮へ向かおう」

武智麻呂の言葉に房前はうなずいた。

東宮の主は軽皇子だった。東宮の塀を隔てた隣が不比等の邸だ。皇子といつでも会えるよう、不比等が塀に戸を設けたのだ。

その戸は今でも、天皇が安宿媛に会いに行く際に使っている。

「長かった……」

東宮に向かって足を進めながら、武智麻呂が呟いた。

「確かに、長かったですね」

「皇子がお生まれになったら、いよいよ左大臣を追い詰める。やっと藤原の世が戻ってくるのだ」

「しかし兄上、それは――」

「めでたい日なのだ。おまえと議論を交わすつもりはない」

武智麻呂が房前の言葉を遮った。房前は口を閉じた。

確かに今日はめでたい日だ。今後どうしていくかは、日を改めて話し合えばいい。

天皇が玉座に就いて以来、主のいなくなった東宮の庭を横切り、塀にこしらえられた戸をくぐり抜けた。

安宿媛が主となった不比等の邸では、家人たちが笑顔を浮かべて働いている。安宿媛の懐妊を、みなが心から喜んでいるのだ。

「首様がいらしているそうだな」

武智麻呂が年配の家人を呼び止めた。

「これは武智麻呂様、お久しゅうございます。房前様も。こちらへどうぞ。首様は安宿媛様の居室におられます」

家人が先頭に立ち、房前たちを安宿媛の居室まで案内した。居室の戸の前に、女官や資人たちが並んでいた。

「中納言と内臣が参ったと伝えよ」

武智麻呂が言うと、女官のひとりが部屋の中に声をかけた。

「入れ」

天皇の声が響いた。いつにもまして、その声には張りがある。

「失礼いたします」

武智麻呂と房前は一礼して部屋に入った。天皇が安宿媛の腹に手を当てていた。

「よく参った、中納言、内臣」

「このたびは、安宿媛様ご懐妊の報せを受け、飛んで参りました」

「余も報せを聞いて慌てて来たのだ。慌てすぎて、沓《くつ》を履き忘れた」

天皇が屈託なく笑った。

「さあ、そなたたちも、安宿媛をねぎらってやってくれ。だれにもできぬ大事を成したのだ」

「おめでとうございます、安宿媛様」

武智麻呂が床に両手をついて頭《こうべ》を垂れた。房前もそれに倣った。

「安宿媛様、ご懐妊、心よりお喜び申し上げます」

「やめてください、ふたりとも。まだ本当に懐妊だと決まったわけではないのですよ」

「懐妊です。懐妊したに決まっています」

顔を上げた武智麻呂が熱のこもった声で言った。安宿媛が照れたように微笑んだ。

「ぜひ、立派な皇子をお産みくださいませ」

「娘かもしれませんよ」

「いいえ。皇子に決まっております。なぜなら、安宿媛様は藤原不比等と橘三千代の娘」

「それでは理屈が通りません」

安宿媛がまた笑った。ここ最近、様子が優れないようだったのが嘘のように明るい笑顔だった。

「中納言の申すとおりだ。不比等と三千代の娘が、皇子を産まずにどうする」

天皇が言った。

「首様まで……」

安宿媛の頬が赤らむ。天皇と安宿媛は心から慕いあっていることがうかがえた。

「房前、酒の支度をさせよ。めでたき日だ。今日は首様ととことんまで飲もうではないか。

いかがでございましょう、首様。我々の盃を是非とも受けてくださいませ」

「飲もう。今日は大いに飲み明かそう」

天皇が歌うように言った。

天皇はもとより、武智麻呂が喜びの感情を露わにするのは珍しいことだった。不比等が死んで以来、目にしたことはなかったのではないか。

幼い頃はよく笑っていた男が笑わなくなった。

政の場では、心の様を表に出してはならぬ——不比等の口癖だったが、武智麻呂は頑なにその教えを守っているのだ。

房前は女官たちに酒宴の支度を命じた。その間も、天皇と安宿媛、そして武智麻呂の声が途絶えることはない。

だれもが待ち望んでいた懐妊なのだ。

房前は三人、中でも武智麻呂の表情を盗み見ながら歓談の輪に加わった。

安宿媛が皇子を産めば、武智麻呂は長屋王への攻勢を強めていくだろう。長屋王はそれにどう応じるのか。

そして、自分はどうすべきなのか。

長屋王と共に、内臣として首を支えるのだ——元明天皇の言葉が耳にこびりついている。病に伏した太上天皇が下した命なのだ。逆らうことはとてもできない。

武智麻呂との血の絆を断つこともできない。

どうすればいいのか。

どれだけ考えても答えは見つからず、悩みは増すばかりだった。

自分は水面に浮かぶ木《こ》の葉《は》だ——房前は思う。水の流れに身を任すことしかできない。

「なにを難しい顔をしているのだ、房前」

武智麻呂に肩を叩かれて我に返った。すでに酒肴は運ばれ、武智麻呂の頬は酒に淡く染まっていた。

「今日はめでたき日ぞ。そなたも飲め」

「そうだ、内臣。今日はなにもかもを忘れて飲むのだ」

天皇が盃を呷った。その隣で、安宿媛が微笑んでいる。

「いただきます」

房前が手にした盃に、武智麻呂が酒を注いだ。房前はその酒を飲み、無理矢理笑みを浮かべた。

＊　＊　＊

書庫で書物を見繕っていると、長屋王が姿を現した。

佐保の邸だ。

宇合が訪れたときは長屋王はいなかった。書物に夢中になっている間に、かなりの時が流れたのだろう。

「相変わらずですね、式部卿」

長屋王が微笑みながら近づいてくる。

「難波宮を造営するのに、少しばかり知りたいことが出てまいりまして」

宇合は笑顔で応じた。

「曹司でも世間でも、安宿媛のご懐妊で浮かれているのに、あなただけは変わらない。この邸も、ここ数日は訪れる者もいないというのに」

「わたしは難波宮造営の責任者ですから、仕事をおろそかにするわけにはいきません。首様は難波宮が完成するのを待ち望んでいるのです。そして、この国で一番、唐の書物があるのはここですから。人の姿がないとは思いましたが」

佐保の邸はいつ訪れてもだれかが酒宴を開いているか、詩の詠み比べを行っている。だが、安宿媛の懐妊が発表された辺りから、めっきりと人の姿が減っていた。

「みな浮かれているのです。生まれるのは皇子《みこ》か、皇女か。だれもが皇子の誕生を願っていますが、皇子が生まれれば生まれたで、困った事態が生じるかもしれない」

「困った事態ですか」

宇合はわざと首を傾げた。

「わかっているくせにとぼけるのは、やはりその体にも藤原の血が流れているのですね」

長屋王が首を振った。

「生まれる皇子にも藤原の血が流れています。武智麻呂殿の力が強まるのです。これまではわたしに愛想笑いを見せていた者たちは、どうすべきか迷っていることでしょう」

宇合は手にしていた書物を元の場所に戻した。

「首様は長屋王様を寵愛なさっておいでです。それに、長屋王様には他にも頼もしい者がついておりますよ」

「だれのことですか」

今度は長屋王が首を傾げた。

「内臣です。血の絆より阿閇様が下された命の方を大事に思う男ですから。実の兄であっても、阿閇様の命に逆らうような事態になれば、全力でそれを阻止しようとするでしょう」

「血の絆よりそちらを重んじますか」

「ご存じでしょう。房前兄上は、そういう男なのです」

「内臣殿はそうだとして、式部卿や京職大夫はどうなのですか。やはり、血の絆が大事でしょう」

宇合は微笑んだ。

「麻呂のことはわかりません。しかし、わたしのことでよければお答えしましょう」

「是非、お聞きしたい」

「わたしがなにより重んじるのは、わたし自身の内なる声です」

「あなたの内なる声……」

長屋王の目が細くなった。

「その声は、夢を果たせとわたしに語りかけてくるのです」

「唐を手本にした国造りですか……では、式部卿はその夢の実現に手を添えてくれる者であれば、血の絆に背を向けてもかまわないとおっしゃるのですね」

「好きなようにお考えください。そろそろ、わたしは失礼いたします」

宇合は長屋王に一礼し、書庫を後にした。呼び止める声はない。

表に出て、邸を振り返った。しんと静まりかえった邸は巨大な墓のようにも思えた。

「さて、どうするのです、長屋王。わたしを取り込もうと見え透いた嘘をつきますか。それとも、真のあなたを見せてくれますか」

宇合の声は、突然吹いてきた風に運ばれていった。

＊＊＊

麻呂は久しぶりに安宿媛の邸を訪れた。

最近、安宿媛が塞ぎがちだと葛城王から聞かされていたからだ。懐妊がわかった頃には笑顔の絶えなかった安宿媛になにが起きたのか、麻呂は心配でならなかった。

「安宿媛様、麻呂が参りましたぞ」

安宿媛の居室に案内された麻呂は、女官に取り次ぎを求めると、安宿媛の返事も待たずに部屋の戸を開けた。

「兄上」

麻呂を認めた安宿媛の顔に笑みが浮かんだ。だが、その笑顔にはいつもの闊達《かったつ》さがなかった。

「最近、元気がないと聞き及んで駆けつけたのですが、いかがなさいました。気が塞いでいると、お腹の皇子に障りますよ」

麻呂は安宿媛の向かいに腰を下ろした。安宿媛は皇子という言葉に眉をひそめた。

「まだ皇子かどうかはわかりません」

刺々しいその言葉で、麻呂は安宿媛が気落ちしているわけを悟った。

「周りの声がうるさすぎますか」

女官が箏を運んできて、麻呂は口を閉じた。不比等が大切にしていた箏は手入れが行き届き、主を失った今でもつま弾くことに問題はなさそうだった。

「首様も、武智麻呂兄上も、皇子を、皇子をと同じ言葉を繰り返します。他の者たちもです。生まれてくるのが皇女だったらどうするのですか。そのことを考えると、夜も眠れないのです」

女官が去ると、安宿媛が口を開いた。

「みな、男ですからね。女人の、とくに懐妊した女人の気持ちなどわからないのです」

麻呂は箏を軽くつま弾いた。指先が弦に触れるか触れないかの、微妙な指さばきで音色を奏でていく。

「もし生まれてくるのが皇女なら、首様はさぞ失望されるでしょう。武智麻呂兄上もです。そうなったら、わたしは……」

「確かに、首様は失望されるでしょうね」麻呂は箏を弾きながら言った。「しかし、それは一時のこと。首様の安宿媛様に対するお心が変わるわけではありません」

「それはわかっています。でも、首様が悲しむだろうと思うと……」

「この音曲を耳にしたことはありますか？」

麻呂は弦をつま弾く指先に力を加えた。箏が奏でる音が大きくなる。

　安宿媛が首を振った。

「いいえ。初めて聴きます」

「これは唐の曲で、彼の地の人々は、懐妊した女人にこの曲を聴かせるのだそうです」

「なぜですか」

「この音色には、お腹の子を男子にする力があると信じられているのだそうですよ」

　安宿媛の目が丸くなった。

「本当ですか」

「本当かどうかはわかりません。酒の席で聞いた話ですので。ただ、箏の音を聴くだけのこと。お腹の子に害はありますまい。それで本当に皇子がお生まれになったら儲けものです」

　安宿媛が口に手を当て、くすりと笑った。

「兄上ったら。昔から、兄上が一番、わたしを上手に笑わせてくれました」

「今一度、奏でます。よく耳を傾けていてください」

「そういたします」

　麻呂は肺に息を溜めた。箏をつま弾く。心を込めて、精一杯に。

　唐の音曲が部屋に満ちていく。

　皇子よ、生まれよ。邪気のない円《つぶ》らな瞳で母を見つめよ。安宿媛を安らかにせよ、笑わせよ。藤原の血を受け継ぐ者たちをその光で照らせ。

曲を奏で終えても、麻呂は両の手を弦に添えたまま動かなかった。すべてを音曲に込めたのだ。息が上がり、心は虚ろだった。

「素敵でした」

安宿媛の声に我に返った。

「兄上の箏がお上手だということは知っていましたが、ここまでとは。目を閉じて音色に耳を傾けていると、御仏のお心に触れたような気がしました」

「それほどのものではありません。ただ、安宿媛様とお腹の子のために。精一杯つま弾いただけでございます」

「その優しい心が、御仏に通じたのだと思いますよ」

安宿媛はそっと息を吐き出した。

「ありがとうございます、兄上。わたし、もう、自分ではどうにもできないことで思い悩むのはやめにいたします」

「それが一番です」

「御仏にすべてを任せればいいのです。御仏は間違ったことはなさいませんから」

麻呂はようやく箏から手を離した。指先が痛む。それほどの力で箏をつま弾いたのは初めてのことだった。

「我ら兄弟にとっては、安宿媛様こそが御仏ですよ」

安宿媛が麻呂を睨んだ。

「わたしが皇子を産めば、藤原が栄華を極めるからですか」

「そうではありません」麻呂は首を振った。「安宿媛様の笑顔を見ていると、心が安らぐからです。ご覧なさい、武智麻呂兄上や房前兄上を。政に没頭すると、だれもが笑顔を失います。父上がよく言われていた。政をする者は心の動きを表に出してはならんと」

「覚えております」

「喜びや怒り、悲しみを押し隠しているうちに、心が冷えていくのです。だから、武智麻呂兄上も房前兄上も滅多に顔をほころばせることがない」

安宿媛がうなずいた。

「ですが、安宿媛様と一緒にいるときは、あのふたりも笑顔を見せます」

「そうでしょうか。武智麻呂兄上がわたしに笑顔を見せてくださるようになったのは、懐妊してからだと思います。それ以前は、いつも仏頂面をなさっておいででした」

麻呂は苦笑した。

「武智麻呂兄上は、だれよりも気苦労が多いからでしょう」

「政など、やめてしまえばいいのに」

「そうはまいりません。首様をお支えしなければ」

「そうですね。兄上、もう一曲、奏でてもらえませんか」

「承知いたしました」

麻呂は息を整え、箏に手を伸ばした。再び、心を込めて弦をつま弾く。

自分が太政官に席を得るのはまだ先のことだろう。それまでは、安宿媛の、この愛おしい妹の心を安らげてやるために力を尽くせばいいのだ。

微笑みながら目を閉じ、箏の音色に耳を傾けている安宿媛の姿は、実際、仏のような慈しみに満ちていた。

＊　＊　＊

「舎人様」

武智麻呂は曹司から邸へ戻ろうとする舎人親王の背中に声をかけた。舎人親王が振り返った。

「中納言殿。そなたも帰るところか」

武智麻呂はうなずき、舎人親王と肩を並べた。

「安宿媛様の様子はどうかね」

「お腹もかなり膨れております。中にいるのは元気な皇子にございましょう」

「なんとしてでも皇子を産んでもらわねばな。最近、変なことを吹聴する輩がいるが、皇子が生まれればそやつらも口を閉じよう」

「変な噂ですか」

「もし、首様に皇子が生まれなければ、次の玉座に就くのは長屋王かその子孫だというのだ。血筋的にはあり得ないことではないが、首様に対する不敬ではないか」

「さようにございます」

武智麻呂は顎に指を当てた。

「舎人様はどう思われているのです。仮に、首様に世継ぎができなかった場合、だれが次の玉座に座るべきか」

「それを決めるのはわたしではない。氷高様だ」

舎人親王は太上天皇の名を口にした。

「しかし、氷高様も最近は体の具合がすぐれない様子」

「氷高様がもしあちらの世に旅立たれたら、そのときは、首様が決めることになろう」

「まったく素晴らしいお方ですね、舎人様は」

「突然、なんだ。年寄りを褒めたところで、そなたの得になることはなにもないぞ」

武智麻呂は微笑んだ。

「私心なきその心構えを、わたしも見習いたいものです」

「藤原の者が私心を捨てられるものか」

口調はきついが、言葉に毒はない。舎人親王は機嫌がすこぶるいい様子だった。

「首様から舎人様に言づてがございます」

武智麻呂は話題を変えた。

「首様から……内臣ではなく、そなたがことづかったのか」

「はい。おそらく、内臣には聞かせたくないのだと思います」

「なんだ。申してみよ」

「安宿媛様が皇子をお産みになったなら、できるだけ早く立太子《りったいし》を執り行いたい。その折には、是非とも、舎人様の力をお貸しいただきたいとおっしゃっておりました」

「待て。いくら待望の皇子だといっても、それは早すぎる。しきたりによれば、皇子の立太子は――」

「首様はそれをご承知の上で、無理なお願いをしているのです」

舎人親王は立ち止まり、腕を組んだ。

「しかし、我ら皇親がそれを良しとしたとしても、長屋王は到底承服すまい」

「されど、左大臣とて、首様の意を無視することはできません。議政官の多くが立太子に賛同すれば、左大臣も承服せざるを得なくなるでしょう」

「まことに首様のご意向なのだな」

武智麻呂はうなずいた。

長屋王の政に対する不満はそこかしこで渦巻いている。掲げる理想は立派だが、人の心の機微を軽く見すぎるのだ。

舎人親王を筆頭とする皇親たちも、不満をため込んでいるに違いなかった。

「口さがない連中も跡継ぎが決まっているとなれば、黙り込むしかあるまい。早くに立太子を済ませてしまうのは、首様にとってはよいことかもしれないな」

天皇の母は不比等の娘、つまり、臣下の娘だ。臣下の血が流れている天皇はその座に相応しくない。

口には出さずとも、そう考えている者は大勢いた。

「よいだろう。この件に関しては、そなたと足並みを揃えよう」

「ありがとうございます」

「そなたの望みは立太子、そして立后か。皇太子の母となれば、皇后に相応しいという名分も立つ」

「そのような大それたことは考えてもおりません」

「嘘をつく必要はない。ここは太政官ではないのだ。皇太子には母が必要だ。それも、それなりの位を持つ母がな……だが、道のりは険しいぞ、中納言」

「心得ておりますが、我が父も険しい道のりを歩んでまいりました」

「不比等殿には持統天皇と県犬養三千代がおった。そなたにはだれがおる」

「弟たちがおります」

舎人親王が笑った。

「果たして、内臣は本当にそなたの味方なのであろうかの」

舎人親王は腕をほどき、歩きはじめた。武智麻呂はその背中をじっと見つめた。

十

産声が聞こえた。

落ち着きなく部屋の中を歩き回っていた天皇が足を止め、房前《ふささき》を見た。

「聞こえたか、内臣《うちつおみ》」

声が上ずっている。

「はい。聞こえました。産声にございます」

房前の言葉が終わる前に、天皇は部屋を飛び出していた。止めようとする侍従たちを振り切り、庭を横切って産室に向かって駆けていく。

房前はその後を追った。

産声が次第に大きくなる。

皇子だ。皇子に違いない。

声を聞くにつれ、確信が深まっていく。房前は胸が躍るのを覚えた。

安宿媛《あすかべひめ》が皇子を産んだのだ。

「どうであった。皇子か」

天皇が肩を揺らしながら産室の前に侍っていた女官に訊ねた。

「おめでとうございます、首《おびと》様。立派な皇子にございます」

産室の中から三千代《みちよ》の声が響いた。出産に際し、三千代は安宿媛の邸に寝泊まりしていたのだ。

「内臣」

天皇が房前を見た。その目は欲しくてたまらなかった玩具を手に入れた幼子のように輝いている。

「皇子ぞ。安宿媛が皇子を産んだ」

「おめでとうございます、首様」

房前は天皇に向かって頭を下げた。

「会わせよ。我が皇子に会わせよ」

天皇が叫ぶ。女官たちが慌てて止めに入った。

「お待ちくださいませ、首様。安宿媛様は皇子様をお産みになられたばかり。今しばし、お待ちを」

「待てぬ。通せ」

「首様」

房前は産室に入ろうとする天皇の前に立った。

「お気持ちはわかりますが、お待ちを」

「どかぬか、内臣。皇子だぞ。待ちかねていた皇子が生まれたのだぞ」

「お待ちくださいませ」

房前は膝をついた。

「首様、どうぞ、お入りになられませ」

三千代の声がした。天皇は房前を一睨みし、産室に駆け込んでいった。

戸が開いた瞬間、皇子の産声が途絶えた。

「よくやった、安宿媛」

天皇の声が一層高くなる。

房前は立ち上がり、耳を澄ました。天皇が安宿媛をねぎらう言葉が続いた。内臣といえども、産室に立ち入ることはゆるされない。声から中の様子をうかがうことしかできなかった。

「皇子の顔を見せてくれ、三千代殿」

「元気な皇子にございます」

また産声が聞こえてきた。

「おお、よく泣く皇子じゃ。ほれ、父ぞ。そなたの父がそばにおるぞ」

いつもとは違う天皇の声の響きに、女官たちの顔がほころんでいた。

「内臣様、左大臣様たちがお越しです」

女官のひとりが房前の耳に囁《ささや》いた。房前は産室の前を離れ、庭の真ん中に陣取った。

「内臣殿、皇子がお生まれになったと聞いたが」

長屋王《ながやのおう》を先頭に、議政官たちがぞろぞろとやって来る。だれもが喜びを露わにしていたが、武智麻呂《むちまろ》だけが仏頂面だった。だれよりも嬉しいくせに、その感情を押し殺している。

「はい。皇子がお生まれになりました」

「なんとめでたい」

長屋王が感に堪えぬという声を出した。

「首様、おめでとうございます」

だれかが声を発し、地面に膝をついた。他の者たちもそれに倣った。

「首様、おめでとうございます」

一斉に和する。その声に応じるように、産室から天皇が姿を見せた。

「そなたたち、もう、皇子が生まれたことを聞きつけたのか」

「だれもが待ち望んでいた皇子にございます。当然でございましょう」

長屋王が腰を上げた。

「心よりお祝い申し上げます、首様。皇子はお元気にございますか」

「もちろんだ。安宿媛が腹を痛めた皇子ぞ。元気いっぱい泣いておる」

天皇は言葉を切り、口と目を閉じた。その目尻が濡れて光っている。

「左大臣、祝いの酒を飲みたいのだ。付き合ってくれるか」

「もちろんです」

「中納言《ちゅうなごん》、内臣、そなたたちもだ」

「喜んでお付き合いさせていただきます」

武智麻呂が声を張り上げた。顔は仏頂面のままだが、声が震えている。

この世で、だれよりも安宿媛が皇子を産むことを望んでいたのは武智麻呂だ。

「後ほど参る。我が居室で待っておれ」

天皇はそう言い残すと、また産室の中に消えた。

「それでは、我々も参りましょう。安宿媛様はお疲れのはず。ここで騒いでいては休まるものも休まりません」

長屋王が他の議政官たちを促し、庭を後にした。残ったのは房前と武智麻呂だけだった。

「とうとう、安宿媛がやってくれたぞ」

武智麻呂が言った。

「はい」

「我が祈りが天に通じた」

「はい」

「雌伏《しふく》の時は終わりだ。父上が手にしていたものを取り返すときが来たのだ、房前」

父の望みは、天皇と藤原の者が共に支え合うことですぞ、兄上。決して藤原だけの栄華を望んでいたわけではありません——房前は言葉を呑み込んだ。

「長屋王の顔を見たか。青ざめていたぞ」

「もう参りましょう、兄上。ここでする話ではありません」

「そうだな。つい、我を忘れてしまった。行こう。今日は思う存分飲むとしようではないか」

武智麻呂が踵を返した。いつも以上に力強い足取りで庭を後にした。

＊　＊　＊

荒々しい足音が近づいてくる。宇合《うまかい》は読んでいた書物を閉じた。

曹司でこんな足音を立てるのは戦場帰りに決まっている。

「式部卿《しきぶきょう》殿、聞きましたか」

部屋に飛び込んできたのは小野牛養《おののうしかい》だった。今日にも安宿媛が子を産むと聞いていた。その子が生まれたのだろう。

「わたしはここにいたので、なにも聞いてはいないが」

「なにを呑気《のんき》なことを」

「それで、皇子なのか。皇女なのか」

「皇子だそうです。もう、宮中は大騒ぎですよ」

宇合はうなずいた。九年前のことが思い出される。安宿媛が最初に産んだのは女児だった。あのときの期待と失望の大きさは忘れられるものではない。

まだ皇太子だった首皇子は大いに嘆き、安宿媛もまた傷ついた。

「そうか。皇子をお産みになられたか」

今度は安宿媛も笑顔で赤子を抱いていることだろう。

「胸が躍りますな」

小野牛養がこれまた荒々しく腰を下ろした。

「そなたは躍っているのか」

「ええ。叛乱を鎮圧して凱旋したというのに、宇合様は式部卿に据え置かれたまま。知造《ちぞう》難波宮事《なにわぐうじ》に任じられたとはいえ、あんなもの、だれにでもできる仕事ではありませんか」

「わたしは喜んで役に就いているのだがな」

小野牛養は鼻を鳴らした。

「それは宇合様だからこそ。他の者ならへそを曲げているところですぞ」

「上がつかえておるのだ。致し方あるまい」

「しかし、安宿媛様が皇子をお産みになったとあれば、話は変わってきます。宇合様が政《まつりごと》の中央に躍り出る好機がやって来たのです」

宇合は笑った。

「そうは行かぬ。太政官《だいじょうかん》にはすでに武智麻呂兄上がいて、房前兄上は内臣だ。左大臣にはこれ以上、藤原の者に余分な地位を与えるつもりはないだろう」

「噂ですが――」

小野牛養が声を潜めた。

「左大臣は式部卿たち兄弟の絆を断ち切らんと謀《たばか》っているのだとか」

「くだらぬ噂だ」

宇合は一笑に付した。

「もしその噂が事実なら、左大臣の策にはまったふりをして、地位だけを得てはいかがなものでしょうか」

　小野牛養は宇合の対応を無視して続けた。

「地位さえ手に入れれば、後はどうとでもなる。政というのはそういうものでしょう」

「そのようなことを繰り返していれば、だれも信用してくれなくなる。政というのは、そう簡単なものではないのだ」

「我々は焦《じ》れったいのです」

　小野牛養の言葉に宇合は眉を吊り上げた。

「戦場での立ち居振る舞いを見ていれば、式部卿が抽《ぬき》んでた才をお持ちなのは一目瞭然。それが藤原の三男であるという理由だけで出世を阻まれている」

「牛養、それは口にしては――」

「いっそ式部卿が長男であったらいいのに。酒に酔うと、我らはいつもそう話しているのです」

「出世が望みか」

　宇合は冷たい声を放った。

「いいえ。そうではありません。式部卿と大きな仕事をしてみたいのです。式部卿が出世して我らを引き立ててくれねば、それもかないません」

　小野牛養は声を張り上げた。頬が紅潮しているのは気持ちが昂《たか》ぶっているせいだろう。

　宇合は溜息を漏らした。

「そなたらの気持ちはよくわかっている。だが、待つのだ」

「いつまで待てばいいのですか。皇子が生まれたのです。今がその時ではございませんか」

「まだだ。まだ機は熟していない」

宇合は手にしていた書物をじっと見つめた。

＊　＊　＊

葛城王《かつらぎおう》が酒を携えてやって来た。

「まさかとは思いましたが、なぜ邸にこもっているのです。安宿媛様にお祝いを伝えには行かぬのですか」

葛城王はすでに酒の匂いをさせていた。

「首様や臣下たちが押しかけておりましょう。わたしが出向いたところで声をかけることもままなりません。時を置いてからご挨拶にうかがおうと思っています」

「それがよいかもしれませんな。ならば、ふたりで皇子の誕生を祝いましょう」

葛城王は家人が用意した盃に酒を注いだ。麻呂《まろ》は盃を掲げ、酒を飲み干した。

「もっと喜んでおいでかと思いましたが、静かですな」

「喜んでいますとも。ただ、この後のことを思うと、心配にもなるのです」

「この後のこととは」

「首様と武智麻呂兄上は、すぐにでも立太子をと動き出すでしょう。左大臣は間違いなく反対する。太政官に嵐のごとき風が吹きすさびます。それに安宿媛様が巻き込まれぬかと心配なのです」

「立太子とはまた……」葛城王はまた盃に酒を注いだ。「早すぎますぞ。しきたりに従えば、もう十数年待たねば」

「古きしきたりを打ち壊して新しきしきたりを作る。それが父上以来の藤原の者の考え方です。武智麻呂兄上は当然、首様にも父上の血が流れているのですから」

「なるほど」

　葛城王は舐めるように酒を飲んだ。

「いずれ、葛城王様のところへも、皇子の立太子の件で話が来ましょう。兄上のことだ、すでに、舎人親王《とねりしんのう》様あたりとは話を通しているかもしれません」

「舎人親王様が……」

「ここのところ、長屋王様の政に異を唱えることが多くなっていると聞き及びました。抜け目のない兄のことです」

「もし、皇子が皇太子になるまえに首様が天に還られたら、もしかすると長屋王の眷属が玉座に就くかもしれない。舎人様はそれを嫌うでしょうな」

葛城王がうなずいた。麻呂は密《ひそ》かに舌を巻いた。さすがは三千代の血を引く男だ。話の要点を摑むのが早い。

「そう思っている皇親は多いはずです。もちろん、臣下にもいますでしょう。そうした者たちを取り込み、かつ、首様のご意向があるならば、左大臣とて、皇子の立太子を阻むことは難しいはず」

「いや、恐れ入りました」

葛城王が頭を下げた。

「なんのことです」

「麻呂殿の洞察、さすがは藤原の男ですな。わたしはそこまで考えが至りませんでした」

「安宿媛のことが心配なだけです」

麻呂は首を振り、酒を口に含んだ。

「皇子がすぐにでも立太子されれば、中納言殿は左大臣への攻勢を強めていきますな。さすれば、左大臣も抵抗される。長屋王の政は嫌いだが、かといって、藤原の者が力を持つのも困る。そう考える者どもがどう動くか、見物ですぞ」

「他人事《ひとごと》のようにおっしゃるのですね」

「他人事ですから」

葛城王が笑った。麻呂も顔をほころばせた。葛城王の飾らない性格が好もしい。だから、一緒に酒を飲んでいて楽しいのだ。

「しかし、藤原の血を引く皇子が皇太子になれたとして、依然、左大臣の勢力は強大ですぞ。中納言はそれに対抗しなければなりません。手っ取り早いのは、太政官に味方を多く引き入れること。となれば、宇合殿や麻呂殿の出番ではありませんか」

「それはありません」

麻呂は首を振り、今度は自分が葛城王の盃に酒を注いだ。

「武智麻呂兄上は、いずれは宇合兄上とわたしを太政官に引き入れるつもりでしょう。しかし、その前にやるべきことがあるのです」

「安宿媛様の立后ですか」

葛城王が平然とした顔で言った。麻呂は苦笑した。

「そのとおり。天皇、皇后、皇太子の三人が藤原の血を引く者になってこそ、武智麻呂兄上の思うような政ができます。我らが朝堂に呼ばれるのはそのときでしょう」

「立太子に立后か……左大臣という壁は厚く、高いですぞ」

「それは武智麻呂兄上も承知でしょう。しかし、その壁を乗り越えねばならぬ、必ず乗り越えると決めているはずです」

「なんともまあ、恐ろしいお方たちだ」

「なにを言うのです。不比等《ふひと》亡き今、三千代殿ほど恐ろしい方はこの世におりませんよ」

麻呂の言葉に葛城王がまた破顔した。

「麻呂殿の言うとおりだ。我が母より恐ろしい人間はこの世にいない。さあ、皇子と我が母のために、思う存分飲もうではありませんか」

　麻呂は葛城王の言葉が終わる前に、空になった盃に酒を注ぎ足した。

＊　＊　＊

　天皇の酒が進んでいる。滅多にないことだが、顔が赤く染まっている。自分の顔もそうなのだろうと武智麻呂は思った。

　天皇に付き合って次から次へと酒を胃に流し込んでいるのだ。

　長屋王と房前は控えめに飲んでいた。

　長屋王が思案げなのはわかる。藤原の血を引く皇子が生まれたのだ。これからどう対処していくべきか、考えなければならないことが多すぎる。

　釈然としないのは房前だ。武智麻呂と同様に喜ぶべきなのに、その顔は曇りがちだった。まだ、阿閇《あへ》様の言葉に囚《とら》われているのか。

　武智麻呂は溜息を押し殺した。

「阿倍《あべ》が生まれてから何年経ったというのだ。もうだめなのかと何度思ったことか」

天皇が言った。

天皇と安宿媛の最初の子、阿倍内親王《ないしんのう》が生まれたのは九年前のことだ。武智麻呂も何度も皇子はもう生まれないのかと歯嚙みした。

「氷高《ひだか》様は安宿媛の床に行く暇があったら他の女人と寝ろと言うのだ。それは皇太子や天皇の務め。わかっておる。わかっておるが、しかし、安宿媛以上の女人がどこにいるというのだ。なあ、中納言」

武智麻呂は頭を下げた。

「ありがたきお言葉、ありがたき御心。安宿媛様は天下一幸せな女人にございましょう」

「だがな、中納言。世継ぎなき天皇は足下が危うい。そなたもわかっておろう。世継ぎがいてこそ、天皇は天皇たり得るのだ。だから、余も泣く泣く、他の女人と枕を並べた。だが、安宿媛に我が皇子を産んで欲しかったのだ。それを産んでくれた。こんなに嬉しいことがあるか。これですべてが安泰だ」

「仰せのとおりです」

答えたのは長屋王だった。

「世継ぎができたとなれば、首様も心置きなくこの国の統治に専念できましょう」

武智麻呂は続けた。

「そうだな。これからはなんの憂いもなく天皇としての責を全うできるというもの。世継ぎといえば、左大臣」

天皇が酔った目を長屋王に向けた。

「なんでございましょう」

「皇子の立太子を急がねばならんな」

長屋王の目つきが変わった。

「それはなりません」

長屋王の言葉に、今度は天皇の目つきが変わった。

武智麻呂が植え付けた種は芽が出て、大きく育っている。

「なぜならんのだ」

「これまでのしきたりでは、立太子の儀を執り行うのは十五歳前後になってからとなります。それまでお待ちを」

「余が待てんと言ったらそなたはどうするのだ。母上の尊称のときのように異を唱えるのか」

天皇の目が据わった。長屋王は怯むことなく天皇に顔を向けている。

「天皇に諫言をするのは臣下の務めでございますから」

「諫言とはつまり、余が間違ったことをしているゆえ、その間違いを正せということだな」

「首様、それは――」

「中納言、そなたはどう思う」

天皇が武智麻呂を見た。

「余が皇子を早く皇太子にと願うのは間違ったことなのか」

「そのようなことはございません。わたしも、できるだけ早く立太子の儀を執り行うべきだと思っています」

武智麻呂は目の端に長屋王を捉えながら答えた。

「内臣、そなたはどうだ」

房前は答えに詰まった。

「どうなのだ、内臣。待ちに待った皇子が生まれたのだ。余の世継ぎである。その皇子を皇太子にと願うのは間違ったことなのか。古きしきたりというものは、余の思いより上にあるものなのか」

天皇が追い打ちをかけた。

房前が口を開いた。

「首様の意が重要かと思います」

「そうであろう。そうであろう」

天皇は満足げに膝を叩いた。

「しかし、首様。多くの臣下がしきたりを大切に思っていることも事実です」

長屋王が言った。顔から表情が消えている。

「そう思っているのは臣下ではなく、そなたではないのか、左大臣。先ほどの光景を見たであろう。多くの臣下が皇子の誕生を祝うために駆けつけてきてくれた。あの者らは、皇子の立太子を同じように祝ってくれると余は思うがな」

「首様――」

「この件に関しては議論は無用だ。ただちに立太子の儀を執り行うよう、つつがなく支度をせよ」

天皇は長屋王の言葉を遮った。

「首様――」

「この話はもう終わりだ。さあ、飲もう。皇子が生まれたのだ。我が皇子が皇太子になるのだ。こんな嬉しいことがあるか」

武智麻呂は天皇の盃に酒を注いだ。

長屋王は憮然としている。房前は沈んでいる。

今、この瞬間、天皇と長屋王、いや、藤原の血を引く者と長屋王の間に亀裂が走ったことを悟ったのだ。

その亀裂は、二度と元に戻すことはできない。

「房前、酒が進んでおらんぞ」

武智麻呂は房前に酒を勧めた。

「はい、いただきます。兄上」

房前が盃に残っていた酒を一息で飲み干した。武智麻呂は空になった盃に酒を注ぎながら天皇に言葉をかけた。

「左大臣と内臣、それにわたしが首様と皇太子様をお支えします。ご安心ください」

「わかっておる。わかっておる」

天皇は破顔し、酒を飲んだ。

十一

房前は天皇の意を汲み、すぐにでも立太子の儀を執り行うべく、仕事に忙殺された。

年が明ける前に儀を済ませたいというのが天皇の意向だったのだ。

天皇はこれ以上の議論は無用と言ったが、長屋王は立太子の件を、太政官で論議した。天皇の機嫌を損じるだけだからやめろと意見したのだが、長屋王は聞く耳を持たなかった。元から頑固な男だったが、このところ、それに拍車がかかっている。

太政官では早すぎる立太子に反対する者もいたが、舎人親王をはじめとする皇親たちが天皇の望みならば致し方あるまいという態度を示し、それで大勢が決した。

おそらく、この件は天皇の耳に入り、長屋王への不満や不信が増しているだろう。

配下の者たちに指示を出しながら、房前は唇を噛んだ。

武智麻呂がすべてを仕組んだのだ。

舎人親王に根回しをし、天皇とも事前に謀った。酒の席で立太子を決めて、長屋王に抗う術を与えぬ手はずだったのだ。

それでもなお長屋王が抗えば、武智麻呂が天皇の心に植え付けた種がさらに大きく成長する。

事前に察して長屋王に忠告すべきだった。

「内臣殿、一大事ですぞ」

声を荒らげてやって来たのは多治《たじ》比池守《ひのいけもり》だった。

「どうなされました、大納言殿」

「左大臣が、立太子の儀には出席するが、安宿媛の邸へ赴いて皇子に拝謁するのは断ると言っておるのです」

「左大臣がですか」

房前は手にしていた書類を机に置いた。立太子の儀が終わった後、諸司百官を左大臣たる長屋王が率い、新しい皇太子に謁見《えっけん》することになっていた。

「皇子の立太子に不満があるとしても、それは左大臣たる者のやることではない」

房前は言った。

「わたしもそう言ったのだ。だが、左大臣は聞く耳を持たん」

多治比池守は頬を膨らませた。

「左大臣がそのような振る舞いをしていると知ったら、首様はさぞご立腹なされるでしょう」

「内臣殿、あなたが左大臣を諭《さと》してはくれませんか」

「わたしがですか」

「さよう。頑固な左大臣も内臣の言葉には耳を傾けるかもしれません。皇子が皇太子になられるというめでたいときに、首様の機嫌が損なわれるのは……」

多治比池守は言葉を呑み込んだ。

「そうですね。わたしが行くしかなさそうです」

「よろしくお願いいたします。なんとしてでも、左大臣を説得してください」

房前はうなずき、腰を上げた。

「左大臣は今、どちらに」

「佐保《さほ》の邸に帰ってしまわれたようです」

房前は溜息を漏らし、曹司を後にした。

三日前に降った雪の名残が京のあちこちに残る中、房前は先を急いだ。吐く息が白く、手足の指先が寒さに痛んだ。

佐保の邸に着くと、すぐに長屋王のもとに案内された。だれかが来ることを予期していたのだろう。

「これは内臣殿ではありませんか。まさか、あなたが来るとは」

長屋王は房前を見ると目を丸くした。

「わたし以外には説得できそうにないと言われてやって参りました」

「あなたでも無理ですよ」

「なんとしてでも説得します。新しい皇太子への諸官の拝謁の儀を左大臣が率いないなど前代未聞です」

「生まれたばかりの皇子を皇太子にするのも前代未聞ではありませんか。中納言殿の横暴を黙って見過ごすわけにはいきません」

長屋王は腕を組み、房前から目を逸らした。

「これは中納言の企みなどではありません。首様のたっての願いなのです」

「首様の心の奥で眠っていたものを、中納言殿が揺り起こしたのではないですか」

「そのようなことはないと思います。どうか、お考えを改めてください」

長屋王が首を振った。

「それはできません。内臣殿、これはわたしの信念の問題なのです。不比等殿は多くの古きしきたりを打ち壊してきましたが、それでも、一足飛びではなく、少しずつ手順を踏まえて行いました。しかし、このたびの立太子はその手順さえ踏んでいない。断じて受け入れられません」

「首様の気持ちを逆撫でしてでも信念を貫くとおっしゃるのですか」

「首様が間違っておられるのです。天皇が間違いを犯したとき、それを正すのが真の臣下の役目です」

「ならば、わたしも言わせてもらいましょう。朝堂の主たる左大臣の間違いを正すのも、我ら臣下の務めにございます」

長屋王の目が細くなった。

「わたしが間違っていると言うのですか」

「確かに生まれたばかりの皇子を皇太子に据えるのはいかがかとわたしも思います。しかし、それは政をなげうってまで反対するような大問題とは思えません」

「それはあなたが藤原の者だからでしょう」

房前は首を振った。

「この国の、首様の臣下として言っているのです。わたしのことは左大臣もよくご存じでしょう。私心でものを言ったりは決してしません」

　長屋王が目を閉じた。

「無礼なことを口にしました。おゆるしください」

「いいのです。わたしに謝るぐらいなら、拝謁の儀を率いてください」

「やはり、それはできません。これが十五年後なら、喜んで諸官を率いたでしょう。しかし、生まれたばかりの皇太子はゆるしがたい」

「長屋王様が皇子の立太子を認めないのは、いずれ、自分の眷属を玉座に就けたいがためだ。そう申している輩もおります」

「わたしがそのような大それたことを……まさか」

　長屋王が目を開いた。

「もし、皇太子のいないまま、首様が倒れるようなことがあったら、長屋王様とその子息たちは有力な皇太子候補になります」

「わたしにそのようなつもりはない」

　長屋王は声を荒らげた。

「そうでしょうとも。しかし、そうは思わぬ者たちもいるのです。そうした輩の口を閉ざすためにも、どうか、お考えを改めていただきたいのです」

「言わせておけばよいのです」

長屋王の口調は頑なだった。

「左大臣――」

「房前殿のお気持ちは重々承知しています。首様もお怒りになり、わたしへの信頼が大きく揺らぐでしょう。それでも、このたびの立太子は間違っているというわたしの考えは変わりません。お帰りください」

「左大臣、わたしの気持ちがおわかりなら――」

「お帰りくださいと言ったのです」

長屋王は房前から顔を背けた。言葉だけではなく、顔つきも肩の強張りも頑なだった。

房前は溜息を押し殺した。

「ならば、わたしは帰ります。しかし、これだけは言わせてください。お考えを改めてくださらなければ、首様からの信頼が揺らぐといった程度のことでは済まなくなると思いますよ」

返事はなかった。

房前は一礼し、長屋王のもとを辞した。

腹立ちが収まらない。武智麻呂も長屋王も勝手すぎる。

大切なのは正しい政を行い、常に天皇を支えることではないのか。

腹の底で渦巻く怒りを解き放ちたいという衝動と戦いながら、房前は来た道を戻った。

長屋王の姿はなかった。

＊＊＊

皇子の立太子を祝う諸司百官を率いてきたのは大納言の多治比池守だった。

議政官たちの顔色がすぐれないのは天皇の怒りを思ってのことだろう。

長屋王は自分で自分の首を絞めている。

武智麻呂は笑い出したいのをこらえ、澄ました顔で儀式に臨んだ。

皇太子となった皇子は乳母に抱かれ、眠っている。息子の晴れの日だというのに、その横に座る安宿媛の表情は暗く沈んでいた。

祝賀の儀がつつがなく終わると、百官たちはまた、多治比池守に率いられて帰っていった。武智麻呂はその場に残った。

「曹司へは戻られないのですか」

邸の中へ戻ろうとしていた安宿媛が武智麻呂に気づいて立ち止まった。

「安宿媛様のご様子がすぐれないようなので心配になりまして」

安宿媛が溜息を漏らした。

「兄上、お時間があるのなら、わたしの部屋へおいでください」

「時間など、いくらでもありますとも」

武智麻呂はうなずき、安宿媛の後を追って邸の中に入った。

不比等が生きている間は幾度となく訪れた邸だが、いつも武智麻呂にはよそよそしく感じられた。

ここは不比等と三千代、そして安宿媛の邸であって、自分の居場所は他にある。

幼い武智麻呂は常にそう感じていた。

「皇子様の晴れの日だというのにいかがなされたのですか」

安宿媛の居室に着くと、座る間もなく武智麻呂は口を開いた。

「左大臣の姿が見えませんでした」

安宿媛の声は、怒りと悲しみの間で揺れているかのようだった。

「皇子様の立太子が不満なのです。これまでのしきたりに反しますからね」

「けれど、皇子の立太子は太政官でも話し合われて決まったこと」

「そのとおりです。左大臣は間違っています」

「首様が機嫌を損ねます」

「それを承知でなお、祝賀の儀に参加しなかったのです。不遜も甚だしい」

武智麻呂は吐き捨てるように言った。

「これからなにが起こるのですか、兄上」

安宿媛が真摯《しんし》な眼差しを向けてきた。

「なにも起こりません。皇子様は健やかに成長なされ、安宿媛様は首様と皇子様に愛され、慈しまれ、今よりさらに幸せにお過ごしになる。それだけです」

「わたしは怖いのです」

「なにも怖いことなどありません」

武智麻呂は語気を強めた。

「女官たちが噂しているのを耳にしたのです。だれかが皇子に呪《まじな》いをかけるかもしれないと」

「だれがそのような恐ろしいことをするというのです」

「長屋王様が……」

「馬鹿馬鹿しい」

武智麻呂は安宿媛の不安を一笑に付した。

「そうでしょうか。皇子がいなくなれば、もしかするとあの方が次の玉座に就くかもしれないのですよ」

「あの方には無理です」

「ですが——」

「この兄が約束します」武智麻呂は安宿媛の方に身を乗り出した。「御仏への信仰がだれよりも篤い安宿媛様が母なのです。皇子様に呪いをかけることなどだれにもできません。そして、万一皇子様になにかが起きたとしても、長屋王とその眷属が玉座を手にすることなどありません。わたしと弟たちで阻止します」

「わかりました。兄上の言葉を信じます」

安宿媛は潤んだ目を武智麻呂に向けた。武智麻呂は微笑み、その眼差しを受け止めた。

＊＊＊

式部省に乱雑な足音が響いた。

宇合は読んでいた書物を閉じた。こんな足音を立てるのは小野牛養らに違いなかった。

「式部卿殿、噂は耳にしましたか」

案の定、小野牛養と高橋安麻呂《たかはしのやすまろ》が姿を見せた。

「噂とはどの噂だ」

宇合はふたりに座るよう促した。

「左大臣が皇子に呪いをかけるという噂です」

小野牛養が眦を吊り上げて言った。

「くだらぬ」

「しかし、あの男は皇太子への拝謁を拒否したのですぞ。謀反《むへん》の心があるに違いない。ならば、呪いをかけるぐらいのことは平気でやるでしょう」

「中納言や内臣はなにをしているのですか。左大臣を討つべきではありませんか」

高橋安麻呂が口を開いた。

宇合はふたりの顔を順番に見回した。目が血走っている。

このふたりが特別なのではない。長屋王の政に鬱屈した思いを溜めている官吏《かんり》は多かった。

「そなたらは左大臣の首《しるし》を挙げたいのか」

ふたりがうなずいた。

「しかし、長屋王を左大臣に据えたのは天皇だぞ。左大臣を誅《ちゅう》するということは、天皇の意に反するということではないか。それこそ謀反ではないのか」

「それは――」

高橋安麻呂が言葉を詰まらせた。

「いつも、焦るなと言っているではないか。政では事を急ぐのは禁物だ。時機を待つ。それが最善の策なのだ」

「戦では勝機を逃せば負けることになります」

小野牛養が言った。

「これは政だ。戦ではない」

「政は剣を持たない戦だと耳にしたことがあります」

小野牛養は食い下がってきた。宇合は微笑んだ。

「そのとおり。だが、剣を持たないがゆえ、同じ戦でも戦い方が違うのだ」

「そのような戦、わたしの性《しょう》には合いませんな」

小野牛養が唇を尖らせた。

「性に合っても合わなくても、やらねばならぬことがある。それが待つことだ」

宇合は腰を上げた。

「すまないが、用事がある。この話の続きは後ほど」

「どちらへ参られるのですか」

小野牛養が訊いてきた。

「そなたらの嫌いな左大臣のところだ」

顔を見合わせるふたりをその場に残して、宇合は式部省を後にした。

太政官の曹司の前で名を告げると、すぐに中へ通された。

「お待ちしておりました」

長屋王が笑顔で待っていた。

「わたしになんの用でしょう」

宇合は長屋王の向かいに腰を下ろした。

「みなが訊くことを、あなたは訊かないのですね」

「なぜ皇太子様への拝謁を率いなかったのか、ですか。答えがわかっていることを訊いてもしょうがないではありませんか」

宇合の言葉に長屋王がうなずいた。

「しかし、後先のことを考えるべきだったとは思います」

「わたしもそれは考えたのです。しかし、ゆるせなかった」

「天皇の御心ですよ。それをゆるせないとなると、左大臣の座を返上するしかないのではありませんか」

長屋王が首を振った。

「この座にいて、天皇の間違いを正し、王道を歩ませる。それがわたしの務めだと思っているのです」

「自分が退けば、その後を継ぐのは中納言だと思っているのですね」

宇合は苦笑した。

「多治比池守は大納言ですが、武智麻呂殿の敵ではない。わたしがいなくなった後の太政官を主導するのは間違いなく武智麻呂殿になるでしょう」

「それのなにがいけないのです」

「武智麻呂殿は不比等殿とは違う道を歩もうとしておられる」

宇合は溜息を押し殺した。

窮地に陥ってもなお、我を捨てることができない。それが長屋王の弱みだった。誇りが高すぎるのだ。

「首様はたいそうお怒りの様子です」

「いずれ、わたしの気持ちをご理解してくれるでしょう」

「だとよいのですが」

「今日は、式部卿殿に提案があってお呼びいたしました」

宇合は長屋王が言葉を続けるのを待った。

「武智麻呂殿が手なずけている者たちの名を知りたいのです。協力していただけませんか」

「協力すれば、わたしはなにを手に入れられるのですか」

「太政官の座です」

長屋王はこともなげに言った。

「わたしは太政官から武智麻呂殿を追い出すつもりです。その後釜にあなたを推す。だれも異を唱えたりはしないでしょう」

「それではだめです」

宇合の言葉に長屋王が目を瞠った。

「太政官の末席を得たところで、できることはたかがしれています。わたしを大納言、いえ、右大臣にしていただけませんか」

「他の者たちを飛び越えて、それは無理というものです」

「血縁の者を敵に回すのですよ。それぐらいの見返りがないと承諾しかねます」

長屋王が腕を組んだ。

「もし、あなたを右大臣にと約束したら、本当に協力してくれるのですね」

「以前、話したように、わたしには夢があるのです」

「その夢をかなえるためなら、実の兄を敵にしてもいいと……」

「後は、左大臣、あなた次第です」

「いいでしょう。約束します。事が成った暁には、わたしの力で式部卿を右大臣に押し上げましょう」

宇合はこみ上げてくる笑いの発作《ほっさ》を辛うじて抑えこんだ。

政に誠意を求めてはいけない。それはわかっているが、こうもあからさまに嘘をつかれては笑わずにいられない。

「よろしくお願いいたします」

宇合は頭を下げた。

今このとき、あなたの命運は決まったのですよ、長屋王様——頭に浮かんだ言葉は、口には出さなかった。

＊　＊　＊

小刀で木簡《もっかん》を削る音が耳から離れない。

紙は高価なので、階位の低い官吏たちは木簡に文字を書き込む。木簡が用を果たせば、その表面を小刀で削ってまた新たな文字を書き込んでいく。

京職《きょうしき》の曹司では、いつもだれかが木簡を削っていた。

その音が耳にこびりついて離れないのだ。

麻呂は溜息を漏らした。退屈極まりない。ここ数日、葛城王は姿を見せないし、長屋王の佐保の邸もひっそりとしている。安宿媛と皇子の顔を見に行きたいと思っても、いまだ、訪れる者が絶えないという。

「首様はまた行幸に出向かれないか。皇子が生まれたばかりだ。あり得ないか」

麻呂は独りごち、また溜息を漏らす。

「京職大夫様、お客様がお見えです」

部屋の外から使部《つかいべ》の声がした。

「葛城王か」

麻呂は相好《そうごう》を崩した。

「式部卿様にございます」

「兄上が……お通ししろ」

すぐに戸が開き、宇合が姿を現した。手に、酒の入った器を下げている。

「これはまた、どうしたのですか、兄上」

「たまにはおまえと酒を飲みたくなることもある。邪魔か」

「そんなことはありません。暇を持て余していたところです」

麻呂は使部に酒肴の支度を命じた。運ばれてきた盃に酒を注ぐ。宇合が口をつけるのを待って、麻呂も酒を飲んだ。

「どういう風の吹き回しですか」

「わたしは自分の進む道を決めたのだ。おまえはどうするのか、酒を飲みながら語り合いたいと思ってな」

「どのような道ですか」

麻呂は訊いた。宇合は酒を口に含み、麻呂を見た。

「わたしは武智麻呂兄上に従おうと思う」

麻呂は目を瞬いた。

「夢を諦めるのですか」

　以前に聞いたことがある。宇合には秘めた夢がある。その夢を実現させるために我が道を歩みたい。

「左大臣が、力を貸してくれるなら右大臣の座を与えてくれると言った」

「左大臣がですか。それはつまり、武智麻呂兄上を裏切って左大臣につけと」

　宇合がうなずいた。

「口先だけのでまかせだ。仮に、武智麻呂兄上が朝堂を追い出されたとして、その後釜に同じ藤原の者を入れるはずがない。窮地から脱したいばかりに、平気で嘘をついたのだ」

　麻呂は黙って酒を飲み干した。空になった盃に新たな酒を注ぐ。

　喉が渇いて仕方がなかった。

「長屋王は信用が置けない。武智麻呂兄上とて、全幅の信頼を寄せるというわけにはいかないが、同じく信用できないのなら、血を分けた兄の方がまだましというものだろう。違うか」

「兄上がそう決めたのなら、わたしにはなにも言うべき言葉はありません」

「武智麻呂兄上がいる限り、わたしが太政官を主導することはない。つまり、わたしの夢はかなわぬということだ。だからといって、武智麻呂兄上を裏切ることもできぬ」

「その気持ちはわかります」

宇合は涼しい顔をしているが、長い時をかけて決断を下したのだろう。

「わたしの夢は、わたしの子供たちに託すことにしたのだ」

「子供たちですか……それがいいかもしれません。さあ、兄上、酒が進んでいませんよ。わたしと話をするなら、飲まねば」

宇合は舐めるように酒を飲んだ。

「わたしが協力を断れば、長屋王はおまえにも同じようなことを言ってくるだろう」

「すでに、何度か匂わされてはいますよ」

麻呂は答えた。宇合が眉を吊り上げた。

「そうなのか」

「あのお方は以前から、我ら兄弟の絆を断ち切ろうと考えておられたようです」

「それで、おまえはどうするつもりだ」

麻呂は答える代わりに、宇合の盃に酒を注いだ。そのときを待っていたというように、使部たちが酒肴を載せた膳を運んできた。

使部たちが去るのを待って、麻呂は口を開いた。

「いろいろ思案したのですが、どうも、わたしにはやりたいことがないようなのです」

麻呂の言葉に宇合が苦笑した。

「おまえらしい。酒と箏があれば、それで十分か」

「ただひとつ、望みがあるとすれば、安宿媛がいつも笑顔でいられるよう、心を砕いてやりたいということです。長屋王についたのでは、それはかなわないでしょう。ですから、わたしの答えは自《おの》ずと決まっているのです。兄上と同じですよ」

「武智麻呂兄上に従うか」

　麻呂はうなずいた。

「すでに、房前兄上の心は武智麻呂兄上から離れてしまっているのです。せめて我らぐらいは、武智麻呂兄上と同じ道を歩もうではありませんか」

「房前兄上か……」

　宇合の顔が曇った。

「困った兄だが、悪い兄ではない」

「だから困るのです」

「いずれ、武智麻呂兄上は左大臣と事を構えることになるだろう。そのとき、房前兄上は必ず止めようとするはずだ」

　麻呂はうなずいた。房前はそういう男なのだ。

「そのときは、房前兄上にはすべてを伏せておいた方がいいかと思います」

「気が合うな。わたしもそれがいいと思っていたのだ」

「兄弟ですから」

「房前兄上は深く傷つくだろう」

「仕方ありません。それもまた、房前兄上が自ら選んで歩いた道の行く先なのですから」

「ときに、房前兄上が羨ましくて仕方がなくなるときがある」

「わたしもありますよ。房前兄上は我ら四兄弟の中で、だれよりも自由に生きておりますからね」

「だから、ときに憎くてたまらなくもなるのだ」

麻呂はうなずいた。

「房前兄上はそういう人です」

「父上がここにおられたらなんと言うだろうか」

「決まっています。我ら四人が四人とも叱られるのです」

麻呂の言葉に、宇合は何度もうなずいた。

十二

年が明けて、県犬養広刀自《あがたのいぬかいのひろとじ》が皇子を産んだ。安宿媛に続く慶賀として朝堂は喜びに満ちあふれた。

だが、房前はみなと同じように喜ぶ気にはなれなかった。

広刀自は三千代に連なる一族の出だ。これまで、ふたりの皇女を産み、長女の井上内親《いのうえないしん》王《のう》は斎王《さいおう》となって伊勢《いせ》へ下向している。不比等と三千代は、天皇に嫁がせた藤原の娘が産む男子を皇太子に、県犬養の娘が産む女子を斎王にするという新しいしきたりを作ろうとしていたのだ。

その県犬養の広刀自が皇子を産んだ。

もし、安宿媛が産んだ皇太子に万一のことがあれば、広刀自の産んだ皇子が玉座に就くかもしれない。

武智麻呂はそれを恐れるだろう。

三千代にとっては、娘の安宿媛が産んだ皇太子、一族の血を引く皇子、どちらが玉座に就いても喜ばしいのだ。

もうひとりの皇子の誕生を喜んでいるのは長屋王も同じだろう。

もし、長屋王と三千代が手を結べば、倒すのは容易ならざる相手となる。

武智麻呂がまた、策を巡らすのではないか——房前にはそれが心配でならなかった。

長屋王が皇太子への拝謁に出向かなかったことを天皇は咎《とが》めなかった。それもあって、朝堂は落ち着きを取り戻しつつある。今は波風を立てるべきではないのだ。

武智麻呂の心の内を確かめなければ。

武智麻呂の詰める曹司へ赴こうと腰を上げかけたところで配下の者が長屋王の来訪を告

げた。

「これは左大臣殿。用があるのなら、わたしの方から出向きますものを」

「近くを通ったついでです」

長屋王はそう言って、房前の向かいに腰を下ろした。顔つきは穏やかだった。

もうひとりの皇子の誕生のせいだろう。

「それで、ご用の向きは」

「首様が明日、我々をお呼びです。おそらく、このたび生まれた皇子の祝儀に関するお話があるのでしょう」

「なるほど。心得ました」

「長らく生まれなかったのに、立て続けに皇子が生まれた。実にめでたいことです。武智麻呂殿もさぞお喜びなのでは」

やはり、長屋王がわざわざ立ち寄ったのは武智麻呂の動向を知りたかったからだ。

「もちろん、大いに喜んでおります」

「そうでしょう。では、わたしはこれで失礼します」

長屋王は優雅に微笑み、退室していった。房前は太い息を吐き出し、腰を上げた。武智麻呂のもとへ足を向ける。

武智麻呂は政務に勤しんでいた。顔を上げ、房前の顔を見ると苦笑する。

「顔が険しいぞ、房前。なにか心配事があるのか」

「このたびお生まれになった皇子のこと、どうお思いですか」

房前は腰を下ろした。

「めでたいことだ」

「もし、長屋王と三千代殿が手を組んだら、皇太子を脅かす存在になるかもしれません」

「そうはならん」

武智麻呂は切り捨てるように言った。

「首様の安宿媛に対する情にはだれも割って入ることはできん。さらに、すでに皇太子は決まっているのだ。おまえが言うように、長屋王と三千代殿が手を組んだとして、首様の気持ちを変えることはできん。それにだ――」

「安宿媛は三千代殿が腹を痛めて産んだ娘ではないか」

房前は武智麻呂の言葉を引き取った。

「あの女人の心の内はわからん。なにしろ、我らが父と手を携え、この国の根本を変えてきたのだからな。それでも、一族の栄華のために娘を切り捨てることはあるまい。考えてもみろ。玉座にだれよりも近いのは皇太子なのだ。三千代殿の孫だ。わざわざ長屋王と手を組む必要がどこにある」

「それはそうなのですが……」

「また、わたしがよからぬことを企むのではと心配になってやって来たのか。少しはこの兄を信用したらどうだ」

「信用はしています。ただ、今は朝堂にいらぬ波風を立てるべきではないと思いまして」

「その思いはわたしも同じだ。長く待ち望んでいた皇子が生まれ、立太子もなった。今は皇太子の成長を待つときだ。要らぬことをして敵を刺激すべきではない」

「敵ですか」

「そう。長屋王は我らの敵だ」

「共に首様を支え、この国を導いていく同志と考えることはできませんか」

「まだそのように甘いことを考えているのか、房前」

武智麻呂の頬がかすかに赤らんだ。

「我らと長屋王は進んでいる道が違うのだ。宮子様の尊称に長屋王が横槍《よこやり》を入れてきたあのときから、我らは倒すか倒されるかの敵になった。それがわからんのか」

「話し合いの余地はありませんか」

「そもそも長屋王は、皇太子への拝謁すら拒否したのだぞ。わたしにそのつもりがあっても、向こうにはあるまい」

「そうですね」房前は肩を落とした。「今しがた、長屋王がわたしのもとを訪れ、新しい皇子のご誕生を兄上はどう思われているかと探りを入れにきました」

武智麻呂が笑みを浮かべた。

「そうであろう。わたしが長屋王の立場でも同じ気持ちになる。敵の腹の内を知りたくてたまらないのだ。しかし、わたしなら敵の弟のところへ出向いたりはしない。長屋王はよほど焦っているのか、あるいは、おまえを相当甘く見ているのか」

「兄上は大変喜んでいるとだけ伝えました」

「それでよいのだ」

武智麻呂の笑みが広がった。穏やかな笑みだ。

「では、わたしはこれで失礼いたします」

「いずれ、兄弟顔を揃えて酒でも酌み交わそう」

「はい」

房前は一礼し、武智麻呂のもとを辞した。

廊下を歩きながら振り返る。

なにかが胸につかえていた。以前なら、長屋王と手を携えよと口にした途端、苦い顔をするのが武智麻呂の常だった。

それが、今日は穏やかな笑みを浮かべるだけだった。

皇太子の存在が武智麻呂に余裕を持たせているのか。

「それほど安宿媛が皇子を産み、その皇子が皇太子になることを願っていたのだ」

房前は自分に言い聞かせるように独りごち、先を急いだ。

＊＊＊

宇合と麻呂はすでに自分たちの膳の前に座していた。

「遅くなった」

武智麻呂はふたりに笑みを向け、自分の席に落ち着いた。

兄弟が顔を揃えるとき、武智麻呂の隣には房前が座り、その向かいに宇合と麻呂が並ぶのが常だった。

だが、今日は房前はいない。宇合が房前を呼ぶ必要はないと言ったのだ。

もとより、武智麻呂もそのつもりだった。長い間、こらえ、待ってきたが、それももう限界だ。房前は歩み寄るということを知らない。どんなときでも我を通さねば気が済まないのだ。

「房前兄上がいないというのは、なんだか妙なものですね」

麻呂が口を開いた。その横顔は寂しげだった。

「ならば、今からでも房前を呼ぶか」

武智麻呂は言った。麻呂が首を振った。

「最近は頻繁に首様とお会いになられているとか」

麻呂が酒を啜《すす》りながら言った。

「首様は皇太子の顔を見たいと、兄上は甥の顔を見たいとおっしゃって、安宿媛の邸に出入りしていると聞きました」

「相変わらずだな」

武智麻呂も酒に口をつけた。宇合はひとり、腕組みをして思案顔だ。

「わたしは暇ですから、聞き耳を立てるぐらいしかすることがないのです」

「それで、首様とはどんなお話をされているのですか」

宇合が腕組みを解いた。

「いろいろだ。最近の首様は左大臣と内臣を疎《うと》んじておられる。代わりに、わたしに相談を持ちかけてくるのだ」

天皇は賢く、周到だ。表向きは長屋王に信を寄せているように振る舞っている。だが、武智麻呂の蒔いた種は天皇の胸の内で大きく育ち、花を咲かせようとしていた。

決定的だったのは、長屋王が皇太子への拝謁を拒否したあの件だった。自分の意を敢然と拒否されたのである。

天皇は怒り心頭に発したはずだ。

いつか、隙あらば長屋王の喉首に刃を当ててやる。

天皇はそう思っている。だからこそ、長屋王と手を携えようとする房前のことも煩《わずら》わしいのだ。

「それで、なにを相談されているのですか」

宇合が重ねて訊いてくる。持節大将軍として陸奥へ赴いて以後、宇合は変わった。態度も言葉遣いも官吏というよりは武士に近い。

「首様と皇太子様をお守りする精鋭軍を作りたいそうだ」

「首様は長屋王が謀反を起こすとでもお考えなのですか」

「そうではない」

武智麻呂は宇合の言葉を否定した。

「しかし、生まれたばかりの皇子を皇太子に据えるというのは前代未聞のこと。どこでだれが不満を溜めているか知れたものではない。首様はなんとしてでも皇太子様と安宿媛を守りたいと願っておられるのだ」

「授刀舎人寮《じゅとうとねりりょう》だけでは心許ないと思われているのですね」

武智麻呂はうなずいた。授刀舎人として帯刀《たいとう》し、宮中の警固に当たる者たちはいるが、人数が少なすぎる。

「兄上はどうしようと思っておられるのですか」

麻呂が口を挟んできた。

「授刀舎人寮を強大化するしかあるまい。中衛府《ちゅうえふ》と名を変え、帯刀する舎人の数を増やすのはもちろん、それ以外の人員も増やす」

「令外《りょうげ》の官ということになりますか」

　宇合が言った。令外の官とは、律令に記されていない役職のことだ。

「そうなるな。首様は中衛府をなるべく早く立ち上げたいとお考えだ。問題は――」

「その中衛府を統括する人員ですね。舎人はいくらでも集めることができる」

「おまえなら心当たりがあるのではと思ってな。陸奥へ赴いたときに、都にとどまっていたのでは作れぬ絆を作ってきたのではないか」

　宇合がうなずいた。

「中衛府には、まず、大将、少将を置く。この二つには階位の高いものを当てるつもりだが、その下の将監《しょうげん》、将曹《しょうそう》には、戦の心得がある者を据えたいのだ」

「お任せください。曹司では小刀で木簡を削る日々を送るしかないですが、戦場へ出れば有能な者たちを知っております。彼らも、小刀よりは太刀を帯びる任に就く方が嬉しいでしょう」

「頼む」

　武智麻呂はまた酒を飲んだ。

「おまえは飲まないのか」

「酒を飲むと、頭の奥がかすみます」

　宇合が言った。

「ならば、わたしの頭はいつもかすみっぱなしですな」

　麻呂が笑い、盃の酒を飲み干した。

「もうひとつ、首様から相談を受けていることがある」

「安宿媛のことですね」

　麻呂が盃を膳に戻した。

「そうだ。首様は安宿媛を立后したいと切に願っている。だが、これは相当に難しい」

「生まれたばかりの皇子を皇太子にするのとは話が違います。皇子は尊い血を引いておりますが、安宿媛は臣下の娘。長屋王だけではなく、ほとんどの臣下が立后には反対するでしょう」

「父上ならばどうすると思う」

　武智麻呂は宇合に水を向けた。

「時をかけるでしょう。少しずつものごとを進めていき、それと同時に己の力も蓄える。そして、ここぞというときにその力を使い、成したいことを成し遂げるのです」

「わたしもそれしかあるまいと思っている」

　武智麻呂はうなずいた。

「皇太子様のご成長を待つのだ。そして、だれもが認める皇太子になられた折に、なぜ、自分の母は皇后ではないのかと言わせたい。天皇と皇太子が安宿媛の立后を望むのだ。反対したくても、それをおいそれと口にすることは難しくなる」

「長い時がかかりますね」

麻呂が言った。

「十年と少しだ。長いようで短い」

宇合が諭すように言った。

「ですが、父上は何十年も時をかけた挙げ句、本当に成したいことを成し遂げる前に死んでしまいました」

「父上は無からはじめたのだ」

武智麻呂は麻呂の目を見つめた。

「父上ははじめ、舎人として朝廷へ上がった。だが、我々は違う。父上が登った高みに近いところからはじめられたのだ」

麻呂がまた酒を呷った。頬が桜色に染まりはじめている。

「天皇と皇太子、そして、天皇の夫人《ぶにん》であり、皇太子の母である安宿媛、玉座をめぐる三人が、藤原の血を引いているのだ。すべて、父上が遺してくれたものだ。父上が成し遂げられなかったことを、我々が成し遂げるためにな」

「そうですね。兄上の言うとおりだ」

「しかし、だからといって、なにもせぬままに十年の時を過ごすわけにもいかん。安宿媛の立后に向けて、少しずつ外堀を埋めていくのだ」

「我らに与する者を少しずつ増やしていく。父上がそうしたように」

宇合の言葉に、武智麻呂は微笑んだ。

「そうだ。焦ってはならぬ。少しずつ、確実に進めていく。それが政だ。長屋王にはそれがわかっておらん。だから、拙速《せっそく》に事を進め、人心が離れていく。父上の教えを肝に銘じるのだ」

ふたりがうなずいた。

「そういえば、麻呂、最近、葛城王と親しくしているそうではないか」

宇合が話題を変えた。武智麻呂は眉を吊り上げた。

葛城王といえば、三千代の息子だ。藤原の血は引いていない。

「ええ、よく酒を酌み交わし、詩を詠みあったりしております」

「待て」

武智麻呂はふたりの間に割って入った。

「まだ葛城王と親しくしているのか」

「兄上に忠告されてからは余計なことは話さぬよう気をつけていましたが、要らぬ心配ですよ。葛城王はただ、暇を持て余しているのです」

武智麻呂は視線を感じた。視線の主は宇合だった。宇合と視線を合わせ、同時にうなずく。

「おまえもそう思うか」

「ええ。そう思います」

宇合が答えた。

「なんの話をしているのです」

麻呂が目を丸くしている。

「間違いなく、三千代殿がおまえのもとに葛城王をよこしたのだ」

「三千代殿が……」

麻呂は目を瞬いた。桜色に染まっていた頬が少しずつ血の気を失っていく。

「葛城王は、我々兄弟の動向を探っているのですね」

「それしか考えられん」

武智麻呂が応じると、麻呂は盃に乱暴に酒を注ぎ、一息で飲み干した。また酒を注ぎ、同じように飲み干していく。

「それぐらいにしておけ、麻呂」

宇合が麻呂をたしなめた。

「政の世界というのは、どれだけ穢《けが》れているのですか」

「葛城王と酒を酌み交わすのがそんなに楽しかったのか」

麻呂を見つめる宇合の目は優しかった。

「三千代殿は父上をも凌駕《りょうが》するほど政に長けた女人だ。その息子がわけもなく近づいてきたのなら、最初から用心すべきだった。おまえが悪いのだ。他人を恨んでも仕方がない」

「されど――」

「おまえが好まなくても、藤原の四兄弟のひとりというだけで周りが放っておいてはくれんのだ。ゆめゆめ、それを忘れるな」

「兄上、わたしは悔しいのです」

「わかっている。その悔しさを糧《かて》として、歩む道の先を見据えるのだ」

「このように穢れた世界に、安宿媛や皇太子も生きていかねばならぬのですよ」

麻呂の目尻が濡れていた。

武智麻呂は弟たちのやりとりに耳を傾けながら酒を啜った。

政の醜《みにく》さに憤《いきどお》り、涙を流す麻呂は、遠き日の自分を見ているかのようだった。

若き武智麻呂もまた、同じように憤り、涙を流し、不比等にたしなめられた。

政が嫌なら、やめてしまえばよい。しかし、なにも手に入らず、なにも成し遂げられんぞ。欲しいものを手に入れるためには、身と心が穢れてもどうということはない。それが政だ。

やめてしまいたいと何度思ったことか。自分が道を外れても、房前がいる。宇合がいる。麻呂がいる。だれかが自分の代わりを務めてくれるはずだ。

不比等の長子。ただそれだけのことでやめずにきた。ときに臍《ほぞ》を噛み、ときに自分の振る舞いに心を痛め、しかし、自分は不比等の長子だと己を奮い立たせてきた。

そして、気づけば、心が凍《い》てついてしまっていた。

「麻呂よ――」

武智麻呂は末の弟に声をかけた。

「嫌ならば、おまえは抜けてもいいのだぞ」

麻呂が腫《は》れた目を武智麻呂に向けた。

「そのような思いをしてまで政に関わる必要はない。おまえは好きな酒を飲み、箏を奏でていればそれでいい。政はわたしと宇合に任せておけ」

「わたしは足手まといだと言うのですか」

「そうではない」

武智麻呂は首を振った。

「嫌ならば道を外れればいい。それだけのことだ」

「わたしとて藤原の男です」

麻呂が言った。

「この先の道はさらに険しいぞ。長屋王から政の主導権を奪うためには、わたしはなんでもやるつもりだ。房前にも嘘をつかなければならなくなる」

「わたしは平気です。安宿媛と皇太子のためになるならば、自ら進んで穢れます」

「ならばよい」

武智麻呂は空になっていた麻呂の盃に酒を注いだ。

不比等は優しい言葉はかけてくれなかった。ただ、現実を武智麻呂に教え、どうするかは自分で決めよと言うだけだった。

父上のようにはなれぬか——武智麻呂は声には出さずに呟き、盃を空ける麻呂を見つめた。

それでいい。わたしはわたしだ。

「兄上——」

宇合が口を開いた。

「なんだ」

「長屋王がわたしを懐柔《かいじゅう》しようとしております。兄上を太政官から追い出すのに協力すれば、わたしを右大臣に引き立ててくれると」

「右大臣にだと」

「もちろん、嘘です。わたしの協力が欲しくて、でまかせを口にしたのです」

「なるほど」

武智麻呂は顎先に指を当てた。

「長屋王はわたしを野心家だと見なしているようです。実際、わたしにも野心はあるのですが……」

宇合が自嘲めいた笑みを浮かべた。

「右大臣ではなく、大納言あたりならば、もしかして、わたしに背を向けたか」

「かもしれません」

「武智麻呂兄上、宇合兄上、なにを言っているのです」

麻呂が割って入ってきた。

「よいのだ、麻呂。我々は腹を割って話している。それだけのことだ」

「しかしながら、わたしが右大臣になりたいと言うと、長屋王は深く考えることもせず、わたしの言葉にうなずきました」

「長屋王が太政官に藤原の者を引き入れるはずがない」

「わかっております。それで、わたしは長屋王に懐柔されたふりを続けようと思っているのですが」

「それは妙案だ」

武智麻呂は膝を叩いた。

「もちろん、あの長屋王のこと、わたしを心から信頼するようなことはないでしょうが、ここにいては聞こえない話も耳に飛び込んでくるやもしれません」

「是非、そうしてくれ。麻呂、おまえにもやってもらいたいことがある」

「なんでしょう」

「宇合が長屋王の懐に飛び込むのと同じように、おまえには房前の懐に飛び込んでもらいたいのだ」

「房前兄上の……」

「そうだ。あの者がなにを考え、どう動こうとするのかを把握しておきたい」

「血を分けた兄を探れと言うのですか」

「わたしはなんでもやると言ったし、おまえは自ら進んで穢れると言った」

「しかし――」

「嫌ならやめてもかまわないのだ」

「やります」

麻呂はそう言って唇を噛んだ。

「辛くなったら正直にわたしに言え。おまえはいつでも我々の歩む道から外れてもかまわないのだ」

「兄上たちについていきます。わたしにも藤原の血が流れているのです」

「わかった。さあ、嫌な話はここまでだ。今宵は父上の想い出話に花でも咲かせよう」

武智麻呂は盃を掲げた。ふたりの弟もそれに倣い、酒で唇を濡らした。

＊＊＊

安宿媛の屈託のない笑い声が庭まで流れてきた。皇太子の泣き声がそれに続く。

房前は足を速めた。皇太子は一旦泣きはじめると疲れ果てるまで泣き通すのが常だった。

だが、房前があやすと不思議と泣きやむ。

安宿媛と乳母が困り果てている顔が脳裏に浮かんだ。だが、房前が顔を出せばふたりは安堵するだろう。

箏の音がした。淀《よど》みのない拍子で落ち着いた音階が奏でられる。

皇太子の泣き声がやんだ。

箏の音には聞き覚えがあった。麻呂がつま弾いているのだ。

「安宿媛様と皇太子様に拝謁したい」

房前は箏の音が流れてくる部屋の前に侍《はべ》る女官に声をかけた。女官はうなずくと、部屋の中へ消えていった。ほどなくすると再び現れ、房前に部屋に入れと促した。

安宿媛がにこやかに微笑み、その後ろの方で乳母が皇太子をあやしている。皇太子の顔にも、母とそっくりな笑みが浮かんでいた。

箏を奏でているのはやはり、麻呂だった。

房前は安宿媛に目礼し、部屋の隅に腰を下ろした。

麻呂は一心不乱に箏をつま弾いている。これほど真剣な表情は見たことがなかった。

「見事だ」

箏の音が消えると、房前は口を開いた。

「いらしていたのですか、兄上」

麻呂が驚いたというように顔を向けた。箏に集中していて、房前が来たことに気づかなかったようだ。

「素晴らしいでしょう、兄上。麻呂兄上はこのところ、箏の腕を一段と上げているのです」

「ええ。わたしも感服いたしました」

「ふたりとも、やめてください。わたしの箏など、ほんの手すさびですから」

麻呂は頭を掻き、満更でもなさそうに微笑んだ。

「兄上、不思議なことに、皇太子も麻呂兄上の箏を聴くと上機嫌になるのですよ。房前兄上にあやしてもらうときと同じように」

「そうなのですか」

房前は乳母の腕に抱かれる皇太子に目を向けた。確かに、機嫌が良さそうだった。

「よく皇太子様のお顔を見に来るのか」

麻呂がうなずいた。

「春先までは、ひっきりなしに人がやって来て、ゆっくりすることもできませんでしたが、最近はやっと落ち着いてきましたから」

「麻呂兄上が顔を見せてくれると、わたしも皇太子も心が浮き立つのです」

安宿媛は声も表情も朗らかだった。

「兄上、安宿媛様にご用ですか。ならば、わたしはこれで失礼いたしますが」

「そうではない」

房前は首を横に振った。

「おまえと同様、ただ、安宿媛様と皇太子様のお顔を見たくて立ち寄っただけだ」

「それなら、もう少しゆっくりしていきましょう。よろしいですか、安宿媛様」

「もちろんです。そうです、母上がお祝いにとくれた、干した果物があるのです。みんなでいただきましょう」

安宿媛の声が弾んだ。外に侍っていた女官たちが慌ただしく動き出す気配がした。いちいち命じなくても、安宿媛がなにを望んでいるのか、みんな理解しているのだ。

安宿媛は愛されている。

天皇からも、房前たち兄弟からも、母である三千代からも、そして、仕える女官たちからも。

「昨今は、あまり佐保には顔を出していないようだな」

女官たちの動きが一段落すると、房前は麻呂に声をかけた。

「ええ。酒に漢詩はもう飽きました。いえ、別に酒と詩に飽いたわけではなく、佐保の邸での宴が、という意味ですが」

「そうか」

「宇合兄上は相変わらず佐保に赴いて書を読み漁り、長屋王と議論を交わしているようですが」

「宇合か」

「ええ。長屋王とはよほど気が合うようです。武智麻呂兄上はさぞ、苦々しく思っていることでしょう」

「そのような話は今日はやめにしましょう」

安宿媛が割って入ってきた。

「ほら。せっかく麻呂兄上の箏で機嫌がよくなったというのに、皇太子がまたぐずりはじめますよ」

「これはすみませんでした。兄弟の仲違いで安宿媛様や皇太子様を煩わせるわけにはいきませんね」

「兄上」

安宿媛が頬を膨らませた。

「我々は仲違いをしているわけではない。少しだけ、ものの見方や考え方が違うだけだ」

「そういうことにしておきましょう」

女官たちが果物を載せた膳を運んできた。麻呂が子供のように目を輝かせた。

「これはまた珍しいものを。いいのですか、わたしなどがこれを食べて」

「かまいません。だれも食べなければ、結局、悲田院に運ぶことになるのです」

「それでは、遠慮なくいただきます」

麻呂は果物を頬張った。嚙み砕いたものを飲み込もうとして、顔色が変わった。苦悶の表情を浮かべ、胸を押さえる。

「兄上」

安宿媛の恐怖を孕んだ悲鳴があがった。

房前は腰を上げ、麻呂の背後に回った。両腕を抱え上げるようにして、膝で麻呂の背中を強く押した。

麻呂が咳き込み、嚙み砕いた果物を吐き出した。荒い息を繰り返す。

「だいじょうぶですか、兄上」

安宿媛の言葉に、麻呂がうなずいた。

「これはとんだ失態を。果物が喉につかえてしまったようです。房前兄上のおかげで大事にいたりませんでした」

麻呂は何度も胸を叩いた。

「果物をつまらせるとは、童《わらべ》でもあるまいし、気をつけろ」

「申し訳ありません」

急変した空気を察知したのか、皇太子が声を上げて泣きはじめた。

「これは皇太子様をまた泣かせてしまった」

麻呂は慌てた様子で箏を引き寄せた。

「兄上、皇太子様をあやしてください。ふたりで力を合わせ、皇太子様を笑わせてみせましょう」

房前が乳母から皇太子を受け取ると、麻呂が箏をつま弾いた。

すぐに皇太子は泣きやみ、房前に笑顔を見せながら箏の音に聞き入った。

「やはり皇太子にも藤原の血が流れているのですね。伯父たちのことがとても気に入っているようです」

安宿媛が安堵の笑みを浮かべた。

「兄上たちが仲睦まじくしているのを見ると、わたしの心も安まります。わたしが穏やかであれば、皇太子も幸せなのです。これからも、兄弟が手に手を取ってくださいませ」

房前は安宿媛の言葉にうなずいた。

「当然です」

麻呂が言った。

「わたしは兄上たちを心より信頼しておりますから」

房前の目には、麻呂の横顔がどこか寂しげに見えた。

＊　＊　＊

長屋王は太政官の曹司で書類に目を通していた。宇合が中に入っても、一瞥《いちべつ》をくれただけでまた書類に目を落とす。

「なにか、ご用ですか」

「はい。少々時間をいただけますか」

長屋王は太い息を漏らすと顔を上げた。

「不比等殿が作り上げた律令は素晴らしいものですが、下からの報告に目を通す時間が長くなるのがいかんともしがたい。ここのところ、ずっとこうしているのです。目が疲れて仕方がありません」

「次は、目によく効くという唐の薬を持ってまいりましょう。わたしも書物の読みすぎでよく目が疲れるのです」

「それは唐から持ち帰った薬ですか」

宇合はうなずいた。

「ならば、よく効くのでしょうね。是非、お願いします。それで、用というのは」

「先日、武智麻呂と会ったときに耳にしたのですが、首様は皇太子様のために新しい親衛軍を作ろうとお考えになっているとか。なにかお聞き及びですか」

長屋王は首を振った。

「内臣殿ではなく、中納言殿がそう言ったのですか」

「ええ」

長屋王が腕を組んだ。

「首様は内臣殿を疎んじておられるのでしょうか」

「房前もこれまで同様、頻繁に首様に会っております。疎んじられているということはないと思いますが」

「しかし、新たに親衛軍を組織するという重大な話を、首様は内臣殿ではなく、中納言殿と話し合われている」

「房前とも話し合っているのかもしれません。たまたま、わたしが知ったのは武智麻呂の口からというだけのことでしょう」

「内臣殿とはよく顔を合わせていますが、そんな話が出てきたことはありません。首様から聞いたこともない」

「もしかすると、左大臣殿には内密に事を進めようとしているのかもしれませんね」

　宇合はさらりと言った。長屋王の目が冷ややかな光を孕んだ。

「わたしが親衛軍の創設に反対するとでも思っているのでしょう」

「賛成なさるのですか」

「反対します。すでに授刀舎人寮があるというのに、新たな親衛軍など必要ない。だれが、首様や皇太子様に刃を向けるというのです」

「長屋王様です」

　宇合が言うと、長屋王の肩が震えた。

「わたしが謀反を起こすとでもいうのですか」

「首様はそうお考えになっているのかもしれません。皇太子様への拝謁を拒否されたのですからね」

「あれは、信念に従ったまでのこと。首様や皇太子様に対して謀反などとんでもない」

「首様の疑念に、武智麻呂がつけ込んでいるのでしょう」

「それは考えられますな。ならば、やはり新しい親衛軍の創設には断固反対せねば」

「賛成してください」

長屋王が瞬きを繰り返した。

「武智麻呂の口ぶりからすると、新しい親衛軍の大将には授刀舎人寮の長である房前が就くことになるようです。しかし、房前には戦の経験がありません。実質的に軍を率いるのは少将ということになりましょう」

「あなたが少将になるというのですか」

宇合は苦笑した。

「わたしが少将になるとなにかと差し障りがあります。しかし、わたしには陸奥で生死を共にした部下がおります。わたしが進言すれば、武智麻呂はその者たちの中から少将を選ぶことになるでしょう。となれば、親衛軍の実際の指揮権は我々の手に入ったも同じことになります」

長屋王が膝を打った。

「それは名案です、式部卿」

「太政官で親衛軍のことが議題に上がったら、渋々という体を装って賛成してください」

「わかりました。そうすることにしましょう」

「それでは、わたしはこれで失礼いたします」

「宇合殿」

長屋王が腰を上げようとした宇合を制した。

「どうしました」

「あなたがいてくれて、実に心強い。あなたの決断に心から感謝しています」

「わたしはわたしが望むものを手に入れたいだけです」

宇合は微笑み、曹司を後にした。

＊＊＊

葛城王はいつもと変わらぬ様子で酒を片手にやって来た。

その酒を飲み、詩を詠み、箏をつま弾いた。

「相変わらず、麻呂殿の箏の腕前は見事だ」

麻呂が曲を演じ終えると、葛城王は手を叩いた。

「酔いが回ったせいか、ひとつふたつ、弾き損じました」

「弾き損じなどどうでもよい。麻呂殿の心が楽曲に乗り移っているかどうかが肝要ですぞ。素晴らしかった」

「ありがとうございます」

麻呂は箏を脇に押しやり、酒の入った盃を手に取った。実際に葛城王と相対するまで、自分にちゃんとできるかどうか不安だったが、杞憂《きゆう》だった。

実の兄である房前相手でも平然と嘘をつきとおすことができたのだ。房前に比べれば、葛城王はたやすい。

「そういえば、三千代殿はお元気であられますか。最近、顔を見に行くことも減ってしまって」

「母なら、元気ですぞ。堅苦しい宮中暮らしから解き放たれて、好きなことを好きなようにやりながら暮らしております」

「しかし、恋しくなることもあるのではありませんか。なんといっても三千代殿は、不比等と共に宮を支配していた女傑ですから」

葛城王の目が忙しなく動いた。麻呂の胸の内を読もうとしているのだろう。

「母はただの女官です。宮を支配していたなど、とんでもない。不比等殿に付き従っていただけでございましょうよ」

「三千代殿の力がなければ、安宿媛様が皇太子をお産みになることもなかったと思います。三千代殿はそれほどの力をお持ちだった。宮を離れた今でも、その力は健在でしょう」

「どうでしょうかな」

葛城王は乱暴に酒を飲んだ。

「葛城王様は、考えたことはないのですか」

麻呂は訊いた。

「考えるとは、なにをですか」

麻呂は酒を口に含んで間を置いた。葛城王がうずうずしているのが手に取るようにわかる。皇親として、長い間無為の日々を送っているのだ。その胸の内に溜まっている澱は相当なものだろう。

「三千代殿の力を、息子であるあなたが引き継ぐというようなことですよ」

麻呂は軽口を叩くように言った。

「考えたこともありませんな」

葛城王は笑った。だが、唇の端がいつもより強ばっているように思えた。

「そうですか。我ら兄弟は、父である不比等が手にした力を引き継ごうと知恵を絞っておりますよ。親は自分の力を子に託したい。子は親の力を手に入れたい。それが親と子というものではありませんか」

「しかし、わたしは曲がりなりにも皇親ですぞ」

「臣下に下ればいいではありませんか。皇親ならば身動きは取れなくても、臣下になればなんだってできます」

葛城王は自分の盃に自分で酒を注いだ。手が震えているのか、盃から酒がこぼれた。葛城王はそれに気づいていない。

「先ほども言いましたが、母の力などたいしたものではありません」

「安宿媛様はいずれ、皇后になりますよ。武智麻呂がなんとしてもそうするでしょう。そして、いずれ、皇太子が玉座に就く。安宿媛様は三千代殿の娘、葛城王様の妹ではありませんか。皇親のままなら、安宿媛様と皇太子を言祝《ことほ》ぐことしかできませんが、臣下なら、妹と甥に便宜をはかってもらい、力を手にすることができます」

「なぜ、そのような話をするのですか、麻呂殿」

葛城王は酒を飲み、濡れた唇を衣の袖で拭《ぬぐ》った。

「こうして葛城王様と酒を酌み交わす日々に飽いてきたからでしょうか」

「飽いてきた……」

「兄上たちは順調に出世していますが、わたしは見てのとおり。先ほども言ったように、父の力をこの手にしたいと思うのは子の常。わたしも、力を手にしてみたいのです。しかし、わたしは末っ子。兄たちを追い越すのは並大抵のことではありません。そこで……」

麻呂は言葉を切った。葛城王が身を乗り出してきた。

「そこで……」

「葛城王様と力を合わせることができれば、もしや、兄たちを追い越せるかもしれないと思ったのです」

「本気で言っているのですか」

「嘘や冗談でこのような話はできません。葛城王様にその気があるのなら、わたしも酒浸りの日々に別れを告げ、力を手に入れるために本腰を入れてみたいのです。いかがですか」

「しかし……」

「なぜ自分は末っ子なのか、なぜ長男に生まれなかったのか。ずっとそればかりを考えてきました。これは自分の運命《さだめ》なのだから仕方がない。いつも自分にそう言い聞かせるのですが、これは理不尽だと騒ぎ立てる者がここにいるのです」

麻呂は自分の頭を指さした。葛城王が唇を舐めた。

「ただ先に生まれたという理由だけで兄がすべてを手にし、弟はそれを見ているだけ。理不尽ではありませんか。同じ父の子なのです。最も秀でた者が、父の力を手にすべきだ。ここにいる者は、わたしにそう囁きます」

「麻呂殿……」

「葛城王様にも囁く者はおりませんか。自ら望んでなったわけでもないのに、皇親に生まれたからという理由だけで無為の人生を送らねばならぬというのは理不尽極まりないと」

葛城王は口を閉ざした。

「わたしの見立てが間違っているのなら、笑い飛ばしてください。この話はここまで。また、明日からは、酒と詩の日々を送りましょう」

「麻呂殿の言葉を信じてもよいのか」

「わたしのことなどどうでもよいのです。囁く者の声に耳を傾けるかどうか。決めるのは葛城王様です」

鈍い音がした。

葛城王の手の中で、盃が割れ、酒がぽたぽたとこぼれ落ちていた。

十三

「内臣様」

曹司に向かおうとする房前を小さな声が呼び止めた。振り返ると、安宿媛に付き従っている女官が手招きをしていた。

「どうした」

女官の顔は青ざめていた。房前は胸が騒ぐのを覚えた。

「安宿媛様がお呼びにございます」

「安宿媛様になにかあったのか」

「とにかく、急ぎ、安宿媛様の邸へお越しくださいませ」

女官はそう告げると、逃げるように立ち去っていった。

「なにがあったというのだ」

房前は首を傾げながら東宮の方角へ足を向けた。

安宿媛と皇太子が住むようになってからは活気に満ちあふれていた東宮だが、今日は暗く沈んでいた。

「安宿媛様、内臣様がお見えにございます」

房前に気づいた女官が家の中の安宿媛に声をかけた。

「すぐにお通しして」

中に入ると、部屋の中央に床が設けられ、皇太子が横になっていた。

女官が濡れた衣を皇太子の額に当てている。

「どうしたのですか」

房前は色めきたった。

「数日前から皇太子が熱を出して、それが下がらないのです」

安宿媛はやつれていた。

「侍医はなんと言っているのですか」

「なんの病かはわからないと……熱を下げる煎《せん》じ薬を飲ませ、あとは濡れた衣で体を冷やせと言うばかりで」

「首様はご存じなのですか」

安宿媛は首を振った。

「首様が知れば、心配が高じて政に支障を来すかと」

「すぐに知らせてください。首様なら、病の快癒《かいゆ》のためにあらゆる手を打ってくれるはずです」

安宿媛は女官のひとりにうなずいた。女官は唇を強く噛んで部屋から出ていった。

「なぜこのようなことに……」

安宿媛は皇太子を見下ろした。

「心配には及びません、すぐによくなりますとも」

「もう三日も熱が引かないのです」

「幼い頃にはよくあることです」

皇太子の熱に浮かされた顔を見ていると、胸が掻きむしられるが、房前は懸命に安宿媛をなだめた。

「心配で、夜も眠れません」

「寝なければだめです。皇太子様を支えるためにも、安宿媛様は健やかでなければ」

「わかっているのです。それでも……」

安宿媛は目を押さえた。

「首様もおられます。我々兄弟もおります。安宿媛様はおひとりではないのです」

「兄上……」

房前は安宿媛を抱きしめた。安宿媛は房前の胸に顔を埋《うず》め、しばし泣いた。

外が騒がしくなった。いきなり戸が開き、天皇が部屋に駆け込んできた。その後ろに武智麻呂の姿もある。

「どうしたというのだ、安宿媛。皇太子が病だと」

「首様、申し訳ございません。わたしがいたらぬばかりに……」

安宿媛は苦しそうに胸を押さえた。天皇は横たわる皇太子を見つめ、体を震わせた。

「中納言、侍医を呼べ。すぐに呼ぶのだ」

「かしこまりました」

武智麻呂が姿を消した。

「いつからだ」

天皇の問いかけに、安宿媛は首を振るばかりだった。

「三日ほど前からだそうです」

房前は安宿媛の代わりに答えた。

「なぜすぐに知らせなかったのだ。そなたは知っていたのか」

「わたしもつい先ほど、知らされたばかりで……すぐに快癒される、首様に心配をおかけしたくないというお気持ちだったようです」

「申し訳ありません、首様。すべて、わたしのせいなのです」

「よい。そなたの気持ちはよくわかっている」

天皇は安宿媛の隣に腰を下ろし、皇太子の手を握った。

「皇太子よ、なにも案ずることはない。そなたにはこの父と母がついているのだからな」

皇太子に語りかけ終えると、今度は安宿媛に顔を向けた。

「侍医には診《み》せたのか」

「はい。風病ではないと申しておりましたが、原因はわからぬと」

「そのようなことで、よく侍医といえるものだ」

天皇は眦を吊り上げた。不安を押し隠すために、怒りを露わにしている。

武智麻呂が侍医を連れて戻ってきた。

「原因がわからぬとは、どういうことだ」

天皇に叱責され、侍医は首をすくめた。

「申し訳ありません。なぜかはわかりませんが、皇太子様は気の巡りが悪くなっているのです。そのために、陰気がこもって熱を出されているのかと。熱を冷ます煎じ薬を出しておりますので、いずれ、気の巡りもよくなって快癒なされるかと」

「治るのだな」

「は、はい」

侍医は平伏した。

「もし治らなかったら、余はそなたをゆるさぬぞ」

「お、おゆるしくださいませ、天皇様」

侍医の顔から血の気が引いていく。

「治るまで、皇太子のそばについているのだ。皇太子の病については、決してだれにも話してはならぬ。よいな」

「かしこまりました」

天皇は侍医から武智麻呂に視線を移した。

「中納言、他の者たちにも口止めを」

「もう、言いつけてあります。ご心配なきよう」

武智麻呂の顔も青ざめていた。皇太子にもしものことがあれば、武智麻呂の望みも消え失せてしまう。

「安宿媛、案ずるな。余がついておる。余は天皇ぞ」

天皇は安宿媛の肩を抱いた。もう一方の手で、皇太子の額に乗せられた衣を押さえる。子を案ずる父の姿だった。

武智麻呂と目が合った。武智麻呂はついてこいという素振りで部屋を出ていった。

「失礼いたします」

房前は天皇と安宿媛に声をかけ、武智麻呂の後を追った。

「兄上――」

武智麻呂は庭に出て、腕を組んでいた。

「都……いや、諸国の寺と僧侶に命じて祈禱《きとう》させよう」

「しかし、それでは皇太子様が病に伏せっていることが公になります」

「それがなんだというのだ。皇太子様が健やかに成長されることがなによりも大事なのだぞ」

武智麻呂が目を剝《む》いた。これほどまでに感情を露わにする兄を見るのは久しぶりだった。

「それは承知しておりますが、首様は――」

「首様は動転しておられるのだ。すぐに快癒されればいいが、そうでなければ皇太子様の病はすぐに知られることになるだろう。口止めをしたところで、いずれは悟られる」

房前はうなずいた。

「皇太子様にはなんとしても生き延びてもらわねばならん。なんとしてもだ」

武智麻呂が唇を嚙んだ。房前は兄の横顔を見、それから、東宮に顔を向けた。

天皇は武智麻呂と共にやって来た。つまり、報せを受けたときにはふたりでいたということだ。

天皇は武智麻呂と話をすることが増えている。

自分は遠ざけられているのだ。

「皇太子様が大変だというのに、なにを考えている」

房前は自分を罵り、目を閉じた。

＊＊＊

武智麻呂は興福寺《こうふくじ》を訪れた。

「これはこれは、中納言様。よくぞおいでになりました」

通された部屋で待っていると、ほどなくして道慈《どうじ》が姿を現した。

道慈は唐へ渡って三論《さんろん》を学び、仁王般若経《にんのうはんにゃきょう》を講じる高僧のひとりにも選ばれた。帰国してからも、道慈を慕い、敬う者が足繁く興福寺に通っている。

「久々に道慈殿の顔を見たくなりまして」

武智麻呂の言葉に道慈が微笑み、腰を下ろした。

「中納言様がここにおいでになるのは、なにか心配事がおありのときではありませんか」

「皇太子様のことは聞き及んでおりますか」

道慈がうなずいた。

皇太子が病を得てから二月近くが過ぎようとしていた。皇太子は一時の危機は脱したが、未だに発熱を繰り返し、乳母の乳を飲むこともまれだった。

次第に痩せ衰えていく皇太子を見守る安宿媛の姿もまた哀れだった。

「まだ幼き皇太子様が痛ましいことです」

道慈は溜息を漏らした。

「首様も安宿媛様もご心痛の様子で、そばにいる我々も見ているのが辛いのです」

「先頃、中衛府という新しい親衛軍を創設されたと聞きましたが、それも皇太子様の病と関わりがあるのでしょうか」

武智麻呂は首を振った。

中衛府の創設はすんなりと決まり、要職には宇合の息がかかった者たちが就くことになった。だが、それも、皇太子がいなければ意味をなさなくなる。

「首様は近々、皇太子様の快癒を願って、諸国の寺に祈禱するよう、詔を発せられます。道慈殿には是非、お力添えをいただきたいのです」

「わたしのような者でよければ、いくらでも力をお貸しいたしましょう」

「ありがたいお言葉。首様にも道慈殿のお心をしかとお伝えいたします」

「ところで、左大臣様が、五月頃から大般若経《だいはんにゃきょう》の写経をなさっていることはご存じですか」

　武智麻呂は首を振った。

「先日、佐保の邸に呼ばれましてな。写経が完成した暁には検校《けんぎょう》となってほしいと頼まれました」

　道慈の顔が歪んだ。

「それで、どうなされたのです」

「断りました。あのお方はどうにも……」

　道慈は言葉を濁した。

「左大臣のなにが気に入らないのです」

「あのお方は御仏の教えを軽んじておられる。どうも、左道《さどう》に興味があられるようですな」

「左道ですか」

　武智麻呂は首を傾げた。呪術のようなものと長屋王がうまく結びつかない。

「左道はともかく、あのお方は僧侶を軽んじておられます」

「それは言えるかもしれません」

　長屋王にとって最も大切なのは仏の教えを記した仏典である。僧侶や尼僧は軽んじる。

それに対して、道慈は僧尼こそ仏の功徳《くどく》をこの世にもたらす存在だと主張する。

ふたりは水と油だった。

それでも、長屋王が道慈に検校を頼んだのは、道慈の名声が欲しかったからだ。それに付け加えれば、道慈は不比等と親しかった。唐から戻って興福寺に住んでいるのは、不比等の菩提を弔うためでもある。

藤原に近しい道慈を検校にすることで、己の度量の広さと、写経に隠された意図がないということを宣言するためでもあるのだろう。

「道慈殿、頼みたいことがあるのですが」

武智麻呂は背筋を伸ばした。

「なんでしょうか」

「検校の役、お引き受けください」

道慈が目を丸くした。

「これはまた——理由を訊ねてもよろしいですか」

「長屋王が本当のところはなんの意図を持って写経を行っているか、それを知りたいのです」

「わたしに中納言様の目と耳になれとおっしゃるのですか」

「失礼な頼みとは承知しております。なにとぞ」

武智麻呂は深く頭を下げた。

「左大臣がただ純粋に、先祖の供養と首様、及び皇親の繁栄を願っているだけだとしたらどうするのです。わたしは働き損ではありませんか」

道慈の目が笑っていた。

「そのときはおゆるしください」

「実は、大安寺《だいあんじ》に立派な伽藍《がらん》を建てたいと思っているのです。お力添えをいただけるとありがたいのですが」

大安寺は大倭《やまと》にある。道慈の生まれも大倭だった。

「わかりました。わたしがなんとかいたしましょう」

武智麻呂はもう一度頭を下げた。

＊＊＊

「皇太子の様子はどうなのですか」

太上天皇《だいじょうてんのう》に問われ、房前は唇を舐めた。

「あまり芳しくはありません。しかし、首様の命により、諸国の寺はもとより、諸司百官、民草にいたるまで、皇太子様の平癒《へいゆ》を願って祈禱をいたしております。いずれ、病状も回復されるでしょう」

「ならばよいのだが……長屋王はいかがいたしておる」

「お会いになってはいないのですか」

太上天皇は寂しそうに微笑んだ。

「このところ、顔を見せてはくれぬ。あの者も変わってしまった。昔は聡明で優しい若者だったのだ。だが、あの頃は持統天皇と不比等が力をふるっていた。長屋王はそれを間近で見てきたのだ。それゆえ、わたしたちが歯痒くてならぬのだろう。母上と、わたし、それに首は、持統天皇や不比等にはとても及ばぬ」

「そのようなことはありません」

房前は首を振った。

「よいのだ。自分たちの至らなさはよくわかっている。とにかく、心配だ」

「わたしも皇太子様のことが心配でなりません」

「そうではない。心配なのは、そなたたち藤原の兄弟と長屋王のことだ」

太上天皇が正面から房前を見つめた。房前は頭《こうべ》を垂れた。

「母上の願いは、そなたたちと長屋王が手を取り合って首を支えることだった。よもや、忘れてはいまいな。そのために、そなたを内臣に任じたのだ」

「忘れるわけがございません。あの日の阿閇様のお言葉は、この胸に深く刻み込んであります」

「そうであろう。そなたは誠実な男だ。だが、そなたの兄は違う。母上は武智麻呂を太政官から追い出すべきだったのだ」

「氷高様……」

「首を玉座に就けるためには、まだ藤原の力がいる。そうお考えだったのだろう。だが、首が天皇になった今、武智麻呂は目障《めざわ》りでしかない。こうなることはわかっていたのだ」

　太上天皇は溜息を漏らした。

「まこと、政というのは難しいものだ。皇太子が健やかであれば藤原と長屋王の対立など、些細《ささい》な問題にすぎぬ。しかし、皇太子に万一のことがあれば、武智麻呂はいかがする」

「わたしにはわかりかねます」

　房前は唇を噛んだ。

「安宿媛がまた皇子を産めばいいのだが、だが、県犬養の娘も皇子を産んでいる。そこが問題だな。皇太子が身罷れば、間違いなくもうひとりの皇子を皇太子にと言い出す輩が出てくる。生まれたばかりの皇子を皇太子にしたのだ。もうひとりの皇子を皇太子にと言われても、反対はできぬであろう」

「皇太子様は必ずや快癒なされます」

「万が一のときのことを考えておくのが政というものであろう、内臣」

　太上天皇の声が怒気を帯びた。

「失礼いたしました」

房前は平伏した。

「武智麻呂はどう出るか。それに対して長屋王はどう対するか。わたしはすべてを知っておかねばならぬ。どのような細かいことでもよい。武智麻呂と長屋王の動きを逐一、わたしに知らせよ」

「かしこまりました」

「不比等の息子がそなたひとりなら、このように頭を悩ます必要もないのだがな」

太上天皇は、また寂しそうな微笑みを浮かべた。

＊　＊　＊

佐保の邸に客の姿はなかった。聞こえるのは庭で鳴く鳥の声と、廊下を行き来する家人たちの足音だけだった。

皇太子が病を得ている間は、さすがに長屋王も宴席は控えていた。もっとも宴を開こうとしたところで訪れる者もない。

宇合は手にした書物をめくった。唐の薬に関する書物だった。

唐にいる間、医術についても学びたいと思っていたのだが、時間を作ることがかなわなかった。今となってはそれが恨めしい。

「式部卿様、主が戻って参りました」

外から声がした。宇合は書物を脇に抱え、書庫を出た。

長屋王は庭を見渡せる部屋の真ん中に座っていた。額に浮いた汗を拭おうともせず、目を宙にさまよわせている。

「その様子では、皇太子様のご様子は芳しくないようですね」

宇合は長屋王の向かいに腰を下ろした。

「首様は眠りもせずに、経典を唱えておられる。政が滞ったままだ」

「それは致し方ないのではないですか。天皇と皇太子あってこその国なのです」

「それはそうなのですが……中納言の様子はどうですか」

「こちらも、一睡もせずに頭を悩ませております」

「皇太子がこの世を去れば、もっとも痛手を被るのは首様と中納言ですからね」

宇合は首を振った。

「だれよりも心を痛めるのは安宿媛様にございましょう」

「それはそうですね」

長屋王の言葉には誠がなかった。長屋王はいつもそうだ。人の痛みには関心がない。

「皇太子様に万一のことがあれば、次は県犬養の娘が産んだ皇子を皇太子に推すおつもりですか」

長屋王が腕を組んだ。

「わたしは皇太子様の立太子にも反対したのです。もうひとりの皇子を皇太子にするにしても、それは皇子が成長なされてからのこと。その間に、また安宿媛様が皇子をお産みになれば、首様はその皇子を皇太子にと望まれるでしょうし」

宇合はうなずいた。人の痛みには関心がない。とはいえ、武智麻呂たちが考えているほどには私心もない。

長屋王の望みは、ただ、自分の信じる理想に向かって突き進んでいくことなのだ。

「房前殿は、氷高様に呼ばれたようですが、なにを話し合ったのか、宇合殿の耳には入っておりますか？」

「残念ながら。ここしばらく、房前とは会っておりませんので」

「なんとかして話を聞き出せませんか」

「長屋王様が氷高様にお訊きになられた方が早いのでは」

「氷高様はわたしを疎んじておられます。自業自得なのですが」

長屋王は苦笑した。

理想に向かってできるだけ早く突き進もうとするあまり、人の心の機微を軽んじてしまう。だから、太上天皇にも天皇にも疎まれるのだが、それがわかっていてもやめられない。

長屋王の傲慢《ごうまん》と慢心だ。

たとえ疎んじられたとしても、自分は正しいのだから問題はない。そう考えているのだ。

「訊くだけは訊いてみますが、あまり期待はしないでください」

「このようなときに、中衛府を創設するというのは、皇太子様に万一があった場合、事を起こすためではないかと不安に思っている者たちがおります」

長屋王が話題を変えた。

「事を起こす……なにを起こすというのですか。もし亡くなるのだとしても、皇太子様は病を得て亡くなるのです」

「ただの根拠のない不安です。その者たちには、中衛府の要職はわたしの信頼できる者たちに就かせていると話してありますが、それでだいじょうぶですね」

「はい。いざとなれば、中衛府は我々の思うとおりに動きます」

「それはよかった」

長屋王は微笑んだ。

「その書物はなんですか」

「唐の医術を記したものです。微力ながら、皇太子様のお力になれぬものかと思いまして。わたしも、忠実な臣下ですから」

「わたしとて、皇太子様には早く快癒なさってもらいたい。先ほどあなたが言ったとおり、天皇と皇太子あってのこの国ですから」

宇合はうなずいた。

「さて、わたしは大般若経の写経の支度をしなければなりません」

「ええ。わたしはこれで失礼します」

「そもそもは、わたしの父の功績をたたえ、また、天皇とその御世の繁栄を願うためにはじめた写経ですが、こうなってくると、皇太子様の快癒の力添えになればと思うのです」

宇合は立ち上がり、長屋王を見下ろした。

「長屋王様のお心は、みなに伝わると思います」

長屋王が嬉しそうに微笑んだ。宇合は一礼し、長屋王に背を向けた。

＊＊＊

三千代は一心不乱に読経していた。衣も髪の毛も乱れているが、気にする様子はまったくない。ただひたすらに仏に縋《すが》り、皇太子の快癒を祈っている。

「もう三日もああしているのです」

葛城王が嘆息した。

「わたしがなにを言っても聞く耳を持たない。わたし以外の人間ならもしやと思って麻呂殿をお呼びした次第」

　経典を睨む三千代の目には狂気に似た光が宿っていた。

「母上」

　葛城王が声をかけたが、三千代は読経を続けるだけだった。

「母上、麻呂殿がお見えです。京職大夫、藤原麻呂殿ですぞ」

　三千代の声が揺らいだ。読経する声は次第に小さくなり、やがて消えていった。

「これは麻呂殿、ご無沙汰しております」

　三千代は麻呂に向き直り、ときおり咳き込みながら頭を下げた。目が赤らみ、声もかすれている。

「こちらこそご無沙汰いたしております」

　麻呂は頭を下げ、葛城王と共に三千代の向かいに腰を下ろした。

「顔色がすぐれません。少しは休んでおられるのですか。体を労らなければ――」

「皇太子様が生死の境をさまよっておいでなのです。わたしの体など、どうなろうとかまいません」

「三千代殿……」

「麻呂殿、今日はどういったご用でしょうか」

「特にこれといった用事はないのですが」

「では、わたしは読経を続けたいので、これで失礼いたします」

三千代の態度は素っ気なかった。

「仏に縋るより先に、やるべきことがあるのではありませんか」

経典に向き直ろうとしていた三千代の動きが止まった。

「皇太子様に万一のことがあったとき、もうひとりの皇子を皇太子にしようという動きを阻止しなければなりません。それとも、あの皇子は県犬養の血を引いているゆえ、かまわないと思っているのですか」

三千代が唇を舐めた。血の気を失っていた唇が赤みを取り戻していく。

「次の玉座に就くのは、安宿媛の産んだ皇子でなければなりません」

三千代の言葉に麻呂はうなずいた。

「県犬養の血を引く皇子は、立場が弱すぎるのです。藤原の血、いえ、不比等殿の血を引く皇子が皇太子、そして次の天皇になってこそ意味がある。わたしは断じて、県犬養の皇子を皇太子にしたいとは思いません」

「ならば、橘三千代の力をふるわねば」

麻呂は静かに言った。

「わたしの力を……」

「そうです。宮から出たとはいえ、橘三千代の力が消えたわけではない。今こそ、その力を思う存分発揮するときではありませんか。少なくとも、不比等ならば、嘆き、祈るよりも前に、あらゆる手を打とうとするはずです」

「そうですね。不比等殿ならば、間違いなくそうするでしょう」

三千代の顔が鬼にも思えたそれから穏やかなものへと変貌していった。

憑《っ》きものが落ちたのだ。

「わたしとしたことが、女はだめですね、麻呂殿。自分の腹を痛めた娘と、その娘が産んだ子と思うだけで取り乱してしまいます」

「三千代殿はそれでよいのだと思います。この世に、藤原不比等はふたりもいりません」

三千代が微笑んだ。

「昔、まだ幼かったあなたに言われたことがあります。三千代殿は父上にそっくりだ。覚えておられますか」

「ええ。覚えておりますとも」

三千代は何度もうなずいた。

「それでは、わたしは出かける支度をせねばなりません」

「では、失礼いたします」

麻呂は三千代に挨拶をし、葛城王に誘われて別の部屋に移った。

「いや、驚きました。家人やわたしが諫めても、まったく聞く耳を持たなかったというのに、麻呂殿が話しかけただけでああも変わるとは」

葛城王は家の者に酒の支度を命じた。

「わたしの後ろに父を見ているのです。三千代殿を正気に戻らせたのはわたしではなく、父なのですよ」

「それにしてもです」

葛城王は腕を組み、首を振った。

「三千代殿のあのような顔は初めて見ました。母であり、祖母なのですね」

「わたしも初めて見ましたよ」

葛城王が苦笑した。

「もし、まだ宮中に残っていたとしたら、あそこまでにはならなかったと思うのですがね」

「それが人というものかもしれませんね。ときおり、思います。父が長生きして、年を取って政から身を引いたら、どうやって生きていくのだろうとね。政がすべての人でした」

酒膳が運ばれてきた。麻呂は葛城王と酒を酌み交わした。

「中納言や内臣はどうなさっているのですか」

葛城王が水を向けてきた。

「忙しく立ち働いているようです。ふたりとも、夜もろくに寝ていないようで、げっそりと痩《こ》けておりますよ」

「中納言にとっては、母以上に辛い日々でしょうな。長屋王を追い落とすには、皇太子様の存在が必定。もし皇太子様がいなくなれば、すべての目論見は霧のように立ち消えになる」

「たださえ待ち望んでいた皇太子だったのです」

麻呂は酒を啜った。

「その皇太子が死んだら、中納言はどう動きますか。わたしは先日の麻呂殿の言葉から夢を見ていたのですが」

「どんな夢です」

「県犬養の血を引く者が玉座に就く夢です。そのお方が天皇になられれば、わたしは政を補佐することができるようになるのではないかと」

「三千代殿も同じ夢を少しは見たかもしれませんね。しかし、藤原の血を引く天皇と、県犬養の血を引く天皇では話が違ってきます」

「承知しています。県犬養には、悲しいかな、藤原のような力はない。皇太子にはなれたとしても、玉座に就けるかどうかは運次第ということになりましょう。だれからも後ろ指さされることなく玉座に就けるのは、その身に皇親の血しか流れていない者か、藤原の血を引く者。首様が玉座に就いたとき、そういうしきたりができてしまったのです。不比等殿は恐ろしいことを成し遂げました」

「武智麻呂は、そのしきたりを確固たるものにしようと躍起になっているのです」

「そうそう、武智麻呂殿です。話を戻しましょう。武智麻呂殿はどういたしますかな。別の皇子の誕生を待つのか、それとも……」

「安宿媛様の立后です。皇太子がこの世からいなくなるのなら、真っ先にやらねばならぬのはそれでしょう」

「しかし、立后は、皇太子様がいてこそ可能になるのでは。次の天皇の母が夫人のままではなにかと都合が悪い、そこで立后をという話に持っていくのでしょう」

「皇太子様がいなくなれば、武智麻呂が頼れるのは安宿媛様しかいなくなるのです」

麻呂は盃を膳に戻した。

「なにがなんでも安宿媛様の立后を目指すでしょう。皇后になれば、将来、首様に万一のことがあった場合でも、次の天皇を決めるのは安宿媛様ということになりますから」

「しかし、長屋王がいる限り、立后はたやすいことではない」

「首様も安宿媛様の立后を望むはず。長屋王もいずれは認めざるをえなくなると踏んでいるのではないでしょうか」

葛城王がうなずき、酒を口にした。

「しかし、男と女の情など、脆《もろ》いものですぞ。今は首様も安宿媛様をご寵愛されているが、別の愛おしい女が現れたらどうなります」

麻呂は微笑んだ。

「わたしはあのおふたりを幼いときから見ているのです。他の女人に心を動かされることはあるかもしれませんが、それでも首様は決して安宿媛様を見捨てたりはしません。あのおふたりの間にあるのは、そういう絆なのです」

「なるほど。幼子の頃より、一緒に育ってこられましたからな」

葛城王が顔をしかめた。

「我々の出番はどこかにありますかな」

「ただ出番を待つのではなく、作るのです」

「待つというのは辛いものです。わたしはこれまで、ひたすらに待ってまいったのですよ」

「わたしもです」

麻呂は盃を握り、中の酒を一息に飲み干した。

十四

道慈が武智麻呂の邸を訪ねてきたのはまもなく日が暮れようとする頃合いだった。

道慈は見るからに不機嫌で、案内してくる家人の言葉にも空返事をするばかりだった。

「いかがなされた、道慈殿」

武智麻呂は道慈に腰を下ろすよう促した。

「佐保の邸からの帰りなのですがな」

道慈は穢れた言葉を口にしたとでもいうように唇をきつく閉じた。

「左大臣となにかあったのですか」

「なにかあったというわけではないが……あのお方は仏道をないがしろにしておられる」

「とおっしゃいますと」

「写経はもうすぐ終わるところなのですが、長屋王はすでに奥書《おくがき》を書いております。けしからん」

武智麻呂はうなずいた。確かに、奥書は写経が終わってから書くというのが常だ。だが、長屋王の性格からして、終わりが見えたということは終わったも同然と考えて不思議はなかった。

「その奥書にはあってはならないことが書かれておりましてな」

道慈は言葉を切り、家人が運んできた白湯《さゆ》を口に含んだ。武智麻呂は黙ったまま、道慈が口を開くのを待った。

「これを読む者は邪を除き、悪を去る。これに目を通す者は福を得て栄華を成す」

「それはまた……」

武智麻呂は言葉を失い、両の手で拳を握った。

写経とは経を書き写す行為そのものに意味がある。経を唱えることで邪を祓《はら》い、悪を遠ざけるというのなら、わざわざ書き写す必要はない。

奥書にそのようなことを書いたというのは、経ではなく、長屋王が写した経にこそ意味があり、効果があるということではないか。

「まことにそのようなことが書かれているのですか」

道慈がうなずいた。

「それだけではありませんぞ。奥書には、歴代の天皇はみな神霊となった高市皇子《たけちのみこ》と御名《みな》部皇女《べのひめみこ》に守護されているのだとも書かれておりました。すなわち、今上《きんじょう》天皇も高市皇子の力なくしては玉座に就くこともかなわなかったという意味でしょう」

道慈は顔をしかめた。よほど腹に据えかねているらしい。

「あまりに腹が立ち、あまりにおぞましかったので早々に退散してまいりました。御仏の言葉を自分の都合のいいように変えようとしているのです。止めてくださいませ。中納言殿」

「しかし……」

「あれは仏道ではありません。左道に相違ない」

道慈は吐き捨てるように言った。

「左道ですか……」

左道とは、つまり、呪術だ。御仏の教えに背を向け、邪な力に身を委ねる。

「つかぬことをお訊きしますが、長屋王が写経をはじめたのはいつだったでしょうか」

「確か、五月頃だったと聞いておりますが、それがなにか？」

「いえ。たいしたことではありません」

五月といえば皇太子に病の兆候が現れた頃だ。

武智麻呂は額に指を当てた。

皇太子の病は悪くなる一方だった。最近は乳も飲まず、侍医が煎じる薬もすぐに吐き出してしまう。

安宿媛はもちろん、天皇もその姿に心を痛め、眠れぬ夜が続いている。

これがだれかの呪いであれば——武智麻呂は額に当てていた指を口元に運んだ。指先を歯で噛んだ。鋭い痛みが走る。指先には血が滲んでいた。

「なにをされておるのですか、中納言殿」

道慈が血を見ておののいた。

「皇太子様のことを思うと、いても立ってもいられないのです。皇太子様の苦しみを少しでも我が身に引き受けようと……」

「そのようなことをしても無益です。経を唱え、御仏に祈るのです。それしか、皇太子様をお救いする道はありません」

「心得ております」

武智麻呂は白湯を口に含み、左道について思いを巡らせた。

＊＊＊

皇太子様が身罷った――報せを聞いて、房前は東宮に向かった。

東宮では女官や侍従たちの泣き声が途切れることなく続いていた。

房前は女官に断りもいれず、皇太子の部屋に飛び込んだ。

「皇子よ、我が皇子よ、なんということか」

天皇が皇太子の亡骸《なきがら》を見下ろし、さめざめと泣いていた。その横で、安宿媛が放心している。その頬はげっそりと痩けていた。

「首様、安宿媛様、内臣房前が参りました」

房前は膝をつき、嘆き悲しむふたりに頭を下げた。

「このたびは――」

なにかを口にしなければと思ったが、言葉が続かない。深い悲しみに打たれているのは房前も同じだった。

「兄上……」

安宿媛が房前に腕を伸ばした。房前はその手をそっと握った。

「痛ましいことです。どんなにお辛いことでしょう」

「わたしはいいのです。わたしよりも、首様が……」

安宿媛は心痛に満ちた目を天皇に向けた。自分の腹を痛めた子が亡くなったというのに、自分より天皇のことを心に留めている。

天皇を心から慕っているのだ。そして、強い女人なのだった。

「内臣、なぜだ。なぜこのようなことになったのだ。余に徳がないからか。不徳な余を罰するために、天が皇子を奪っていったのか」

天皇の声はひび割れていた。

「そのようなことはございません。皇太子様はただ、病に冒され、幼子ゆえに、その病に打ち克つことができなかったのです。それだけのこと。ゆめゆめ、ご自分を責めてはなりません」

「自分を責めずして、だれを責めろというのだ」

天皇は膝から崩れ落ち、拳で床を叩いて嗚咽《おえつ》した。

「首様、わたしのせいでございます。わたしがいたらぬ母ゆえ、皇太子は亡くなってしまったのです」

安宿媛が房前の手を振り払い、泣き続ける天皇をその腕に抱いた。

「馬鹿なことを申すな。そなたほど立派な母がどこにおる。こんなに痩せ細るまでに心を砕き、皇子を看病していたことはだれもが知っておる。内臣——」

天皇は泣き腫らした赤い目で房前を睨んだ。

「これはだれの仕業なのだ。だれが余と安宿媛にこんな仕打ちをするのだ」

「首様——」

房前は頭を垂れた。悲しみに引き千切られた心が天皇を惑わせている。

だれのせいでもない。これが皇太子の持って生まれた運命だったのだ。

だが、それを今口にしても天皇は聞く耳を持たないだろう。

時が、天皇の心を癒やしてくれるのを待つしかなかった。

「中納言を呼べ」

天皇が言った。

「内臣、中納言を呼ぶのだ。余にはあの者が必要だ。すぐに呼べ」

「しかし、首様。このようなときに、左大臣を差し置いて中納言を呼ぶというのはしきたりに反します」

「黙れ。中納言でなければならぬのだ。余のこの苦しみをいくばくかでも和らげてくれるのはそなたでも左大臣でもない。中納言だ。中納言を呼べ」

なにを言っても無駄なようだった。

「かしこまりました。すぐに、使いを走らせます」

房前は一礼して、部屋を出た。泣きじゃくっている侍従のひとりを摑まえる。

「中納言、藤原武智麻呂殿の邸に行ってくるのだ。皇太子様のことを告げ、首様がお呼びだと伝えよ。皇太子様のことは、中納言にしか伝えてはならぬ。よいな」

「はい」

侍従は涙と鼻水を拭うと、房前に背中を向けて駆けていった。

天皇の嗚咽が外にまで聞こえてくる。房前は天を仰いだ。

天よ、なんと残酷なことをなさるのですか——心の内で呟くと、涙が止まらなくなった。

＊　＊　＊

佐保の邸にこれだけの人が集まるのは久しぶりのことだった。

皇太子の訃報《ふほう》を受けて、これまで長屋王と距離を取っていた者たちも続々と集まってきている。

武智麻呂の——藤原の力が弱まると見て、長屋王に媚《こ》びを売りに来たのだ。

「式部卿ではないか。なぜそなたがここに」

阿倍広庭《あべのひろにわ》が宇合に気づき、近寄ってきた。

「左大臣に呼ばれたのです」

「しかし、そなたは藤原の……」

「だからなんだとおっしゃるのです。藤原の者は左大臣と話をしてはいけないとでも」

「い、いや。そんなことはない。しかし――」

「失礼します。急いでいるので」

宇合は邪険に言って、阿倍広庭の傍らを通り過ぎた。宇合をみとめた者たちが声を潜める。だれもが、この邸に宇合が現れたことに驚きと不審を隠せずにいるようだ。

長い廊下を歩き、長屋王の居室に辿《たど》り着いた。家人に取り次ぎを命じると、すぐに長屋王の声が響き渡った。

「式部卿殿、お入りください」

家人が戸を開けるのを待って、宇合は部屋に足を踏み入れた。

風が顔に当たった。部屋の奥の窓が開け放たれ、長屋王は立って庭の景色を眺めている。風は庭から吹き込んできたものだ。

「相変わらず美しい庭です」

宇合は長屋王の背中に声をかけた。

「少し、風に当たりたいと思いまして」

　長屋王が振り向いた。

「寒ければ閉めますが」

「わたしはかまいません」

　宇合は長屋王の隣に立った。

「木々の葉も色づきはじめましたね。この庭の美しさは紅葉で一層引き立つ」

「それを考えて造らせたのです。静かに庭を愛でていたいのですが、次から次へと客がやって来る」

「みな、不安なのです」

　長屋王は意地の悪い笑みを浮かべた。

「藤原に取り入ろうとしていた者たちが、一斉に行き先を変えた。それだけのことではありませんか」

「みな、生きるのに必死なのです」

「式部卿殿は心が広い」

「長男と次男は互いに牽制《けんせい》し合い、末っ子は甘えん坊です。となると、三男は心を広くして生きていくしかありません」

　長屋王の笑みが苦笑に変わった。

「それで、左大臣殿、わたしになんの用でしょう」

「座りましょう」

長屋王は窓を閉めた。

「首様はまだ居室に閉じこもったままでしょうか」

向かい合って座ると、長屋王が訊いてきた。

「左大臣が式部卿にそれを訊ねるのですか」

「弔問したあとは、宮には近づいておらぬのです」

宇合はうなずいた。

「おっしゃるとおり、首様は居室に閉じこもったままだとか」

「内臣がそばについておいでで」

「房前は東宮に。安宿媛をお支えしております。首様には――」

「中納言がついているのですね」

「ええ。左大臣や内臣を差し置いて、中納言如きが天皇のそばに侍っているとはなにごとかと口さがない連中が申しております」

「首様と中納言がなにを話しているか、わかりませんか」

「こんなときに、兄のもとを訪れて首様となにを話しているのかと問い詰めろとおっしゃるのですか」

長屋王は微笑もうとしたが、顔が強ばった。

「気になるのは理解できますが」

「知る手立てはありませんか」

「唯一の手立ては時を待つことです。いずれ、首様の悲しみも癒えましょう。そうなれば、武智麻呂も首様のそばを離れることになります。話を聞き出すのはそれからです」

「もどかしいのです」

「わかります」

宇合は腕を組んだ。今頃、武智麻呂は天皇の心に植え付けた疑心という名の種から生えた花に実をつけさせようと力を注いでいるだろう。

道慈という僧侶が、武智麻呂になにか知恵を授けてくれたらしい。その知恵がどんなものかは、武智麻呂は言葉を濁して語ってはくれなかった。

「中納言は焦っているはずです」

長屋王が言った。

「皇太子こそがあのお方のよって立つところだったのです。皇太子がいれば、安宿媛を皇后に据えることもできると考えていたでしょう。それが崩れた。あなたが中納言なら、どういたしますか」

「安宿媛が次の皇子を産むのを待ちます」

長屋王は苛立たしそうに首を振った。

「もうひとりの皇子がいるのです。生まれてくるかどうかもわからぬ皇子を待つような人ではない。弟なら、それぐらいのことはわかっているでしょう」

「それでも、武智麻呂には待つしかないのです」

長屋王は溜息を漏らした。

「もどかしい」

「待ちましょう。今はただ、首様と安宿媛の悲しみが癒えるのを祈ることしかできません」

「そうですね。確かに、式部卿の言うとおりだ。ここではわかっていても――」

長屋王は自分の頭を指さした。

「ひとりで考え込んでいると、もどかしさにいても立ってもいられなくなるのです。式部卿に来てもらって助かりました」

「わたしでよければ、いつでも馳せ参じます。ところで、例の写経はどうなっているのですか」

宇合は訊いた。武智麻呂に、長屋王の写経はどうなっているのか確かめろと念を押されていたのだ。

「皇太子様の件でしばし途絶えておりましたが、もう間もなく完成いたします。写経がどうしました」

「いえ。長屋王様の写経が完成すれば、首様の悲しみも薄らぎ、都に平穏が訪れるのではないかと思いまして」

「わたしもそれを願い、写経に勤しんでいるのです」

「長屋王様の思い、必ずや御仏のもとに届くでしょう」

「そうであればよいのですが」

長屋王はまた溜息を漏らし、そんな自分を恥じるように唇を嚙んだ。

＊＊＊

迷った挙げ句、麻呂は箏を手にして東宮を訪れた。

東宮は墓所のように静まりかえり、家人たちも息を潜めるようにして行き来していた。

「先ほどまで、内臣様がいらしていたのですが、お帰りになりました」

麻呂の案内を買って出た女官が言った。皇太子が亡くなってから、房前は安宿媛につききりだと聞いている。それが帰ったというのだから、安宿媛の悲しみも少しは癒えたということなのかもしれない。

「三千代殿は」

「この東宮にて寝泊まりいたしております」

「さようか。安宿媛様の様子はどうだ」

麻呂の問いかけに、女官は首を振るだけだった。

取り次ぎが終わると、麻呂は襟を正し、部屋に入った。

「安宿媛様、麻呂にございます」

安宿媛は机に向かい、筆を動かしていた。

「写経でございますか」

「ええ」

安宿媛は麻呂を見ようともせずに答えた。

「皇太子の菩提を弔うため、諸国の寺に、大般若経の写経をさせようと思うのです。まずは手始めにわたしから」

「それはよいお考えです。わたしもはじめることにいたしましょう」

「本当でございますか」

安宿媛は筆を置き、麻呂に向き直った。

麻呂は息を呑んだ。

安宿媛はすっかり痩せ衰え、眼窩《がんか》まで落ちくぼんでいた。

ろくに食べず、眠りもしていないのだろう。それほどの喪失感に襲われたのだ。

「安宿媛、食べねばならん。寝なければだめだ」

麻呂は思わず兄の口調で言った。

「わかっております。母上にも房前兄上にも叱られておりますから。これからは食べ、眠るようにいたします」

安宿媛は微笑んだ。だが、その笑みはすぐに崩れ、目に涙が溢れはじめた。

「安宿媛様」

麻呂は箏を放り出し、安宿媛のそばに駆け寄った。

「ごめんなさい、兄上。もう泣くのはよそうと心に決めたのに、涙が止まらないのです」

「よいのだ。泣けばよい。涙が涸《か》れるまで泣き続ければよい」

麻呂は安宿媛を抱きしめた。安宿媛は麻呂の肩に額を当て、泣き続けた。

「いらしていたのですか、麻呂殿」

突然の声に顔を上げると、三千代が戸口に立っていた。

いくら血の繋がった兄とはいえ、天皇の夫人と抱き合っているのだ。麻呂は狼狽した。

「これは三千代殿」

慌てて立ち上がろうとした麻呂を、三千代が手で制した。

「そのままで」

麻呂はうなずいた。安宿媛はまだ泣いている。

「安宿媛と麻呂殿は本当に仲がいい。房前殿がいても、肩を借りて泣くことなどないというのに」

「年が近いからでございましょう」

三千代が微笑んだ。その頬も、安宿媛と同様に痩けている。不比等と共に見た夢が潰《つい》えようとしているのだ。その心の内は穏やかではあるまい。

「安宿媛、だれかに見られたらどうするのです。いいかげん、泣くのはおやめなさい」

「はい、母上」

安宿媛は涙に潤んだ声で言い、麻呂から体を離した。

「兄上、ありがとう」

「よいのです。辛いとき、苦しいときはいつでも呼んでください。喜んでこの肩を貸しましょう。我ら兄弟は四神なのです。首様と安宿媛様を守り、支える四神です」

「四神ですか」

三千代が訊いてきた。

「はい。昔、父にそう言われました」

「不比等殿が……」

「まだわたしが幼い頃のことですが」

「安宿媛。写経はどうしたのですか」

三千代は安宿媛に顔を向けた。

「わたしが写経の邪魔をしたのです」

麻呂は言った。

「これから続けます」

安宿媛は机に向かい直した。

「それなら、わたしは麻呂殿と少し話したいことがあります。よろしいですか、麻呂殿」

「わたしはかまいませんが」

「では、こちらへ」

三千代が部屋を出た。麻呂は安宿媛に一礼し、その後を追った。

三千代は東宮がまるで自分の邸であるかのように歩き、とある部屋の中に入っていった。

麻呂もその部屋に入り、戸を閉めた。

三千代が部屋の真ん中に座った。麻呂はその向かいに腰を下ろした。

「話とはなんでしょう？」

「葛城王に、わたしの力を受け継ぐべきだと言ったそうですね」

予想していた問いだった。麻呂はうなずいた。

「はい。宮中における三千代殿の力は大変なものでした。それを子が受け継がずにいるというのはもったいないことです」

「あなたも不比等殿の力を受け継ぎたいのですか」

「こう見えても、わたしも男ですから、人並みの野心はあります。四男だからというただそれだけのことで、いつまでも兄たちの後ろを歩かねばならぬという道理はないでしょう」

「やはり、あなたにも不比等殿の血が流れているのですね」

三千代は視線を宙にさまよわせた。不比等の幻影を見ているのかもしれない。

「不比等殿とわたしの夢が結実したのが皇太子でした。不比等殿とわたしの血の流れる者が玉座に就き、次の玉座も、またその次の玉座も、わたしたちの血を引く子孫が継いでいくのです」

三千代は視線をさまよわせたまま口を開いた。

「ですが、その夢は潰えました」

「そう断じるのは早計です。安宿媛がまた皇子を産めば――」

「次に生まれるのは皇女かもしれません」

麻呂の言葉は三千代の強い声にかき消された。

「もう、安宿媛は皇子を産まないかもしれない」

「三千代殿――」

「わたしにはもうあまり時が残されてはおりません。生まれてくるかどうかもわからぬ子を待っている余裕はないのです」

三千代が麻呂を見た。その目は血走り、痩けた頬とあいまって、三千代を悪鬼のように見せた。

「不比等殿と共に見た夢は潰えても、わたしがひとりで見た夢はまだ続いています」

「もうひとりの皇子ですね」

皇子の母である県犬養広刀自は三千代に連なる一族の出身だった。

「わたしはわたしの力を使ってあの皇子を皇太子にしようと思います」

「つまり、それは――」

「そう。それは、藤原との縁を断ち切るということです。武智麻呂殿は藤原の血を引かぬ皇太子を決して認めようとはしないでしょう。ですから、これからは藤原とわたしの戦いになるのです」

「わたしも藤原の人間だということをお忘れですか」

麻呂は言った。三千代が笑った。

「不比等殿の力を得たいのなら、あなたは武智麻呂殿と袂《たもと》を分かつ必要があります」

「そうですね」

「県犬養の皇子が皇太子になれば、葛城王は臣下に下って政に加わりましょう。そして、いずれは左大臣にまで登るはずです。あなたも葛城王と共に上を目指すべきです」

「橘三千代の力と、藤原不比等の力を合わせるのですね」

三千代がうなずいた。

「しかし、長屋王が皇子の立太子を認めるでしょうか」

「難しいでしょうね。ですから、長屋王は必ず政の中心から退いてもらわねばなりません」

「それには武智麻呂の力が必要です」

「承知しています。長屋王を倒すまでは、武智麻呂殿と手を組む必要がありますね」

麻呂は笑った。

「そこまで考えておられるのですね。さすがは三千代殿です」

「どうします、麻呂殿」

「県犬養の皇子にこの身を捧げようと思います」

麻呂は身を正し、三千代に向かって深く頭を下げた。

十五

天皇は呆《ほう》けたような視線を手にした盃に向けていた。

盃は空だった。

武智麻呂が酒を注ごうとしても、天皇はそれを拒んだ。

「もう酒はよい。十分だ」

そして、時が経つのも忘れて盃を見つめている。

皇太子が死んでから、天皇は酒浸りの日々を送っていた。飲んでは酔い潰れ、目覚めては飲み、また酔い潰れる。

そんな日々が長く続いて、さすがに天皇の心も体も酒には飽いたらしかった。

「中納言よ、なぜ、皇太子は死ななければならなかったのだ」

天皇はいつもと同じ問いを口にした。

そういう運命だったのです——武智麻呂はいつも同じ返答を繰り返していた。

だが、酒を飲むのをやめた天皇には、用意していた別の答えがあった。

「呪いかもしれません」

「呪いだと」

天皇が目を剝いた。

「皇太子様が玉座に就く日が来るのを嫌う者が呪いをかけたのです」

「だれがそのようなことを」

「大勢いすぎて、だれとは決めかねます」

武智麻呂はさりげなく天皇の顔を盗み見た。天皇のこめかみに浮いた血管が脈動している。

「朝堂には藤原の力が増すのを煙たがる者が多いのです。首様も安宿媛様も藤原ゆかりの方々ですから、その子が皇太子になるなどゆるしがたい。みな、顔には出さずともそう思っているはずです」

「その筆頭が長屋王か」

武智麻呂は笑みが浮かびそうになるのをこらえた。天皇の口から長屋王の名が出るのは好都合だった。

「道慈という僧がおります」

「知っている」

「先日会ったのですが、妙な話を聞きました。長屋王が大般若経の写経をしていると言うのです」

「それがどうした。大般若経の写経なら、安宿媛もはじめておるではないか」

「長屋王が写経をはじめたのが五月の頃だとか」

天皇が首を傾げた。

「道慈殿は乞われて写経の検校役を引き受けたのだそうです。それで、写経の奥書を目にしたところ、とんでもないことが書かれていたそうで」

「なにが書かれていたというのだ」

天皇は身を乗り出してきた。

「これを読む者は邪を除き、悪を去る。これに目を通す者は福を得て栄華を成す」

「なんと……まことにそのようなことを長屋王が書いたというのか」

武智麻呂はうなずいた。

「さらに、首様にいたるまで代々の天皇が玉座を継いでこられたのは、神霊となった高市皇子と御名部皇女の守護があるからだとも書かれていたそうです」

「なぜ長屋王はそのようなたわけたことを――」

「我こそが正当なる玉座の継ぎ手である。そう言いたいのかもしれません」

「ふざけおって」

天皇は手にしていた盃を壁に投げつけた。盃は砕け、飛び散った。

「長屋王が写経をはじめたのは五月の頃だと先に申し上げましたが、よくよく考えてみれば、皇太子様が病に伏せったのも同じ時期。写経と称して、実は皇太子様に呪いをかけたのではないでしょうか」

「なぜそう思うのだ」

天皇の眦が吊り上がっていた。

「皇太子様が亡くなれば、残るは県犬養広刀自が産んだ皇子ひとり。母の身分が低いので、あの皇子を皇太子にと言っても、大勢の者が反対するでしょう。首様に跡継ぎがいないということは、他から皇太子を出すことになります。そして、もっとも玉座に近いのは、軽《かる》様、氷高様の血統に連なる長屋王とその眷属」

「中納言、もうよい。よせ」

「長屋王は首様に取って代わり、玉座を自分の一族のものにしようとしているのです」

「よせと言ったのだ」

「申し訳ございません」

武智麻呂は平伏した。

「本気でそう思っているのか」

「長屋王ならあるいはと思っております」

「それが本当なら、謀反ではないか」

「お忘れですか、首様。長屋王は皇太子様への謁見にさえ訪れませんでした。あれなど、謀反と取られてもおかしくはない不遜な行為です」

「余はどうすればよいのだ」

天皇は頭を抱えた。

「謀反は鎮めなければなりません」

武智麻呂は追い打ちをかけた。ここで天皇に決断させるのだ。日を置けば、天皇は考えを翻すかもしれない。

「それはつまり、謀反の首謀者を処刑しなければならぬということです」

「余に長屋王を討てというのか」

「首様は命じるだけでよいのです。後のことは、この武智麻呂にお任せを」

「しかし、長屋王は……」

「皇太子様の無念を晴らさねばなりません。安宿媛様がどれほどの悲しみにさらされたかをお忘れですか」

　天皇が目を閉じた。嚙んだ唇に血が滲んでいる。

「謀反はゆるしてはならぬ」

　天皇が口を開いた。

「さようです」

「長屋王を討て、中納言」

「かしこまりました」

　武智麻呂は再び平伏した。顔を伏せたまま笑みを浮かべる。

　天皇の命は受けた。あとは策を練り、長屋王を討てばよい。長屋王さえいなくなれば、安宿媛の立后はたやすくなる。まずは安宿媛を皇后に据え、皇子が生まれてくるのを待つのだ。

　長屋王がいないのならば、待つことは苦痛ではない。

長屋王さえいなければ。

「長屋王め」

天皇が呟いた。その声は憎しみに満ちあふれていた。

武智麻呂が天皇の心に植え付けた種が芽吹き、花を咲かせ、ついに実を結んだのだ。

＊＊＊

東宮に天皇の姿があった。写経に勤しむ安宿媛に、慈しみの溢れた眼差しを注いでいる。

酒浸りだと耳にしていたが、ようやく悲しみも癒えたのだろう。

「首様、安宿媛様、失礼いたします」

房前はふたりに声をかけ、部屋に足を踏み入れた。

「おお、内臣ではないか」

天皇が微笑んだ。頬が痩け、目が落ちくぼんでいるのは酒浸りの日々のせいに違いない。

だが、その笑顔には精気が戻っている。

「いらっしゃいませ、兄上」

安宿媛が筆を置いた。天皇の影響か、安宿媛の表情も和らいでいる。

「そなたが安宿媛を支えてくれていたのだな。本来なら余の役目だが、すまぬ。あまりにも悲しみが大きくて、安宿媛のことを考える余裕がなかった」

「わたしはよいのです、首様」

安宿媛が天皇の手を取った。

「兄として、内臣としてやるべきことをやったまでのこと。気になさらないでください」

房前は頭を下げた。

「いや。そなたと武智麻呂がいなければ、余はどうなっていたかわからん。改めて、余と藤原の者たちとの繋がりに思いを馳せたぞ」

「ありがたきお言葉」

「明日からは、これまでどおり、政務に就こうと思っている。よろしく頼むぞ、内臣」

「かしこまりました。後ほど、左大臣に首様のお言葉を伝えてまいります」

「長屋王か」

天皇が吐き捨てるように言った。

「左大臣がいかがしました」

「なんでもない。余はこれで失礼するぞ、安宿媛。辛いときは遠慮なく余のもとを訪れるがよい」

「ありがたきお言葉。安宿媛は首様の優しさにいつも救われております」

「余も、そなたの情に救われているのだ」

天皇は立ち上がり、部屋を出ていった。

「首様の悲しみも癒えたようですね」

天皇と侍従たちの気配が消えると、房前は安宿媛に声をかけた。

「すっかり癒えたわけではありません。癒えることは生涯ないのかも……それでも、首様は天皇。この国のため、前を向いて歩かねば」

「お言葉のとおりです。しかし……」

房前は言葉を切り、腕を組んだ。天皇が長屋王の名を口にしたときの態度が気にかかる。

「どうなされたのです」

「首様と長屋王の間になにかあったのでしょうか」

「さあ。わたしはなにも聞いておりませんが」

「それならいいのです」

房前は話題を変えようとして辺りを見渡した。部屋の隅に布にくるまれた箏が立てかけてある。

「おや。あの箏はもしかして……」

「麻呂兄上の箏です。先日、お越しになったのですが、箏を置き忘れて行ったのですよ」

「麻呂が箏を忘れるなど珍しい。なにかあったのですか」

安宿媛は首を振った。

「母上と別室で話をなされて、そのまま帰ってしまったのです。いずれ、取りに戻るでしょう」

「三千代殿と麻呂が……」

「麻呂兄上はここのところ、葛城王と仲良くされております。それで、母上とも積もる話があるのでしょう」

「三千代殿はまだここで寝泊まりをしておられるのですか」

「いいえ。麻呂兄上が来た日でしたでしょうか。もう、わたしもだいじょうぶだろうからと自分の邸に戻られました」

「そうですか」

麻呂と葛城王ならわかる。不遇をかこつ者同士、酒を飲み、詩を詠んで気を紛らわすのだ。だが、麻呂と三千代となると、ふたりでなにを話したのか、皆目見当がつかなかった。

「首様が、皇太子の菩提を弔うための写経を、諸国の寺に命じてくれるそうです」

「当然のことです」

「また、次の皇子を産めばよいとも言ってくれました。武智麻呂兄上もそう思っているのでしょうね」

「それは、だれもが願っていることです」

「ですが、わたしにはもう皇子は授からないような気がします」

「安宿媛様――」

「房前兄上だから話すのですよ。他言は無用です」

「それは心得ておりますが……」

房前は戸に目をやった。戸の向こうには侍従や女官が侍っているはずだ。

「あの者たちならだいじょうぶです」

房前の心の内を汲んで、安宿媛が言った。

「わたしは藤原不比等と橘三千代の娘です。宮中ですべきことはちゃんと心得ておりますから」

「余計な気を使わせてしまったようですね」

房前は頭を掻いた。

「話を戻しましょう。もし、わたしが皇子を産めなかったら、藤原の一族はどうなるとお思いですか」

「なるようになります」

房前はすぐに応じた。

「藤原の者といえども、あくまで臣下。皇統に藤原の血を引く者を据えようと考えるのは不遜です。ただ、その時々の天皇をお支えする。それが臣下の務めですから」

「武智麻呂兄上も同じように考えるとお思いですか」

「そうではないでしょう」

「もし、わたしが皇子を授からなかったら、武智麻呂兄上はどうすると思いますか」

房前は額に手を当て、しばし考えた。自分が武智麻呂ならどうするか。

答えはすぐに出た。

「なにがなんでも安宿媛様を皇后に据えようとするでしょう。そして、兄上かわたしの娘が成長するのを待って、入内させるつもりかと。再び、藤原の娘が皇子を産むのを待つのです。安宿媛様が皇后になってさえいれば、いずれかの産む皇子が皇太子の座に就くことも可能となりましょう」

「やはり、それしかありませんね」

安宿媛がうなずいた。

「安宿媛様もそのようにお考えでしたか」

「武智麻呂兄上の目的ははっきりしていますから。問題は、左大臣が朝堂にいる限り、わたしの立后などあり得ないということです。武智麻呂兄上はどうするおつもりなのでしょう」

安宿媛は不安げに口を閉じた。その顔を見ていると、房前は自分の胸の内にも不安が雲のように広がっていくのを感じずにいられなかった。

＊　＊　＊

興福寺を訪れるのは久しぶりだった。宇合は道慈のもとに挨拶に立ち寄った。

「これは式部卿殿。よくおいでになられた」

道慈は満面の笑みを浮かべ、宇合に会釈した。

「中納言に呼ばれたのです」

「聞いております。中納言殿に寺の一室を貸してくれと乞われましてな。すでに京職大夫殿もいらしておりますぞ」

「内臣は」

宇合の問いかけに、道慈が首を振った。武智麻呂が房前を呼ぶわけがないのだ。

「それでは、わたしはこれで」

宇合は道慈に暇を告げた。

「兄弟の話が終わったらまたお立ち寄りください。唐の話を共にできる者がおらず、難儀しているのです。式部卿殿なら、うってつけだ」

「いいですね。わたしもしばらく唐の話はしておりません。必ず立ち寄ります」

僧侶に案内されてとある部屋に通された。武智麻呂と麻呂が向かい合って座っていた。

「遅くなりました」

宇合は武智麻呂に頭を下げ、麻呂の隣に腰を下ろした。

「首様より、長屋王を討てとの命が下った」

おもむろに武智麻呂が口を開いた。宇合は目を剝いた。麻呂は口をあんぐりと開けている。

「兄上、それはまたどうして」

宇合は上ずった声で訊いた。

「皇太子様が死んだのは、長屋王が呪いをかけたせいだ。これは謀反である。長屋王を討て。首様はそうおっしゃったのだ」

「呪いですか」

麻呂が言った。納得がいかないというように首を傾げている。

「そうだ。道慈殿が長屋王の写経の検校役を引き受けたという話は以前にしたであろう」

宇合はうなずいた。

「道慈殿によると、長屋王は御仏の教えに反する不埒《ふらち》な考えを胸に抱き、左道にも傾倒しているらしい」

武智麻呂は表情の失せた顔で言った。

「そのようなことを、首様が信じたと言うのですか」

「子を失った父はなんでも信じるものだ。それが皇太子を失った天皇ならなおさらだろう」

自分が無理を通して長屋王討伐の命を受けたことはわかっているのだ。だから、武智麻呂は人形のような顔をして、人形のような声を出している。

「本当にそのような理由で長屋王を討つのですか」

麻呂が訊いた。

「長屋王が皇太子に呪いをかけたというのは、首様とわたしとの間でのみ通じること。長屋王を討つにははっきりとした名分がいる」

「名分を作らなければならないということですね」

宇合は言った。驚愕はもう消えている。いずれは長屋王を討たねばならなかったのだ。その時機が思っていたより早く来た、討つべき理由がでたらめだというだけのことではないか。

「だれかに長屋王の罪を訴えさせるのが一番でしょうね」

麻呂が言った。麻呂も落ち着きを取り戻している。宇合と同じ境地なのだろう。不比等の血がそうさせるのだ。

「わたしもそれがよいと思う。訴えさえあれば、首様はすぐにでも正式な討伐の命を下されるだろう」

「だれに訴えさせましょう」

宇合は訊いた。

「誣告《ぶこく》なのだ。それ相応の見返りがなければ、引き受ける者はおるまい。かといって、藤原と繋がりの深い者は避けた方がよい」

「中臣宮処東人《なかとみみやこのあずまびと》はどうでしょう」

麻呂が言った。

「血族としては別れたも同然ですが、他の一族の者よりは信頼が置けます。それに東人は、長屋王とも面識があり、出世を目の前にちらつかせてやれば、飛びついてくるでしょう」

「麻呂、おまえに任せてもよいか」

武智麻呂が言った。麻呂はうなずいた。

「実際に討伐の命が下ったときに、軍勢を率いる任は宇合に任せたい。その際に連れていく衛士《えじ》たちの人選も任せる」

「わかりました」

「わたしは、舎人親王や新田部《にいたべ》親王《しんのう》に根回しをする。いくら首様の命だと言っても、皇親たちの賛同がなければ、長屋王亡き後の政が立ちゆかなくなる」

「そうでしょうね」

長屋王を討てば、それは藤原の陰謀だとだれもが思うだろう。

だが、長屋王の排除を、天皇だけではなく、皇親たちも認めたのだとなれば、風向きは変わってくる。

天皇の信頼を得たのは、結局は長屋王ではなく藤原武智麻呂なのだ。臣下たちはそう見なすだろう。そして、武智麻呂が得る力の恩恵を浴びようと媚びを売りに来るのだ。

「舎人親王たちを引き込むことは可能ですか」

宇合は兄の顔を見据えた。武智麻呂は力強くうなずいた。

「道慈殿が力を貸してくれる。わたしの言葉には不審を抱く方々も、道慈殿の言葉には耳を傾けるだろう」

「道慈殿はよほど長屋王が嫌いなのですね」

麻呂が嘆息した。

長屋王はこれまでに、僧侶をないがしろにするような言動を多く取ってきた。徳が高いとはいえ、僧も人だ。長屋王は人の気持ちを軽んじすぎる。

「三千代殿はどうなっている」

武智麻呂が麻呂に訊いた。

「どうやら、県犬養の皇子を皇太子に推すよう、動きはじめるようです。ただし、そのためには長屋王の存在が疎ましい。長屋王を倒すまでは、兄上の側に立つつもりかと」

武智麻呂の顔がやっとほころんだ。

「さすがは三千代殿。機を見るに敏だ」

「三千代殿も老いております。待てないのですよ」

麻呂の言葉に武智麻呂はうなずいた。

「おそらくは、密かに太上天皇様と話をつけるおつもりだろう。太上天皇様はかねてより藤原の血を煙たがっておられる。首様と我らが手を取って長屋王を討ったとなれば、皇統から藤原の血を排除しようと必死になるはずだ」

「内臣である房前兄上がここにいれば、太上天皇様を牽制することもできるのでしょうに」

宇合の言葉に、武智麻呂が目を剝いた。

「房前の話はするな。あれはわたしに背を向けたのだ」

「失礼しました」

「三千代殿が太上天皇様と手を結んだとしても、心配することはない。三千代殿はいずれ、この世を去る。我々はその時を待っていればよいのだ。橘三千代のおらぬ太上天皇様など、赤子も同然」

「兄上、そのような物言いは不遜です」

麻呂が声を上げた。

「ここには我らしかおらぬのだ。かまわぬではないか」

麻呂が宇合の顔を見た。宇合は小さく首を振った。

待ち望んでいた時が来ようとしている。武智麻呂は気を昂ぶらせているのだ。

「準備が整ったら、長屋王を討つ。わたしが政の主導権を握り、おまえたちは議政官に引き上げる。そうなればこちらのものだ。まずは安宿媛の立后。安宿媛かわたしの娘が皇子を産めば、その皇子を皇太子に据える。父上の望みがやっとかなうのだ」

武智麻呂は目を閉じ、深く息を吸った。不比等亡き後、藤原の長兄として苦難の道を歩んできた。それが報われると信じている。

兄上、長屋王を討った後が、我々の本当の戦いのはじまりですよ。

宇合は言葉を胸にとどめたまま、武智麻呂の顔を見つめた。

* * *

頭に思い浮かぶ者たちの名を書き記していると、家人が房前が来ていると告げた。麻呂は房前を通すように命じた。房前が姿を現す前に、紙と筆を片付けさせる。

房前は麻呂の箏を携えていた。

「それは……」

「安宿媛様のところに忘れてきただろう。安宿媛様に頼まれて持ってきた」

「ありがとうございます」

麻呂は箏を受け取った。房前が床に腰を下ろした。

「しかし、その箏を忘れて数日が経つというではないか。おまえが箏をつま弾かずに何日も過ごしているというのが不思議だ」

「近頃は、京職大夫の責務を真面目にこなしているのです」

麻呂は言った。実のところは武智麻呂から命じられた仕事に忙殺されて箏どころではなかったのだ。

「責務だと。おまえの口からそんな言葉を聞くとは思わなかった」

「わたしも大人になったのですよ、兄上」

「ならばよいのだが……武智麻呂兄上とは会っているか」

房前が話題を変えた。それを訊きたくてわざわざ訪ねてきたのだろう。

「いいえ。ここしばらくは顔も見ておりません」

「宇合もか」

「ええ。どうしたのです」

「話をしたいことがあって曹司を訪れても姿が見えぬのだ。どうもすれ違いになってしまうらしい」

「武智麻呂兄上はお忙しい方ですから」

「宇合も同じなのだ。中納言と式部卿が共に曹司にいない。なにかおかしいとは思わぬか」

房前の目が刃のように細くなった。

「さあ。わたしなどは、ただお忙しいのだろうと思うだけですが」

「なにか、わたしに隠してはいないか」

房前は言いにくそうに訊いてきた。房前はいい男だ。いい兄だ。

だが、藤原の者にとって大切なのは情ではない。

「わたしがなにを隠すとおっしゃるのですか」

麻呂は言った。嘘をつくのが日に日に上手くなると自分でも思う。他の臣下たちにいくら嘘をつこうがどうということはないが、房前につく嘘は胸を抉《えぐ》った。

「よい。聞かなかったことにしてくれ」

「なにか心配事でもおありなのですか」

「なにやら胸騒ぎがするのだ」

房前の目がいつものそれに戻った。

「胸騒ぎですか」

「うむ。なにか、よからぬことが起こるのではないかと思ってな」

麻呂は内心で舌を巻いた。房前もやはり、藤原の血を引く男なのだ。政の情勢をすばやく見抜く目を持っている。

「皇太子様が亡くなられたばかりなのです。だれもが政の動きに神経を尖らせています。そのせいではありませんか」

「だといいのだが……そうだ。今度、一緒に安宿媛様のところへ行かないか。やっと深い悲しみからは抜け出したようだが、心に傷を負っていることに違いはない。慰めてさしあげたいのだ。できれば、兄弟四人で訪れたいが」

「それはいい考えです。武智麻呂兄上や宇合兄上と会う機会があったら、そのことを話しておきますよ」

「頼んだぞ、麻呂。どうも、武智麻呂兄上はわたしを避けておられるのかもしれない」

「考えすぎですよ、兄上」

房前が首を振った。

「わたしと武智麻呂兄上は進む道が違うのだ。それはおまえも感じていよう」

「兄弟だからといって、同じ道を歩む必要はありません」

「できればおまえや宇合にはわたしと同じ道を歩んでもらいたいのだがな」

麻呂は微笑んだ。

「わたしはわたしの道を、宇合兄上は宇合兄上の道を歩むと思います」

「そうだな。それが人のあるべき姿だ」

房前は溜息を漏らした。麻呂は房前に気づかれぬよう、眉をひそめた。

房前兄上も我らと同じ道を行けばいいのです――言葉にはせず、思いだけを房前にぶつけたが、房前はなにも気づかないようだった。

十六

「中納言様、中納言様にお目通り願いたいと申す者たちが参っております」

曹司で仕事をしていると、史生《しせい》がそう告げに来た。

武智麻呂は唇を舐めた。長屋王はすでに曹司から退出し、邸へ戻った。それで、事を進めると決めたのだ。事前に打てる手はすべて打っておいた。

「わたしに？　何者だ？」

武智麻呂は素知らぬ顔で訊いた。

「漆部君足《ぬりべのきみたり》と中臣宮処東人と申しております。是非、中納言様に話したい儀があるとか」

「通せ」

武智麻呂は言った。ふたりとも、麻呂の選んだ男たちだ。なにをどうすればいいかはわきまえているはずだった。

粗末な服を着た男がふたり、曹司に入ってきた。

「わたしに話したいことがあるとか」

対座して平伏するふたりに武智麻呂は声をかけた。

「はい。国家の一大事にございます」

漆部君足が平伏したまま言った。

「一大事だと」

「はい。わたしどもは左大臣、長屋王の悪行を訴えに参りました」

「話してみよ」

ふたりは顔を上げた。ふたりとも顔が汗で濡れている。外は季節外れの雪が舞っており、空気は氷のように冷えている。汗は緊張がもたらしているのだ。

漆部君足が生唾を呑み込み、口を開いた。

「長屋王は左道を学び、国家を傾けようと謀っております」

「そのとおりでございます。皇太子様が身罷られたのも、長屋王の呪《まじな》いのせいです」

「聞き捨てならんな。それはまことか」

「はい。まことに相違ありません」

武智麻呂はふたりを睨んだ。ふたりは亀が頭を甲羅に引っ込めるようにして平伏した。

「長屋王様が本当に皇太子様に呪いをかけたとして、どうしてそなたたちがそれを知っているのだ」

ふたりは顔を見合わせた。武智麻呂は苛立ちを露わにした。

「麻呂からどう話せばよいのか、聞いているであろう」

小声でふたりを叱責する。

「は、はい。佐保の邸に出入りしているときに、長屋王が左道の呪いを行っているのを見たのです」

「わ、わたしも見ました」

武智麻呂は大きくうなずいた。

「長屋王が密かに左道を学び、国家を傾けんとし、皇太子様に呪いをかけた。それに違いないな」

「違いありません」

「わかった。このまま待て」

武智麻呂は立ち上がり、曹司を出た。配下の者を呼び寄せ、耳打ちした。

「議政官たちと、舎人親王様、新田部親王様をすぐに呼ぶのだ。内密にだ。だれにも知られてはならん。特に、内臣に気づかれぬよう、気を配れ」

「かしこまりました」

配下は足早に去っていった。武智麻呂は曹司に戻った。

「よくやってくれた」

ふたりをねぎらう。

「わたしたちは京職大夫様に言われたままにしただけのこと」

中臣宮処東人が答えた。

「まことに、これだけのことで位階をいただけるのでありましょうか」

「藤原の者が約束を違えることはない。安心しろ。これから、親王様たちと議政官たちが来る。みなの前で同じ話をするのだ」

「中納言様おひとりの前でも体が震え、声がうまく出ませんでした。それが大勢となると、自信がありません」

漆部君足の表情は今にも泣き出しそうだった。

「これからにそなたたちとそなたたちの一族の将来がかかっているのだ。腹を据えろ」

「わかりました」

漆部君足は額を濡らす汗を拭った。

足音が近づいてきた。

「中納言殿、なにごとですか。この者たちは何者です」

足音の主は阿倍広庭だった。

「議政官全員と舎人親王様、新田部親王様も参ります。全員が揃ったところで話をしますので、しばしお待ちを」

阿倍広庭は不安そうな表情を武智麻呂に向けた。

「なにがはじまるのです」

「お待ちください」

時を置かず、議政官たちが続々と集まってきた。大伴旅人《おおとものたびと》の姿はない。長屋王討伐に反対するであろうことを見越して、昨年のうちに大宰帥《だざいのそち》として大宰府に追いやっておいたのだ。

最後に、舎人親王と新田部親王が姿を現した。

「なにごとだ、中納言。緊急の用件だと聞いたが」

「この者たちは漆部君足と中臣宮処東人と申す者たちでございます。これより、国家を傾ける一大事について、この者たちが告発いたします」

議政官たちがざわついた。ふたりの親王は顔を見合わせただけだった。ふたりには今日、事を起こすと伝えてあった。

「話せ」

武智麻呂はふたりに命じた。ふたりは武智麻呂に聞かせたのと同じ話を繰り返した。

「まさか、左大臣殿が左道など……」

多治比池守が声を震わせた。

「なにかの間違いであろう。まさか、このような者たちの言葉を信じたりはしないでしょうね、中納言殿」

阿倍広庭が言った。

武智麻呂は議政官たちに顔を向けた。

「実は、わたしにも思い当たることがあるのです」

ふたりの親王以外の全員が息を呑んだ。

「左大臣が大般若経の写経をしていたことはみなさん、ご存じでしょう。興福寺の道慈殿が、その検校役を務めたのですが、わたしは道慈殿から恐るべき話を聞きました。奥書に左道を思わせる記述があるというのです。さらには、代々の天皇は神霊である高市皇子とその妻の加護があってこその天皇だとも記されているとか」

「なんと不敬な」

舎人親王が口を開いた。

「それがあったからこそ、わたしはこの者たちの話に耳を傾けました。なるほど、長屋王ならば、皇太子様に呪いをかけたとしても不思議ではありません。なにしろ、立太子を祝うための謁見にも姿を見せなかったお方です。首様の政に不満を持ち、その皇統を絶やして高市皇子の血を引く自分の一族に玉座を継がせようと考えたとして、なにも不思議はありません」

「馬鹿な。左大臣はそのようなお方ではありませんぞ」

阿倍広庭が言った。

「いや。あの者ならもしかするとあり得るかもしれないぞ」

新田部親王が阿倍広庭を睨んだ。

「しかし、新田部様、このような者たちの訴えと、左大臣の人望は秤《はかり》にかけるまでもないではありませんか」

「この者たちは命懸けで訴えに参ったのですよ」

武智麻呂は声を張り上げた。

「左大臣の力を持ってすれば、この者たちの訴えを握りつぶすのはたやすいこと。訴えが嘘であったということにされたら、この者たちは死罪です。それでも、左大臣の悪行に見て見ぬふりができずに訴えに来たのです。わたしはこの者たちを信じます」

「中納言殿……」

阿倍広庭は助けを求めるように舎人親王に顔を向けた。

「わたしは中納言、藤原武智麻呂を信じる」

舎人親王が言った。その横で新田部親王もうなずいた。

「すでに、首様の命も出ております」

武智麻呂は言った。

「首様はなんとおっしゃっているのです」

「これは謀反である。長屋王を討て、と」

「なんと……」

阿倍広庭は絶句した。

「それはまことなのか、武智麻呂殿」

多治比池守が唇を震わせながら言った。

「まことにございます」

「それが首様の命であるなら、武智麻呂殿ではなく、内臣が首様の代わりに命を我らに伝えるのではありませんか」

阿倍広庭が喘《あえ》ぐように言った。

「内臣はどこに出かけたのか、姿が見えぬのです。それで、わたしが呼ばれました」

「こんな時に、内臣がいないですと」

「長屋王の罪は明白。首様の命も出た。我らがすべきことはもう決まっているのではありませんか。式部卿を通せ」

武智麻呂は曹司の外に向かって叫んだ。戸が開き、戦装束《いくさしょうぞく》に身を包んだ宇合が曹司の中に入ってきた。

「式部卿、藤原宇合が謀反を鎮圧するために軍勢を率います」

「待ってください。すぐにでも軍勢を出すと言うのですか。まだ太政官の意見も出尽くしてはいないというのに」

　武智麻呂は舎人親王に視線を送った。舎人親王がうなずいた。

「事は急を要する。長屋王がこちらの動きに気づく前に討たねばならんな」

「舎人様——」

「頼んだぞ、式部卿。まずは、長屋王の邸を軍勢で取り囲むのだ。その後、大納言、多治比池守、中納言、藤原武智麻呂と我ら皇親が長屋王を糾問《きゅうもん》することとしよう」

「式部卿、藤原宇合、六衛府《ろくえふ》の兵を率いて参ります」

　宇合は低く抑えた声で言い、一礼した。すぐに踵を返し、曹司を出ていった。

　その後ろ姿はまさしく、一軍を率いる大将に相応しく、活力に満ちあふれていた。

＊＊＊

　天皇に謁見しようと廊下を歩いていると、房前を呼ぶ声がした。

「兄上、房前兄上」

　振り返ると、麻呂がこちらに笑顔を向けていた。

「どうしたのだ、麻呂」

「兄上を見かけた途端、先日おっしゃっていたことを思い出しまして。これから、安宿媛のところに出向きませんか」

「わたしは首様に謁見しに行くところなのだ」

今日は仕事が立て込んでいて、天皇への拝謁が遅れてしまっていた。

「わたしも先ほど謁見して参りました。首様は今日は調子がよろしくないらしく、しばし床に就くとおっしゃっていました」

「そうなのか」

「ええ。ですから、安宿媛のもとへ。どうです」

「そうするか」

房前はうなずいた。天皇に拝謁するのは内臣の日課のようなものだ。取り立てて話をしなければならないような事案はなく、天皇は房前が目の前にいてもむっつりと黙り込んでいることが多い。

房前が拝謁に出向かなければ天皇はほっとするのではないか——そんな気もしているところだった。

「安宿媛は健やかにお過ごしでしょうか」

肩を並べると、麻呂が言った。

「毎日、熱心に写経に取り組んでおられる」

「安宿媛は強いお方ですから。なにしろ、父上と三千代殿の血を引いているのです。もしかすると、わたしたち男兄弟よりも芯《しん》は強いのかもしれません」

「そうかもしれんな。ところで、おまえはなんの用があって首様に謁見したのだ」

「わたしとて京職大夫ですよ。時には、首様に用事を申しつけられることもあります」

麻呂が唇を尖らせた。

「訊いてみただけだ。そう怒るな」

「怒ってなどおりません。それにしても、今日は冷えますね」

麻呂の吐く息が白い。確かに今日の冷え込みは厳しかった。

「少し急ぎましょう。速く歩いた方が、体が温まります」

麻呂が先を急いだ。房前は慌てて後を追った。

背後になにか気配を感じて振り返る。武智麻呂の部下が廊下を急いで歩いていた。

「太政官の方でなにかあったのだろうか」

房前は首を傾げた。

「太政官の方々は、なにごとも大袈裟にしがちですからね」

麻呂がのんびりとした口調で応じた。

「気になるな」

「兄上は内臣なのです。もし、一大事が起こったのだとしても、すぐにだれかが呼びに来るでしょう」

「それもそうだな」

房前は麻呂に促されるようにして再び歩き出した。

＊　＊　＊

麻呂は房前に気づかれぬよう、胸を撫で下ろした。房前を天皇や議政官たちに近づけてはならん――武智麻呂にそう言われている。

事が動きはじめたのだ。房前がなにかを嗅ぎつければ、これまでのすべてが無駄になる。

房前を騙していると思うと胸が痛む。だが、その痛みは耐えがたいほどではなかった。

安宿媛がふたりを待っていた。

「もしかしたら、今日辺り、おふたりが見えるのではないかと思っていたのですよ」

安宿媛は唇と頬に紅《べに》を刷《は》いていた。皇太子を失ってから、化粧を施すのは初めてのことだ。

「今日はいつにもましてお美しい」

麻呂は言った。房前と共に、安宿媛の向かいに腰を下ろした。

「嬉しいお言葉です、麻呂兄上」

「心に浮かんだ言葉を口にしたまでです」

「房前兄上も、いつもわたしを気遣ってくれて、本当にありがとうございます」

「兄として、内臣として当然のことです」

「なんだか今日は心が晴れやかなのです。おふたりのために酒膳を用意させましょう」

安宿媛は家人を呼ぶと、酒膳の用意を命じた。

麻呂はその姿を感心しながら眺めた。

安宿媛は長屋王討伐の経緯を天皇から聞かされているはずだ。そして、今ここに房前がいる意味も承知している。

髪を整え、化粧を施し、天皇の夫人であることを房前に意識させている。

普通の女人なら、事の大きさに震えおののいても不思議ではない。だが、安宿媛は恐れを微塵《みじん》も感じさせずに振る舞っていた。

安宿媛と房前が談笑をはじめた。麻呂もそれに加わろうとしたが、口がうまく動かない。

武智麻呂たちの動きがどうなっているのか、気になって仕方がなかった。

安宿媛を見習え――自分を叱咤し、無理矢理微笑みを浮かべた。

「ところで、房前兄上、折り入ってお頼みしたいことがあるのです」

「なんでしょう」

「先日の話をよくよく考えてみたのです。兄上の娘を、いずれ、入内させていただけないでしょうか」

房前が背筋を伸ばした。

「なにをおっしゃるのです」

「この先、わたしが首様の皇子を授かるかどうかはわかりません。ならば、武智麻呂兄上の娘と房前兄上の娘を入内させて、将来に備えるべきかと。兄上の正室の牟漏女王《むろのおおきみ》はわたしと同じ、橘三千代の血を引く女人。その女人と兄上の間にできた娘ならば、首様のそばに仕えたとしても、異論を唱える者はおりません」

「安宿媛様は皇子を授かります。余計な心配はせずとも――」

「父上が今の言葉を聞いたらお怒りになるとは思いませんか」

安宿媛は強い目で房前を見据えた。房前がたじろいだ。

「政に携わる者は、常に万一のことを考えておかねばならぬ。父上ならそうおっしゃるはずです」

「確かにそうでしょうが、しかし……」

「藤原のためです。今すぐにとは言いませんが、心に留め置いていただければ」

房前がうなずいた。その頭の中からは武智麻呂の部下のことは消え失せているだろう。

安宿媛の目論見が見事に当たったのだ。

「しかし、安宿媛様、自らが皇子を授かることを諦めてはなりません」

「わかっております。父上と母上の願い、それは、わたしが産む首様の御子が玉座に就くこと。わたしもそれを強く願っているのです」

安宿媛の言葉に房前が力強くうなずいた。

「失礼。用を足して参ります」

麻呂は腰を上げた。目が合うと、安宿媛がうなずいた。房前は何も気づいていないようだ。

部屋を出ると、庭に麻呂の部下が控えていた。

「あちらの様子はどうなっている」

麻呂は庭に出て、小声で問いただした。

「先ほど、式部卿様が太政官の曹司に入っていかれました」

「わかった。引き続き頼むぞ」

部下が立ち去った。

武智麻呂は計画どおりに事を運んでいるようだ。事前に舎人親王と新田部親王に話を通してある。他の議政官たちには反対の声を上げる暇もないだろう。

武智麻呂に正面切って対峙できるのは房前だけなのだ。だが、その房前はここで足止めされている。

「もうすぐですね」

麻呂は独りごちた。

長屋王の世が終わり、再び、藤原の世がやって来る。武智麻呂や宇合と覇を競うのはその後でいい。

安宿媛の笑い声が庭に流れてきた。麻呂は安宿媛の肝の太さに感嘆の息を漏らした。

＊　＊　＊

すでに太陽は傾き、宵闇が辺りを支配しようとしはじめていた。

宇合の前には衛士たちが並んでいる。篝火《かがりび》がその横顔を赤く染め上げていた。

「天皇より、左大臣、長屋王を討てとの命が下った。我らはこれより長屋王の邸を取り囲む。邸からはだれも外に出してはならんと心得よ」

一部の衛士は動揺し、残りの衛士は期待に顔を輝かせている。長屋王の政では閉ざされていた出世の道が開かれるのだ。

「刃向かう者は討て。しかし、余計な殺生は禁じる。よいな」

衛士たちが声を上げた。

「では、参る」

宇合が合図を出すと、衛士たちは進軍をはじめた。先頭に立つのは陸奥で共に戦った男たちだ。

「我々も参りましょう」

傍らの佐味虫麻呂《さみのむしまろ》が宇合を促した。佐味虫麻呂は衛門佐《えもんのすけ》だった。密かに衛士を動員するため、佐の者たちに話をつけておいた。

「そうしよう」

「いよいよですね。長屋王を打ち倒し、新たな世を開くのです」

佐味虫麻呂も昂揚した面持ちだった。

宇合は馬にまたがった。軍勢の先頭に立ち、長屋王の邸に向かった。今宵、長屋王は佐保ではなく、左京の邸にいる。宇合自らが確認した。

できうることなら佐保にいて欲しかった。左京の邸には妻の吉備内親王《きびないしんのう》と息子たちがいる。長屋王と一緒でなければ見逃すこともできるが、左京の邸で一緒となるとそうも言ってはいられない。武智麻呂は後の災いの種となるものを残しておこうとはしないだろう。せめてもの救いは長屋王に嫁いだ長蛾子《ながこ》は無事に済むということだった。

「腕が鳴ります」

宇合の馬を引く佐味虫麻呂が振り返った。

「斬り合いにはならん」

宇合は囁くように答えた。長屋王は私兵を抱えてはいない。軍勢に邸を取り囲まれては為す術もないだろう。

＊　＊　＊

「長々と話し込んでしまいましたね。麻呂、そろそろお暇しよう」

「まだよいではないですか。こうして安宿媛様と話に花を咲かせるのも久しぶりのことなのです」

麻呂が同意を求めるように安宿媛に視線を送った。

安宿媛の用意した酒膳だが、麻呂はほとんど口をつけていない。酒と詩と箏をあれほど好んでいた男だが、自分で口にしたとおり、大人になったのかもしれない。

「そうですよ、兄上。夜、ひとりでいるとどうしても皇太子に思いを馳せ、心が苦しくなるのです。今宵はもう少し、この妹に付き合ってくださいませ」

「しかし……」

房前は慌ただしい気配に口を閉じた。だれかが駆けてくる足音がする。

「内臣様、内臣様、一大事でございます」

配下の声だった。

「失礼な。ここは安宿媛様の居室にございますよ」

外で侍っていた女官が声を荒らげた。

「一大事なのでございます、内臣様」

「なにごとだ」

房前は腰を上げ、戸を開けた。薄闇の中、息を切らした配下が地面に膝をついていた。

冷気が一層強まっているというのに、配下の顔は汗で濡れている。

「内臣様、式部卿様が六衛府の衛士たちを召集しております。今にも出陣しそうな様子なのです」

「なんだと。式部卿が六衛府の衛士たちを……どういうことだ」

「なんでも、長屋王様を討伐するとか」

背筋を悪寒《おかん》が駆け抜けた。房前は麻呂に顔を向けた。

「麻呂、どういうことだ」

麻呂が酒に口をつけなかったわけがわかった。最初から知っていたのだ。

「わたしはなにも知りません」

麻呂が言った。

「麻呂——」

房前は麻呂に詰め寄った。武智麻呂に命じられたに違いない。房前をこの場に引き留め、その間に長屋王を排除するための策を実行に移そうとしている。

「首様が長屋王を討てという命を下されたのです」

安宿媛が房前の前に立ちはだかった。

「安宿媛様——」

「長屋王は呪いをかけて皇太子を殺したのです。討たれて当然です。ですが、兄上は首様の決定に反対されるでしょう。主である首様や妹であるわたしの苦しみより、自分の信念の方が大切なのですから」

房前は後ずさった。安宿媛の目は炎を宿していた。その炎で房前を焼き殺そうとしているかのようだった。

「だから、房前兄上がなにもできないよう、ここに引き留めたのです。もう手遅れです。歯車は回りはじめたのですから。長屋王は死をもって自分の犯した罪を償うことになるでしょう」

「いつからですか」

房前は叫ぶように言った。

「いつからわたしをのけ者にして、他の兄弟だけで事を謀るようになったのですか」

「それぐらい、考えればすぐにわかるでしょう」

麻呂が口を開いた。

「武智麻呂兄上は何度も房前兄上に考えを翻すよう話をしました。時に、頭まで下げて。ですが、房前兄上は耳を傾けなかった。差し伸べられた手を取らなかったのは兄上です」

「なにを言っているのだ、麻呂」

「わたしや宇合兄上がどれだけ心を痛めたか、知っていますか。少しでも我々のことを心に留めていたなら、すぐに気づいたはずです。ですが、兄上は気づかなかった。兄上の住む世界に、わたしたちの居場所はないからです。その逆も同じ。わたしたちの住む世界に、兄上の居場所はないのです」

「麻呂……」

「勝手に好きな道を歩んでいたくせに、自分がのけ者にされたなどと言うのはやめてください。兄上にのけ者にされてきたのはわたしたちなのです」

麻呂の顔は酒を飲んだかのように紅潮していた。目も潤んでいる。

「麻呂、安宿媛様。このことは後でゆっくり話そう。時間がないのだ。武智麻呂兄上と宇合を止めねば」

「まだそのようなことを」

安宿媛が唇を嚙んだ。房前はふたりに背を向けた。今、ここを離れれば、ふたりとの絆は永遠に断ち切られる。

それがわかっていてなお、動かずにはいられなかった。

武智麻呂は間違っている。宇合も間違っている。麻呂も、安宿媛も間違っている。

我らは不比等の子である前に、天皇の臣下なのだ。天皇に忠誠を尽くし、国のために身を捧げるのがその使命なのだ。

「兄上」

麻呂の声が背中を追いかけてきた。房前はその声を振り払って駆けた。

＊　＊　＊

「式部卿が率いる軍勢が、長屋王の邸を取り囲んだそうです」

伝令がやって来て告げた。武智麻呂はうなずいた。長屋王を逃がすことなく邸を取り囲んだのなら、もう事は成ったも同じだ。

「それで、どうするのだ、中納言」

舎人親王が武智麻呂の顔を覗きこんできた。

「先ほども申しましたとおり、明日、長屋王を糾問いたします」

「邸を取り囲んだまま糾問し、そのまま断罪するのだな」

新田部親王が言った。武智麻呂はうなずいた。

「公の場で長屋王を糾問することになれば、わたしたちの策が露見します。あくまでも、長屋王の邸の中ですべてを進めなければ」

「しかし、異を唱える者も出てこよう」

舎人親王が首をひねった。

「わたしたちには首様がついているのです。すべては首様の命に従うまで。それでも異を唱えるものがいるとしたら、それは謀反人《むへんにん》に相違ありません」

「首様の怒りは相当にお強いようだ」

新田部親王が首を振った。

「致し方あるまい」

舎人親王が溜息を漏らした。

「兄上、兄上」

乱暴に廊下を歩いてくる足音と共に房前の声が響いた。

「これは、内臣の声だな。兄弟同士での話だ。我らは聞き役に徹することにしよう」

舎人親王の言葉に、新田部親王がうなずいた。

「大声を出して、なにごとだ」

武智麻呂は姿を見せた房前を叱責した。

「舎人親王様と新田部親王様がおいでなのだぞ」

「かまわん。内臣よ、我らのことは気にすることはない」

舎人親王が言った。

「ありがとうございます」

房前はふたりの親王に一礼した。

「兄上、これはどういうことです」

「長屋王を討てという首様の命が下った。わたしたちはそれに従ってやるべきことをやっている」

「なぜ、長屋王を討たねばならないのです」

「告発があったのだ。長屋王は左道を学び、国家を傾けようと謀った。その他にも、皇太子様に呪いをかけたそうだ」

「だれがそのようなたわけたことを。議政官のみなが、そんなでたらめを信じたとでも言うのですか」

「でたらめではない」

「長屋王を告発したという者たちを連れてきてください。わたしがその者たちを糾問します」

武智麻呂はなおも詰め寄ってこようとする房前を手で制した。

「首様はその者たちの言葉を信じた。それがすべてなのだ、房前」

「兄上——」

「明日、わたしを含めた議政官と親王様がたで邸に赴き、長屋王を糾問する。長屋王が罪を犯したのか、そうではないのか、その時に明らかになるだろう」

「邸で糾問ですと。そのような馬鹿げたことをだれがゆるすというのです」

「首様がそうおっしゃったのだ。そなたは首様の行いをも否定するのか」

「兄上――」

「もう決まったのだ、房前」

「しかし、兄上――」

「おまえは何者だ、房前」

武智麻呂は房前を怒鳴りつけた。

「首様のお言葉に背くというなら、おまえも謀反人ということになる」

「兄上――」

「これ以上、わたしを困らせるな。我らは忙しいのだ、もう行け」

房前は唇を嚙んだ。だが、武智麻呂の前に立ちはだかったまま動こうとはしなかった。

「内臣よ」

武智麻呂が口を開こうとしたその時、舎人親王がふたりの間に割って入ってきた。

「首様は長屋王を謀反人と断じ、討てと命を下されたのだ。そなたがどう思おうとこれは決して動かん」

「しかし、舎人様。長屋王様が謀反などありえませぬ」

「長屋王は驕りすぎたのだ。首様あってこそのこの国という基本を忘れた政を行ってきたからな」

「それは律令が――」

「律令を制定したそなたの父が、天皇をないがしろにしてもよいと申したのか。そうではあるまい」

舎人親王は房前の肩を優しく叩いた。

「そなたの気持ちはよくわかる。しかし、もう歯車は動き出したのだ。諦めるほかあるまい」

「内臣、我らは急ぎ、首様のもとへ行かねばならんのだ。失礼するぞ」

新田部親王が言った。

「兄上――」

武智麻呂はまだなにかを言いつのろうとする房前を睨んだ。

愚か者め、こうなることはわかっていたであろう――目にありったけの思いを込め、武智麻呂は房前に背を向けた。

「兄上、兄上」

房前の声が背中を追いかけてくる。武智麻呂は振り返らなかった。

＊＊＊

「式部卿様、左大臣が話をしたいと」

邸の中の様子をうかがっていた者が宇合のもとへ駆けてきた。

「左大臣が直にそう申したのか」

宇合は訊いた。

「いいえ。邸の者が――」

「わかった」

宇合は馬から下りた。

「式部卿様、まさか、中へ入るおつもりですか」

佐味虫麻呂が言った。

「左大臣もわけを知りたいだろう」

「しかし――」

「心配なら、そなたもついてくるといい」

宇合は邸に向かって歩き出した。佐味虫麻呂が不服そうな足音を立ててついてくる。

「式部卿、藤原宇合だ。長屋王と話がしたい」

大声で邸の中に声をかけた。家人が現れた。すっかり怯えきった表情を浮かべていたが、戦装束の宇合を見てその怯えがさらに強まったようだった。

「こ、これは式部卿様。これはいったいなにごとなのですか」

「おまえが知る必要はない」

宇合は冷たく言い放った。

「こちらへどうぞ」

家人に案内され、一室へ通された。部屋にいるのは長屋王と吉備内親王だった。ふたりは肩を並べ、手を取り合って座っていた。

「式部卿、これはいったいなにごとだ。なぜ、軍勢がわたしの邸を取り囲む」

「左大臣長屋王に謀反の疑いあり。ただちに軍勢を率いて邸を取り囲めと命を受けたのです」

「謀反だと」

長屋王の顔が引きつった。

「だれがそのようなたわけたことを」

吉備内親王の目が吊り上がっている。

「首様でございます」

宇合は頭を下げた。

「首様が……嘘を申すな」

「嘘ではございません。首様の命がなければ、軍勢を出すことなどできませんから」

「どういうことなのか、説明していただけますか、式部卿殿」

長屋王が吉備内親王を制し、訊ねてきた。

「わたしが聞かされているのは、長屋王様が謀反を企んでいるという告発があり、それを吟味なされた首様が、謀反の疑いありと判断されたとのことです」

「告発ですか」

長屋王の右の眉毛が持ち上がった。

「はい」

「その告発を受けたのはどなたですか」

「中納言、藤原武智麻呂だと聞いております」

長屋王が笑った。

「そのような戯れ言を信じるのですか、式部卿殿」

「首様の命が下ったのは事実でございます。明日になれば、太政官から人が来て、長屋王様を糾問するでしょう」

「武智麻呂殿が来るのでしょうな」

「わたしはなにも知りません」

「式部卿殿——」

「わたしはなにも知らないのです」

「それをわたしに信じろと言うのですか」

宇合は微笑んだ。

「さすがに、そうは言いません」

「いつからですか」

宇合は首を傾げた。

「いつから、わたしを陥れようと……そもそもの初めからですか」

「いいえ。初めは、長屋王様と新たな国を造ることを夢見ておりました」

「それがなぜ」

「わたしの体の中に流れる血のせいでしょうか。わたしひとりの力でなにが成せるか試してみたいと思うようになったのです」

「藤原不比等の血ですか。となれば、兄弟四人が力を合わせてわたしを——」

「内臣は無関係です。あれはそういう人間ではありません。長屋王様もご存じでしょう。声をかけるのならば、わたしではなく内臣になさるべきだったのです。これは長屋王様の犯した失策です」

「内臣殿は融通が利かないので使いづらいと思ったのです」

「残念でしたね」

宇合は言った。心の底から出てきた言葉だった。

「わたしを窮状から救える者がいるとすれば、それは内臣だけということですか」

「長屋王様を救える者はおりません。立太子の折、謁見に参列しなかったのがすべてのはじまりです」

長屋王は瞬きを繰り返した。

「わたしが企んだ謀反というのはどういうものですか」

「左道により皇太子様を呪殺し、国を傾けようと謀ったということです」

「左道ですか」

「皇太子様が病に冒された頃に写経をはじめましたね。そして、写経の奥書の検校を道慈殿に頼まれた。知らなかったと思いますが、長屋王様を嫌う者は多いのです」

長屋王が唇を噛み、宇合を睨んだ。その目からは怒りがこぼれ落ちそうだった。

「それがわたしの罪だと言うのか」

「ええ。大きな罪だと思います。あなたは不比等から政を学んだはずですが、いつからか、不比等の道から外れてしまわれた。不比等ならば、決して検校を道慈殿に頼んだりはしないでしょう。長屋王様は自ら気づかぬうちに、不遜になられたのです。その罪は、政の場においてはゆるされません」

「首様と話がしたい」

「それはかないません」

「ならば、わたしが首様と会ってまいります」

吉備内親王が眦を吊り上げた。宇合は静かに、しかし断固として首を振った。

「この邸の者は決して外に出してはならぬという命でございます。そして、首様がここに来ることはないのです」

「式部卿、そなたはわたしをだれだと思っているのだ」

「わたしも残念でならないのです、吉備様」

「首様がだめだというのなら、氷高様を連れてきてくれ。姉上がこんな無道をゆるすはずがない」

「それもかないません」

太上天皇の周りの者たちには三千代の息のかかった者たちが睨みを利かせている。今回のことが太上天皇の耳に入る頃にはすべてが終わっているはずだった。

「式部卿……」

宇合は唇を噛む吉備内親王から長屋王に視線を移した。

「あなたは負けたのです。もう、諦めるしかありません」

「本当に首様が御自ら下された命なのか。武智麻呂殿がそそのかしたのではないのか」

「どちらでも違いはないではありませんか。天皇の命は天皇の命。ただ、それだけです」

宇合は丁寧に一礼し、長屋王たちに背を向けた。

「式部卿、待て。待つのだ、式部卿」

吉備内親王の声が背中を追いかけてくる。宇合は振り返ることなく部屋を出た。

＊　＊　＊

三千代は読経を終えると溜息をひとつ、漏らした。

今頃は宇合の率いる軍勢が長屋王の邸を取り囲んでいることだろう。

武智麻呂の選んだ方法は強引だが、しかし、長屋王を斃《たお》すにはこれしかない。不比等も、致し方あるまいと認めるだろう。

「母上」

葛城王が部屋に入ってきた。

「長屋王の邸が取り囲まれたようです。これで、あの男も終わりでしょう」

葛城王は三千代の向かいに腰を下ろした。

「長屋王は終わりだが、我らの望みも潰えた」

三千代は嘆息するように言った。

「これからは武智麻呂が政を主導するでしょう。宇合と麻呂がそれに続く。そなたが政の中心に座を得ることはかなわなくなってしまったのです」

長屋王と武智麻呂の争いにつけ込むことでこそ、三千代が太上天皇を動かし、葛城王に活躍の場を与えることができると踏んでいた。だが、長屋王は失策を犯しすぎたのだ。

権力を手中にすると、人は変わる。あれほど賢く、義に忠実だった長屋王も、不遜という罠にかかってしまった。

かつてのように注意深く歩を進め、あらゆることに目配りしていればこのような事態は起こりえなかったのだ。

権力の中心にいても、なにひとつ変わらなかったのは不比等だけだ。だからこそ、不比等は常人にはなしえなかった数々のことをその手で実現してきた。

不比等が懐かしく、また、恋しかった。

不比等が生きていてくれさえすれば――そう思って歯噛みしたことが幾度あっただろう。

「機会はいずれ訪れます」

葛城王が言った。

「武智麻呂殿は不比等殿ではありません。いずれ、長屋王と同じ道を辿るやもしれないではないですか。あるいは、長屋王がいなくなった後、兄弟の間で権力を巡る争いが起こるやもしれません」

三千代はうなずいた。

武智麻呂は決して房前をゆるそうとはしないだろう。だが、宇合と麻呂は寵愛され、いずれ、太政官に座を得る。権力は近づけば近づくほど人を魅了する。宇合も麻呂も、その誘惑に負け、権力を独り占めしたくなるだろう。

「これまでも待ってきたのです。もうしばらく待ったところで、我らに損はありません」

「そなたの言うとおりだな」

三千代はうなずき、微笑んだ。

十七

まんじりともしないまま夜が過ぎていった。房前はいても立ってもいられず、夜明けと共に宮へ足を運んだ。

天皇の居室は兵衛たちがものものしい雰囲気で警護していた。房前が近づこうとすると、兵衛たちは太刀の柄《つか》に手をかけ、立ち塞がった。

「内臣、藤原房前だ。どけ。首様にお話がある」

「なりません。だれも近づけるなとの命にございます」

「わたしは内臣だぞ」

「だれであろうと近づくことはまかりなりません。通してもよいのは安宿媛様と中納言、藤原武智麻呂様だけとの仰せです」

「首様――」

房前は叫んだ。

「房前でございます。内臣、藤原房前です。ぜひともお話ししたきことがあり、やってまいりました」

「内臣様、お下がりください」

兵衛が肩を押した。房前は下がらなかった。

「首様、房前です。なにとぞ、お目通りを」

声は耳に届いているはずだ。だが、天皇の返事はなかった。

「首様――」

兵衛のひとりが太刀を抜いた。宮で抜刀するなど、前代未聞のことだった。

「お下がりくださらぬのなら、この太刀が物を言うことになります。内臣様、なにとぞお引き取りを」

抜刀した兵衛から殺気が漂ってくる。房前は唇を嚙んだ。天皇が兵衛たちに下した命は明確なのだ。

近づく者は殺してでも阻止せよ。

房前の声が聞こえているにもかかわらず返事をしないのは、房前と話をする気がないという意思表示でもある。

引き下がるしか術はなかった。

房前は踵を返し、太上天皇の居室に向かった。天皇で埒があかないのなら太上天皇に縋るほかはない。

だが、太上天皇の居室へと通じる廊下も兵衛たちが固めていた。

「内臣、藤原房前だ。氷高様に用がある。通せ」

兵衛たちが房前の前に立ちはだかった。

「だれも通してはならんとの命にございます」

「だれの命だ」

「天皇の命です」

房前は拳を握った。すべては武智麻呂の仕業に違いない。房前に先んじて手を打っているのだ。天皇がだめなら太上天皇、太上天皇がだめなら安宿媛——。

房前は兵衛たちを一瞥し、その場を立ち去った。武智麻呂がどんな手を打とうと、安宿媛なら房前の言葉に耳を傾けてくれるはずだ。

安宿媛の邸も兵衛に警護されていた。

「内臣にして安宿媛様の兄、藤原房前だ。通せ」

門を警護する兵衛に大音声《だいおんじょう》で告げた。もちろん、安宿媛に声を聞かせるためだ。

「だれも通してはならんとの命にございます」

どの兵衛も同じ言葉を発して房前の行く手を阻む。

「聞こえなかったのか。わたしは内臣、藤原房前。安宿媛様の実の兄だ」

「だれであろうとここを通すなという――」

「よい」

門の向こうから聞き慣れた声が流れてきた。麻呂が姿を現した。

甲冑《かっちゅう》を身につけ、太刀を佩《は》いている。

「麻呂――」

「安宿媛様は内臣を通せと仰せだ」

「は――」

兵衛たちが一歩下がった。

「兄上、どうぞ」

「なぜおまえがここに……」

「安宿媛様が不安だと言うので、昨夜はここに泊まらせてもらったのです」

「その格好はなんだ」

「長屋王に与する者たちが兵を率いて向かってくるかもしれませんからね。なにがなんでも安宿媛様をお守りせねば」

「長屋王の邸でなにかあれば、京職の兵たちを率いて駆けつける算段なのだろう。すべては武智麻呂兄上の采配か」

「わたしたち兄弟三人の考えです」

麻呂は寂しそうに笑った。

「なぜだ、麻呂。おまえは、おまえだけは武智麻呂兄上や宇合とは違うと思っていたのだぞ」

「父上が言っていたのです。我々兄弟は四神だと。四人が力を合わせ、首様と安宿媛様を支え、お守りするのだと。わたしにはこうすることがおふたりを支え、守ることなのだと思えるのです」

「我々は臣下だ。天皇を支え、守り、間違いを正す――」

「臣下である前に家族です。安宿媛様はもちろん、首様にも父上の血が流れているのです。お忘れですか」

「麻呂――」

「兄上と議論するつもりはありません。もう、事は動き出したのです。後は、終わりを待つだけです。さあ、こちらへ。安宿媛様がお待ちです」

「たとえ血を分けた親族であろうと、臣下は臣下の道を進まねば――」

「議論するつもりはないと言ったでしょう」

麻呂が声を荒らげた。

「兄上にとっては正しいと思われることでも、わたしにとっては間違いとしか思えぬこともあるのです。どうしてそれがわからないのですか。自分が絶対に正しいからですか。兄上は絶対に間違いを犯さないのですか」

麻呂が房前に向かって、これほどまでに激しい言葉を吐き出したのは初めてのことだった。

「滑稽《こっけい》ですよ、兄上。兄上は藤原に生まれなければよかったのです」

麻呂はそう言うと、安宿媛の居室に向かって歩き出した。房前はその後を追った。

「待て、麻呂。これはわたしが正しいとか間違っているという話ではない。臣下としてのあるべき姿というのは――」

「藤原の者は、ただの臣下ではありません。天皇と手を携えて政を主導する特別な血筋なのです。父上がそのための道筋を作ったのですよ」

「それは臣下としてあるまじき考えだぞ、麻呂」

「安宿媛様がお待ちだと言ったのをお忘れですか」

麻呂の声は頑なだった。房前は口を閉じた。

わたしたち兄弟はどこで道を違えてしまったのだろう――頭の奥で声がする。

武智麻呂とはそもそもから進む道が違った。だが、宇合と麻呂は自分と同じ道を歩んでくれるのではないかという淡い期待を持っていた。

だが、宇合も麻呂も武智麻呂と同じ道を歩もうとしている。それが藤原に生まれた者の宿命だと考えてでもいるかのようだ。

それは違うぞ、麻呂。

房前は麻呂の背中に声にならない声をかけた。

この国にいるのは天皇とその臣下。それだけだ。藤原の者であっても、臣下であることに変わりはない。天皇のため、国のために尽くすのが臣下だ。そうではないか。

麻呂が安宿媛の居室に入っていく。部屋の前にも兵がいた。房前は麻呂の後に続いた。

「兄上」

安宿媛が部屋の真ん中に座っていた。一睡もしていないのか、顔色が優れない。

「安宿媛様――」

房前は膝をついた。

「どうか、首様をお止めください。このままでは取り返しのつかないことになります。なんの罪もない長屋王を断罪するなど、あってはならないことです」

「なんの罪もないとおっしゃるのですか」

安宿媛が言った。房前を見つめる目は氷のように冷えていた。

「よくもそのようなことが言えますね、兄上。長屋王は呪いをかけて皇太子を殺したのですよ」

「安宿媛様、それは――」

「これ以上長屋王を庇い立てするなら、兄上も同罪だと首様に進言いたしますよ」

氷のような目に青い炎がともったような気がした。強い憎しみの炎だ。

武智麻呂は天皇の心に不信という名の種を蒔いた。それは時間をかけて成長し、花開き、実を結んだ。だが、安宿媛には時間はいらなかっただろう。待望の皇太子が亡くなり、傷ついた心に蒔かれた種はあっというまに結果したのだ。

だれかを憎まずにはいられず、差し出された長屋王という生《い》け贄《にえ》に食らいついたのだ。

「これから、どうするおつもりですか」

安宿媛の問いかけの意味が摑めず、房前は瞬きを繰り返した。

「長屋王がいなくなれば、政を主導するのは武智麻呂兄上になるでしょう。首様も、今回の件で兄上が長屋王を庇い立てしていたと知れば、兄上を疎ましく思うようになるはずです。名ばかりの内臣になるのですよ」

「わたしは自分がどうなろうともかまいません。ただ、臣下の道を正々堂々と歩くだけです」

「兄上はそれでよくても、子供たちはどうなるのです。鳥養《とりかい》たちの将来を父である兄上が摘んでしまうのですよ」

　鳥養をはじめとする息子たちの顔が脳裏をよぎった。

「息子たちは自らの手で道を切り開いて行くでしょう」

　房前は答えた。

「父親がそのような態度では、子供たちに恨まれますよ。本当に困った人ですね。武智麻呂兄上に謝るのです。謝ってこれまでの態度をあらためれば、藤原不比等の次男としての道がまた開けます」

「それはできません。わたしは不義を見過ごすことはできないのです」

「不義ですか」

　安宿媛の目の奥で燃える炎が揺らめいた。

「謀反を企んだ者を首様が討てと命じたそのことを不義だと言うのですね」

「安宿媛様、わたしは――」

「出ていきなさい」

　安宿媛が声を荒らげた。

「二度と、わたしの前にその顔を出すでない」

　穏やかな笑みが絶えることのなかった顔が怒りで歪んでいた。

「安宿媛様、お聞きください――」

「兄上」

房前はなおも言いつのろうとしたが、麻呂に制された。

「聞こえませんでしたか。安宿媛は出ていけとお命じになったのです。その命にも逆らうとなれば、それこそ謀反と同じです」

「麻呂……」

「行きましょう。もう、諦めるしかないのです、兄上」

麻呂の顔に浮かんでいるのは憐れみの色だった。

房前は目を閉じた。

自分は負けたのだ。わかってはいたが、抗わずにはいられなかった。その結果、安宿媛をさらに傷つけ、疎んじられた。

「自業自得、か……」

房前は呟き、腰を上げた。体が重く、足がだるい。体の中から活力が消え失せてしまっていた。

安宿媛の部屋を出た。ついてきた麻呂に告げた。

「武智麻呂兄上に伝えてくれ。わたしは兄上を決してゆるさないとな」

「我々も房前兄上のことをゆるしたりしませんよ」

麻呂の声は冷たかった。もはや、房前のことを兄と見なしてはいないのだ。

＊＊＊

「首様、房前です。なにとぞ、お目通りを」

部屋の外で房前が喚《わめ》いている。その声に天皇が眉をひそめた。

「しつこい男だな」

「それだけが取り柄なのです」

武智麻呂は頭を下げた。

「弟の不躾《ぶしつけ》な振る舞い、おゆるしください」

「長屋王をかばい立てしているのだぞ。共に謀反を企んでいたのではないか」

「房前がそのような男でないことは、首様もご存じのはず」

天皇が笑った。

「さすがのそなたも弟のことはかばうのだな」

「進む道は違いますが、同じ血を引く兄弟ですから」

「しかし、どうするのだ。わたしがゆるしたところで、名ばかりの内臣になるだけではないか」

「それでも、死ぬよりはましかと思います」

「わかった。あの者のことはそなたに任せよう」

「ありがたきお言葉」

武智麻呂は深く頭を下げた。

まだ房前の声が響いている。こちらの気持ちをわかろうともせず、ただ、自分のやりたいことを押し通そうとしているのだ。

「長屋王の方はどうなるのだ」

天皇が物憂げに訊いてきた。

「この後、わたしが議政官数名を伴って邸を訪れ、糾問いたします。その上で、自害を命じることになるでしょう」

「吉備内親王も同じだな」

武智麻呂はうなずいた。

「後で、氷高様がたいそうお怒りになるだろうな」

「ええ。しかし、怒りはいずれ収まります。謀反を企んだ大罪人を罰するのが先決です」

「念のため、糾問には舎人親王か新田部親王を連れて行くのだ。それで、文句を言う者たちも口をつぐむしかなくなるだろう」

「そのつもりです」

「息子たちにも容赦は無用だ」

「心得ました」

天皇が溜息を漏らした。

「わたしは非道な天皇だという誹《そし》りを受けるのだろうな」

「そのようなことはありません。長屋王は左道を用いて国を傾けようとしたのです。首様はそれを断罪されただけ。なにも気になさらず、これまでどおり、国を正しい方向に導いていけばよいのです。いずれにせよ、時が経てば、みな、今回のことを忘れてしまうでしょう。人というのはそういうものです」

「そなたはなにもかもを心得ているのだな」

武智麻呂は微笑んだ。

「不比等の息子ですから」

「人はいつか忘れる。そして、同じことが繰り返されるのだな。早く皇太子を立てよという者もまたぞろ現れる」

「そうなるでしょう」

「中納言、わたしは安宿媛の産む皇子以外、皇太子にするつもりはないぞ」

「ありがたきお言葉です」

武智麻呂は深く頭を下げた。

「藤原のためではない。わたしは安宿媛を深く慈しんでいるのだ。あの者の喜ぶ顔が見たくてたまらぬ」

「安宿媛様にも、首様のお気持ちは十分に伝わっているはずです」

「だからこそ、なおさら長屋王が憎くてたまらぬ」

「頼んだぞ、中納言。長屋王を討った後、太政官を率いるのはそなただ」

「ひとつだけ、お頼みしたいことがあります」

武智麻呂は言った。

「なんだ」

「すぐにというわけではありませんが、いずれ、宇合と麻呂を議政官に引き上げようと考えております」

「他の者たちが反対するであろうな。すでにそなたと房前がいるのだ。同じ一族の中から四人の者が議政官に席を占めるなど、前代未聞だ」

「ですから、首様のお力添えが必要なのです」

「わかった。そなたは謀反を収めた功労者になるのだ。多少の無理は、わたしが通してみせよう」

「ありがとうございます」

武智麻呂は一礼し、腰を上げた。

「では、行ってまいります」

「よろしく頼む」

天皇はそう言うと、武智麻呂から顔を逸らした。

房前の声が聞こえなくなっていた。

＊　＊　＊

邸の中から女や子供たちがすすり泣く声が聞こえてくる。

宇合は溜息を漏らした。耳にして気分がいいものではない。

「よく泣き続けますな」

佐味虫麻呂がうんざりした顔で言った。

「もうすぐ主人が死ぬとわかっているのだ。泣きもするだろう」

長屋王は死ななければならない。だが、吉備内親王や子供たちに非はない。ただ禍根を断つために殺されるのだ。

「政というのは厄介なものだ」

宇合は呟いた。

「なんとおっしゃいましたか」

「なんでもない。戯れ言だ」

宇合は腰に佩いていた太刀を外した。夜が明けてかなりの時が経っていた。もう少し待てば、武智麻呂がやって来る。

「兄上」

兵たちの間を縫うようにして麻呂が姿を現した。宇合同様、甲冑を身につけ、腰に太刀を佩いている。

「どうしたのだ。おまえの持ち場は安宿媛の邸ではないか」

「房前兄上が退散したので、あちらにはわたしの用はもうないと思いまして」

「やはり、房前兄上が来たか」

「この事態をなんとか収めようと必死です。もう行き着くところまで行くしかないのだということがあの人にはわからないのです」

「あの人、か……」

宇合は苦笑した。

麻呂は変わった。おそらく自分も変わってしまったのだろう。武智麻呂もだ。

変わらないのは房前だけだった。

「もう、兄とは思いません」

麻呂は言葉を続けた。

「おまえの気持ちはよくわかる。だがな、わたしは房前兄上を嫌うことはできん」

「どこまでも自分勝手な人ですよ」

「我々も自分勝手という意味では同じだ。それより、武智麻呂兄上はいつこちらに来るのだ」

「先ほどまで、首様に謁見していたようです。もう間もなくではないですか」

「待ちくたびれた。一晩、邸から聞こえてくるすすり泣きに付き合わされたのだぞ」

麻呂は邸に目を向けた。

「哀れですね」

「わたしたち兄弟が、罪のない者たちを哀れな境遇に押しやったのだ」

「仕方ありません。我々にはこうするしかなかったのですから」

麻呂は唇をきつく結んだ。

麻呂は確かに変わった。強くなったのだ。ただ、それがいいことなのかどうかはわからなかった。

「長屋王がいなくなれば、太政官の長には武智麻呂兄上が就くことになるのでしょうね」

「そうだろう」

「いきなり大臣というわけにはいかないから、大納言というところでしょうか」

返事をするのが煩わしく、宇合はただうなずいた。

「兄上はどうなさるおつもりですか。いずれ、太政官に席を得ることになります」

「おまえもそうなるだろう」

麻呂が首を振った。

「さすがに、兄弟四人が議政官になるというのでは反対する声も多くなるでしょう。わたしが議政官になるのはずっと先のことですよ」

「そうかもしれんし、そうではないかもしれん」

「お答えください。この後、兄上はどうなさるおつもりですか」

宇合は腕を組んだ。自分がなにをどうしたいのか、ぼんやりとした考えはあったが、はっきりとした形を頭に思い描いたことはなかった。

「政に携わる者は、頂点を目指さねばならん」

宇合は答えた。

「頂点には武智麻呂兄上がおりますよ。武智麻呂兄上と争うのですか」

「仕方ないだろう。それが政というものだ。わたしと兄上では目指すところが違うのだからな。おまえも同じだ。いずれ、武智麻呂兄上やわたしに牙を剝く」

「そうなりますか」

「なる」

宇合は麻呂の肩を叩いた。

「権力を掌握できるのはひとりだけだ。分け合うことはできない。子供たちのことを考えても、頂点を目指すほかはない。長兄の武智麻呂兄上だからと遠慮していては、わたしの子供たちも武智麻呂兄上の子供たちの後塵《こうじん》を拝することになる」

「武智麻呂兄上は手強いですよ」

「わたしも手強いはずだ。父上の血が流れているのだからな」

背後の兵たちがざわつきはじめた。

「来たようですね」

麻呂が振り返った。宇合もそれに倣った。

舎人親王と新田部親王を先頭に、多治比池守と武智麻呂がこちらに向かってくる。

宇合は四人に向かって一礼した。

「遺漏《いろう》はないか」

武智麻呂が口を開いた。

「ありません。昨夜、邸を取り囲んでからは、虫一匹、邸の外に出てはおりません」

「ご苦労。京職大夫」

武智麻呂は麻呂に顔を向けた。

「なんでしょう、中納言様」

「そなたに天皇からの命を下す。兵を率い、長屋王に与する上毛野《かみつけのの》宿奈《すくな》麻呂《まろ》らを捕縛してくるのだ」

武智麻呂は懐から紙を取り出した。捕縛すべき臣下たちの名が記されているのだろう。武智麻呂に抜かりはない。

「承知いたしました」

麻呂は紙を受け取り、四人に一礼すると去っていった。

「舎人親王様、新田部親王様、ご苦労様です」

宇合はふたりの親王に頭を下げた。

「酷いことだな」

舎人親王は邸から聞こえてくるすすり泣きに顔をしかめた。

「吉備内親王と息子たちは助けてやることはできんのか」

新田部親王は武智麻呂に訊いた。

「できません。首様の下された命ははっきりしています」

「酷いことだな」

舎人親王は同じ言葉を繰り返した。

「これは謀反なのです。大罪です。致し方ありません」

武智麻呂の声には断固とした響きがあった。

「そろそろ行こうか。ここであのすすり泣きに耳を傾けているのは辛い」

新田部親王は力なく首を振った。

「では、まいりましょう。式部卿、この後も気を抜くな」

「心得ております」

「ちゃんと太刀を佩いておけ。たるんでいるぞ」

武智麻呂は宇合が手にした太刀を一瞥した。宇合は苦笑が漏れそうになるのをこらえた。

武智麻呂は不比等がそうだったように、すべてのことに目を配っている。

「見習わなければな」

宇合は邸へ向かっていく四人の背中を見送りながら独りごちた。

＊　＊　＊

長屋王と吉備内親王のいる部屋まで案内する家人は、声も足も震わせていた。その震えはいつまで経ってもおさまる気配がなかった。

「もっとしっかり歩くことができんのか」

何度も足をもつれさせる家人に業を煮やした舎人親王が叱責する。家人はそのたびに、震える声でゆるしを乞うた。

「長屋王、舎人親王と新田部親王、多治比池守、藤原武智麻呂が天皇の命により、そなたを糾問しにまいった」

部屋の前で舎人親王が声を上げた。

「お入りください」

部屋から聞こえてくる長屋王の声はいつものそれと変わらない。

家人が戸を開けた。部屋の真ん中に、長屋王と吉備内親王が座っている。吉備内親王の顔はやつれていた。

「舎人様、これはいったいどういうことですか。長屋王が謀反など――」

「吉備様は口をつぐんでいた方がよい」

新田部親王が言った。家人に吉備内親王を部屋の外に連れ出すよう命じる。

「わたしは長屋王と共におります」

吉備内親王が抗った。

「いいのです、吉備様。わたしを案じる必要はありません。どうか、新田部様のおっしゃるよう、席を外してください」

吉備内親王は唇をわななかせた。両目から大粒の涙がこぼれ落ちる。家人が泣き続ける吉備内親王を抱えるようにして部屋の外へ連れ出した。

「まさか、舎人様と新田部様までもが中納言に与されるとは」

吉備内親王の泣き声が遠ざかると、長屋王が口を開いた。

「中納言に与しているわけではない。首様の命に従っているだけだ」

舎人親王が言った。

「そのようなたわ言をだれが信じますか。おふたかたが手を貸したからこそ、中納言はわたしを陥れることができたのです」

武智麻呂は口を閉じたまま、長屋王を見据えた。

平常心を装ってはいるが、こめかみがときおりひくついている。怒りと恐怖に心が引き裂かれそうになっているのだろう。

「昨日、左大臣、長屋王が左道により皇太子様を呪い殺し、国を傾けようとしているという告発があった。太政官にてこれを吟味したところ、告発は真実に違いないという結論に達し、天皇に上奏したところ、謀反人、長屋王を断罪せよとの命が下された」

新田部親王が懐から取り出した紙を読み上げた。

「左道……このわたしが」

長屋王が目を剝いた。

「たわ言も大概にしてください。なぜわたしがそのようなことをしなければならないのです。国を傾けようなどと謀ったことはないし、皇太子が身罷られたのは病のせい。呪いなど、断じてかけてはおりません」

武智麻呂は舎人親王の袖を引いた。

「舎人様。ここは、わたしと長屋王だけにしていただけませんか」

「いいだろう。ここは居心地のいい場所ではないからな」

舎人親王に促され、一同は部屋の外に出ていった。

「中納言、よくも左道だ、呪いだというたわ言を考えついたものだ」

長屋王が言った。目は血走り、顔は汗で濡れている。

「そう言ったのは、道慈殿ですよ、長屋王様」

武智麻呂は言った。

「道慈殿だと」

「道慈殿は心底あなたを嫌っているのです。どうしてそのような人間に、写経の奥書を検《あらた》めさせたりしたのですか」

「道慈殿が……」

「あなたは自分でも気づかぬうちに驕っていたのです。左道も呪いもどうでもいい。このような事態に陥ったのは、あなた自身が招いたことです」

「あの奥書に他意はない。わたしはただ、わが父母を崇め、この国が末永く安泰に続くことを願って――」

「なにをどう言い繕おうともう手遅れなのです、長屋王様。首様はことのほかお怒りです。皇太子様が亡くなられたことに傷つき、だれかのせいにしたくてしようがなかった。そこに出てきたのがあなたの写経の奥書です。わたしはただ、首様にほのめかすだけでよかった」

「武智麻呂……」

「あなたを嫌っているのは道慈殿だけではありません。首様も、多くの臣下たちもあなたを忌《い》み嫌っている。あなたが驕っていたからです。せめて、諸司百官を率いて立太子の儀に臨んでおられれば、このようなことにはならなかったでしょう」

「あれは、わたしが……」

「人は感情に左右される生き物です。あなたは原則を盾に、その感情を無視した」

長屋王の肩が落ちた。

「不比等がよく言っておりました。政とはなにかを手に入れるためになにかを差し出すことなのだと。あなたはなにも差し出さずにすべてを手に入れようとなされたのです」

「もうよい」

長屋王はうなだれたまま言った。

「諦めがつきましたか」

「首様はわたしにどうせよと」

「自害するように、と」

「嫌だと言えば、この邸に火を放つか」

武智麻呂はうなずいた。

「せめて、吉備内親王の命だけは救ってもらえぬか」

「諦めてください。あなたは謀反人なのです。妻と子供たちも同罪」

「長娥子とその子供たちは殺さぬくせに」

「申し訳ありません」

武智麻呂は頭を下げた。

「わかった。自害しようではないか。だが、明日まで待ってもらいたい。せめて、妻と子供たちと最後の夜を過ごしたいのだ」

武智麻呂は口を閉じたまま長屋王を見つめた。長屋王が顔を上げた。

「あなたの勝ちだ。わたしは負けた。これ以上、抗ったりはしない」

「いいでしょう。一日、さし上げます。自害するのは明日と、首様にはお伝えします」

「すまぬ」

長屋王はまたうなだれた。武智麻呂は長屋王に背を向け、部屋を出た。

「どうなった」

外で待っていた舎人親王が訊いてきた。

「明日、自害します」

「そうか。それはよかった」

舎人親王はほっとした様子で武智麻呂の肩を叩いた。

「これで、太政官はそなたのものだな。すぐにでも大納言、いや、右大臣に任じられるのではないか」

「わたしなど、滅相もありません」

武智麻呂は首を振り、声にならない声を自分に放った。

驕ってはならん。長屋王の死はわたし自身への戒めだ。

十八

長屋王が自害したという報せを聞いた後、房前は不比等の墓所に向かった。死後、太政大臣を賜り、生前は朝堂随一の権勢を誇った男の墓は実に質素なものだった。もちろん、不比等の望みでそうなったのだ。

生きている間もそうだったが、不比等は実のあるもの以外には目もくれなかった。邸にも無頓着だったし、ましてや死んだ後の墓などどうでもいいと思っていたのだろう。

「父上、房前がやってまいりました」

房前は墓所の前で頭《こうべ》を垂れた。

「武智麻呂兄上の姦計《かんけい》により、長屋王は自害に追い込まれました。吉備内親王とその息子たちもです。止めたかったのですが、わたしの力が及びませんでした」

房前はそこで言葉を切り、唇を噛んだ。不比等の墓所は房前の言葉を飲み込んでただ、目前にあるだけだ。

「わたしは臣下としての筋を通そうとしたのです。父上はどう思われますか。正しいのはわたしですか。それとも、武智麻呂兄上ですか」

房前は虚しさを噛みしめた。答えが返ってくるはずはないのだ。それがわかっていてなお、訊ねずにはいられない。

内臣として、天皇や安宿媛の心の動きにもう少し気を配っていれば、このようなことは起こらなかったはずだ。

そう思えば思うほど自分のことがゆるしがたく、皇太子を失ったふたりの悲しみを利用した武智麻呂に対する怒りが湧いてくる。そして、宇合と麻呂に対する失望が虚しさに追い打ちをかけるのだ。

ふたりの弟は武智麻呂よりは自分に近い考えを持っていると思っていた。実際、昔はそうだったはずだ。

だが、時が経ち、権力に近づいていくうちに弟たちは変わってしまった。かつては心から慕っていた房前をのけ者にしてまで、力を得るために歩んではならない道を歩みはじめたのだ。

足音が耳に届き、房前は振り返った。

武智麻呂がこちらに向かってくる。

「房前――」

「兄上――」

房前は武智麻呂に一礼した。

「おまえもここに来ていたか」

「はい」

「口惜《くちお》しいのだろうな」

武智麻呂は不比等の墓所に向かい、頭を垂れた。

「ええ、口惜しいです。わたしが内臣としての務めをきちんと果たしていれば、このようなことには――」

「遅かれ早かれ、長屋王はこのたびと同じような憂き目に遭ったはずだ」

武智麻呂はきっぱりとした口調で言った。

「立太子の言祝《ことほぎ》がなかった時から、あの男の運命は決まっていたのだ」

「それはどうでしょうか。長屋王様は志を持って政を進めていました。いずれ、首様の長屋王様に対するわだかまりも消えたはず」

武智麻呂が微笑んだ。

「なにがおかしいのです」

「おまえには人の心の動きというものがわかっておらん。長屋王と同じだ。首様の長屋王への怒りは時が経つごとに大きくなっていったはずだ。皇太子様の死はただのきっかけに過ぎん」

房前は武智麻呂の横顔を見た。

「満足ですか」

武智麻呂が房前に顔を向けた。

「謀《はかりごと》をもって敵を葬り、権力を手中にした。それで兄上は満足ですか。しかし、その権力は正しいものではありません」

「権力に正しいも悪いもない。権力はただ権力だ。宇合は――」

武智麻呂はまた不比等の墓所に目を向けた。

「唐を手本にした国造りをしたいと考えている。それを実現するためには力がいる。だから、わたしに手を貸したのだ。麻呂にも望みがあるのだろう。それを叶えるためにわたしについた。おまえは弟たちの心さえ読めない愚かな兄だ」

「宇合とそのような話をしたことがあるのですか」

房前は言った。宇合が唐を手本にした国造りをしたがっているなど、考えたこともないし聞いたこともない。

「話をしたことはない。だが、普段のあいつの様子を見ていれば察しはつく。おまえはなにを見ていたのだ。ただ、自分が正しくある、それだけを考えていたのだろう」

武智麻呂の言葉が胸に突き刺さった。その痛みを振り払おうと房前は声を張った。

「それでは、兄上はなにを望んでいるのです。権力を手にして、なにをしようというのです」

「父上が成し遂げられなかったことを成し遂げるのだ」

武智麻呂は胸を張っていた。後ろめたい思いはどこにもないのだ。

「子々孫々、藤原の血を引く者が玉座に就く。そのための礎を築く。父上はそのために長い間、心を砕き続けてきた。おまえも知っているだろう」

「藤原の者といえど、天皇の臣下に過ぎません。臣下は臣下としての分をわきまえるべきです」

「藤原の者は臣下であって臣下ではない特別な一族になるのだ」

武智麻呂が歌うように言った。

「藤原の血を引く者が天皇になり、藤原の娘が天皇に嫁ぐ。そうして生まれた皇子が次の天皇になり、また藤原の娘が新たな天皇に嫁ぐ。父上が望まれていたのはそういうことだ。天皇と藤原が結びつき、分かたれることがなくなる世を、父上は目指していたのだ」

「それはあまりに不遜な――」

「不遜ではなかろう。天皇もまた、藤原の一族ということになるのだからな。権力を手にしてなにをするのかと訊いたな。手始めに、安宿媛を皇后にする」

「臣下の娘が皇后になるなどあり得ません」

房前は武智麻呂を睨んだ。

「おまえは黙って見ていればよい。内臣の任を解くことはしないが、政には関わらせぬ。朝堂から追い出さないのは、兄のせめてもの慈悲だと思え」

武智麻呂は房前に背を向け、振り返ることなく立ち去っていった。

＊ ＊ ＊

麻呂が箏を奏で終えると、安宿媛の顔に満足の笑みが浮かんだ。

「腕は落ちていませんね、兄上」

「ありがたいお言葉です、皇后様」

麻呂は言った。安宿媛の立后は天皇の詔勅により実現した。

臣下の娘が皇后になることに反対する者は多かったが、皇太子の母であるという一点を押して、天皇と武智麻呂がその者たちを黙らせたのだ。

大納言となった武智麻呂は、巧妙に立ち回って舎人親王や新田部親王の力を削ぎはじめている。

天皇、皇后が共に藤原の血を引き、太政官を主導するのが武智麻呂となれば、大勢は決まったも同然だった。長屋王が政を主導していた時代には滞っていた諸々の事柄が、大きく動き出そうとしていた。

「兄上たちが太政官に席を得るのはまだ先のことになりそうですね。首様にも、お話をしたのですが、もう少し時がいるとおっしゃるばかりで」

「致し方ありません。太政官にはすでに武智麻呂兄上と房前兄上がいるのですから」

「房前兄上など、いないも同然ではありませんか」

「皇后様」

麻呂がたしなめると、安宿媛は頬を膨らませた。半年が過ぎた今でも、房前に対する怒りは収まらないらしい。

房前は内臣として、天皇や皇后に呼ばれることもなくなった。

麻呂には房前が憐れに思えてならないのだが、宇合は自業自得だと冷たかった。武智麻呂にいたっては、房前など存在しないとでもいうように振る舞っている。

「もし、わたしが皇子を産めなかったとしても、ご安心ください、兄上」

「なにをおっしゃるのです、皇后様」

麻呂は瞬きを繰り返した。

「お聞きください。そのときは、首様は阿倍を皇太子にするでしょう」

阿倍内親王は安宿媛が産んだ皇女だ。

「阿倍には、太上天皇様と同じように独り身でいてもらいます。阿倍が玉座に就いているうちに、兄上たちで次の策を練るのです」

安宿媛に皇子が生まれなければ、不比等や自分たちの努力が水泡に帰すことになる。そうなって欲しくはないが、最悪の事態を頭に入れておく必要がある。それが政だということが、最近、よくわかってきた。

「皇后であるわたしが、兄上たちを支えますから」

「ありがたいお言葉です。兄上たちにもそう伝えましょう」

「武智麻呂兄上は静かに、けれど確実に事を進めていますね。父上そっくりです。麻呂兄上も覚えていますでしょう。まだ若い頃は、みな、房前兄上の方が父上に似ていると噂していたものです」

麻呂はうなずいた。議政官となったのも、房前の方が先だった。引き上げたのは不比等だ。その事実をもってして、みな、不比等の後継者は房前なのだと納得したのだ。

だが、今になってみれば違うということがわかる。不比等は、房前にこそ経験が必要だと感じていたのだ。自分のそばに置き、政のなんたるかを教えようとした。武智麻呂にはその必要を感じなかったのだろう。

「だれよりも父上に似ているのは武智麻呂兄上です」

安宿媛が言った。

「宇合兄上とわたしはどうなのでしょうかね」

安宿媛は童女のように笑った。

「父上に似るのか、似ないのか、それはこれからのありようで決まるのではないですか」

「わたしはわたしでありたいのです、皇后様。父上のようになりたいと思ったことはありません」

「宇合兄上も同じことを言いそう」

安宿媛がまた笑った。皇太子を失ってからは強ばってばかりいた顔が、今はかつての輝きを取り戻している。

「安宿媛様がわたしたち兄弟を支え、わたしたち兄弟は安宿媛様をお守りする。わたしたちは安宿媛様の四神にございます」

「ひとり足りないわ」

安宿媛が言った。

「房前兄上とて、安宿媛様をお守りするという気持ちはいささかも揺らいでいないと思いますよ」

「そうですね。やり方が間違っているとしても、わたしを守ろうとはしてくださいましたものね」

安宿媛は口を閉じ、それきり、一言も発しなくなった。

＊　＊　＊

「おめでとうございます、宇合様」

曹司に戻ると、小野牛養と中臣広見、高橋安麻呂の三人が宇合を待っていた。

つい先ほど、参議に任ずるという勅命を受けたばかりだった。武智麻呂の話では、麻呂も参議に引き上げられるそうだ。太政官の席に、不比等の息子四人が座ることになる。前代未聞だが、もはや、武智麻呂に逆らえる者はどこにもいなかった。

「長い時がかかりましたが、ついに太政官に名を連ねたのですね」

小野牛養が言った。今では皇后宮大夫《こうごうぐうだいぶ》だ。

「まったく、いつまで待たせるつもりかと、大納言に詰め寄りたくてたまらなかったのですよ」

中臣広見は実に嬉しそうだった。今は小野牛養の後を襲って右中弁《うちゅうべん》の職にある。

「これで、宇合様の目指す政を実行に移せますな」

高橋安麻呂は次の右中弁の座を約束されている。大野東人も要職に就き、陸奥で任務に励んでいる。武智麻呂は、宇合の戦友たちの功績を認めたのだ。

「大納言なら、すぐにでも宇合様を参議に引き上げられたものを、なにをぐずぐずしていたのやら」

中臣広見が首を振った。

「同じく大納言の大伴旅人が亡くなるのを待っていたのだよ」

宇合は答えた。実権は武智麻呂が握っていたが、太政官の名目上の主席は年長者でもある大伴旅人だった。武智麻呂は旅人の面子を潰さぬよう、時を待っていた。

不比等のやり方を踏襲したのだ。

「これで、藤原不比等の四兄弟がすべて、議政官になるのです。藤原の世のはじまりですな」

小野牛養が言った。

「まだだ。まだ、はじまったばかりだ。それに――」

宇合は途中で言葉を切った。

三人が申し合わせたように首を傾げた。

「なんですか。途中で話すのをやめるのは、宇合様の悪い癖ですよ」

宇合は高橋安麻呂の言葉を聞き流し、ただ、微笑んだ。

望んでいるのは藤原の世ではない。藤原宇合の世だ。武智麻呂が目指すものと自分が目指すものは違う。麻呂もそうだろう。

胸の内で思い描く理想を実現するためには、なにがなんでも藤原宇合の世を手に入れなければならない。そのためには、武智麻呂や麻呂と争うことになるはずだ。

太政官に席を得たこれからが、本当の戦いのはじまりだった。

「笑っているばかりでは、わたしたちにはなにもわかりません」

中臣広見が口を尖らせた。

「わたしにはまだおまえたちの力が必要だ。これからもよろしく頼む。そう言おうとしたのだが、言うまでもないと思って口を閉じたのだ」

「なるほど。それなら確かに口にする必要はありません。我らはどこまでも宇合様についていきますから」

小野牛養は何度もうなずいた。

武智麻呂を敵に回すことになったとしても、この男たちは宇合に背を向けたりはしないだろう。

「宇合様の議政官就任を祝って、我らでささやかな宴を設けようと話していたのですが、いかがですか」

中臣広見が言った。宇合はうなずいた。

「いいな。久しぶりにみんなで大いに飲もう」

　宇合は三人の肩を順に叩いた。

＊　＊　＊

　武智麻呂は橘三千代の亡骸を前に瞑目《めいもく》した。宮中で絶大な力を誇り、不比等と共に古いしきたりを打ち破ってきた女傑も、ついに天に召されたのだ。

　三千代の邸を訪れる人間は引きも切らなかった。それだけの力を、三千代は掌中《しょうちゅう》に収めていたのだ。

「これは大納言様、よくいらしてくださいました」

　葛城王が姿を現した。今は、宇合たちと同じ時期に参議に任じられている。

　長屋王を打ち倒したあの時、太上天皇の動きを封じるという役目を三千代が担ってくれた。葛城王を参議に引き上げたのは、その折に三千代と取り交わした約束に従ったからだ。

「こちらへどうぞ」

　葛城王に促され、武智麻呂は部屋を移った。「葛城王様、さぞ心痛のことでしょう。皇后様も泣き続けているそうです」

「覚悟はできておりました。もう、七十に近い年でしたから。よくぞこれまで生きてくれたとさえ思っています」

「たいした女性でしたからね」

武智麻呂は目を閉じた。不比等が没して十数年、今、三千代も天に還った。ひとつの時代が間違いなく終わりを迎えたのだ。

「わたしが参議になれたのも、母上あってこそだと思っています」

葛城王がしんみりとした口調で言った。

「大納言様と違い、わたしの父は皇親とは名ばかりで、なんの力もありません。母上だけが頼みの綱だったのです」

「三千代殿には本当に世話になりました」

不比等が亡くなった後、途方に暮れる武智麻呂と房前を力強く導いてくれたのは三千代だった。

安宿媛を皇后にする。

その一点で、不比等亡き後も、武智麻呂と三千代は強く結ばれていた。

「近いうちに、皇后様にお目にかかろうと思っています」

葛城王が言った。

「それは、皇后様もお喜びになられるでしょう」

「尊き方ですが、大納言様と同じで、わたしにとっても可愛い妹です」

武智麻呂は葛城王を見据えた。母を失い、心を痛めている男の顔がそこにある。だが、武智麻呂は葛城王の言葉の裏にある響きを聞き逃さなかった。

これまでは三千代が頼みの綱だったが、今後は安宿媛が頼みの綱になる。

武智麻呂の耳にはそう聞こえたのだ。

「葛城王様はなにをお望みですか」

武智麻呂は訊いた。

「太政官に席を得たのです。これ以上、なにを望みましょう」

「三千代殿の恩義に報いるため、あなたを参議に引き上げたのです。それ以上を望むようならば、わたしも考えをあらためなければなりません」

「これ以上は望みませんよ、大納言様」

葛城王は武智麻呂の無遠慮な視線を受け止めた。武智麻呂はその目の奥で揺らめく炎をはっきりと認めた。

若き日の自分の目の奥でも同じ炎が揺らめいていたに違いない。

野心だ。

武智麻呂は葛城王を敵として認識した。

＊　＊　＊

房前は床の中で悪寒に震えた。

一度は熱も下がったのだが、今朝になってまた悪寒がぶり返したのだ。

二年ほど前から大宰府周辺の諸国で発生した疫病《えきびょう》が京にも入ってきたらしいという報告を受けたのは年の初めだった。

まさか、自分がその疫病に冒されるとは考えてもいなかった。

熱が活力を奪い、体中にできた発疹《ほっしん》がちくちくと痛む。寝返りを打つのも億劫で仕方がない。

「ご主人様、白湯をお持ちしました」

家人がやって来た。口と鼻を布で覆《おお》っている。妻や息子たちには決して近づくなと命じてあった。

「そこに置いていけ」

房前は言った。声が震える。自分ひとりで白湯を飲むのは不可能に思えたが、家人に疫病を移すのも躊躇われる。

「それでは。用があるときはお呼びください」

家人は逃げるように部屋を出ていった。

京のあちこちで同じようなことが起こっている。病に倒れた者のそばに寄ることをだれもが恐れている。

武智麻呂たちにも房前が疫病に冒されたという報せは届いているはずだ。だが、薬草が送られてきただけで、だれひとり見舞いに来ようとはしない。

病を得る前から、みなわたしのもとから去っていたのだ。

房前は自嘲した。

体の震えが止まらない。凍えてしまいそうだ。

目を閉じれば、不比等の顔が浮かぶ。不比等は笑っている。慈愛の笑みか、嘲笑《ちょうしょう》かはわからない。ただ、笑っているのだ。

「父上――わたしはわたしが正しいと信じる道を歩んできました。そのせいで、他の兄弟たちと袂を分かつことになってしまいましたが、悔いはありません」

不比等の笑みが大きくなった。

「ただ、最期《さいご》に、兄弟みなで、酒を酌み交わしたかった……」

房前は目を開けた。不比等の顔が消えた。再び目を閉じても、不比等の顔が現れることはなかった。

＊　＊　＊

麻呂は歯を鳴らしながら経を唱えた。

頭が割れそうに痛み、悪寒が絶え間なく襲ってくる。

「ゆるしてくれ、長屋王――」

読経の合間に、長屋王にゆるしを乞うた。

四月に房前が裳瘡《もかさ》（天然痘）で死んだと思ったら、六月に入って武智麻呂、宇合、そして麻呂の三人も病に倒れた。

最初に発症したのは麻呂で、武智麻呂と宇合が見舞いに来てくれたのだが、そのときに病が移ったのだ。

武智麻呂が床に伏したという報せを受けたとき、麻呂は確信した。

これは長屋王の祟《たた》りなのだ。

謀で陥れ、自害させた。その恨みは強くこの世に残り、凝《しこ》って麻呂たち兄弟にその触手を伸ばしてきた。そうとしか考えられない。

「おゆるしを、おゆるしを――」

麻呂は言葉を切り、両手で頭を押さえた。耐えがたい頭痛だ。七転八倒してもなお痛みは増すばかりだった。

　長屋王の恨みはどれほど深いというのだろう。

　麻呂は痛みにのたうち回りながら、声をはばからずに泣いた。

「ご主人様、ご主人様、だいじょうぶでございますか」

　部屋の外から声がする。麻呂にはそれさえ、長屋王の呪詛に聞こえた。

「ご主人様、皇后様が届けてくださった薬を煎じております。今しばらくお待ちください」

　皇后という言葉が耳に飛び込んできた瞬間、頭痛が嘘のように消えた。

　麻呂は口の中に溜まっていた唾を呑み込み、天井を見上げた。

　長屋王の祟りを、安宿媛が追い払ってくれたのだ。

「安宿媛様……」

　立后されたばかりの安宿媛と交わした言葉が思い出される。

　――安宿媛様がわたしたち兄弟を支え、わたしたち兄弟は安宿媛様をお守りする。わたしたちは安宿媛様の四神にございます。

　安宿媛を守るどころか、安宿媛に守られている。

　そう思うと、悪寒に震える体の内側が、ほんのりと温まっていくのを覚えた。

「ああ、そうか――」

麻呂は悟った。自分は安宿媛を妹としてではなく、女人として慕っていたのだ。

「そういうことか。今まで、そんなことにも気づかなかったのか」

麻呂は笑った。自分が腹立たしく、愚かしくて笑うしかなかった。

突然、頭痛がよみがえった。

麻呂は頭を押さえ、悲鳴を上げた。

安宿媛のことは、頭から綺麗さっぱり消えていた。

＊＊＊

仲麻呂《なかまろ》は庭から父の寝ている部屋を凝視した。部屋に立ち入ることは長兄の豊成《とよなり》から厳しく禁じられていた。

「まさか、本当にこのまま逝ってしまわれるおつもりですか、父上」

父である武智麻呂は長年の宿敵だった長屋王を斃し、皇親たちの力を削り取ってきた。右大臣として朝堂に君臨し、これから、本当の意味での藤原武智麻呂の世を謳歌《おうか》しようというときに疫病に冒されてしまったのだ。

「冗談ではありませんぞ」

藤原房前と麻呂はすでにこの世になく、宇合も病に倒れた。このままでは、これまでの苦労がすべて水の泡だ。

太政官を主導するのがだれになるにせよ、それは決して藤原の者ではない。いや、それどころか、新しい主導者は藤原の者たちが再び力を持つのを恐れ、牽制するだろう。

兄の豊成は正五位上《しょうごいのじょう》、仲麻呂自身は従五位下《じゅごいのげ》に過ぎない。武智麻呂の庇護があれば、階位は順調に上がっていくだろうが、武智麻呂不在では、自分たちの力だけで階段をひとつずつのぼっていかねばならないのだ。

香の匂いが漂ってきた。長屋王の怒りを鎮めるのだといって、母が僧侶たちを招いたのだ。その僧侶たちが庭の一角で香を焚き、経を唱えている。

「馬鹿馬鹿しい」

仲麻呂は唇を歪めた。

世間でも、この疫病は長屋王の祟りがもたらしたものだとのもっぱらの噂だった。その証拠に、藤原四兄弟すべてが病に倒れたではないか。

人々は口々にそう言っていた。

これが本当に長屋王の祟りなら、真っ先に房前が死ぬはずがない。四兄弟の中で、房前だけが、長屋王の命を救おうと奔走したのだ。長屋王の祟りで死ぬべきは、武智麻呂であり宇合であり麻呂である。

兄弟の三人が死んで、房前が我が世の春を謳歌する。そうでなければならない。

これはただの疫病だ。唐に行っただれかが大宰府に病を持ち込んだ。その病が歳月を経て京に運ばれてきたのだ。

僧侶たちの読経の合間に、母の泣き声が聞こえる。豊成の姿はない。武智麻呂亡き後のことを考えて、朝堂にでも足を運んでいるのだろう。

自分の行くべき場所はどこだ。

仲麻呂はしばし考え、答えを得た。

皇后である安宿媛だ。自分の未来を託すべき人間はあのお方ひとりしかいない。

仲麻呂は足を踏み出した。武智麻呂の死をここで漫然と待っているぐらいなら、皇后と共にいた方がいい。

武智麻呂が自分なら、そして、祖父である不比等が自分なら、間違いなくそうするだろう。

＊　＊　＊

不思議と心が落ち着いていた。

麻呂が死に、武智麻呂も死んだ。次は自分の番なのだと思うと、死への恐怖が消えた。

成し遂げられなかったことに悔いは残る。だが、不比等の息子として生まれてからの四十数年、自分は思う存分生きてきたではないか。

遣唐使として唐に渡り、式部卿として政に関わってきた。長屋王を打ち倒すために武智麻呂たちと策を練り、兵を率いて長屋王の邸を取り囲んだ。

宇合がいなければ、武智麻呂は長屋王との戦いに勝つことができなかったはずだ。宇合がいてこそ、今がある。

自分が死ねば、息子たちの前途には影がさすことになるだろう。だが、不比等はなにもないところから歩みはじめたのだ。自分たち兄弟も、不比等の庇護を失ったところから歩まなければならなかった。

自分がいなくてもなんとかなるはずだ。みな、不比等の血を引いているのだから。

それにしても——宇合は思う。

なぜ、わたしが最後なのですか、長屋王様。

脳裏に浮かんだ長屋王の顔に問いかける。

長屋王様がだれよりも恨んでいるのは、武智麻呂ではなく、このわたしですか。だから、一番最後に息の根を止めようというのですか。

よろしい、いつでも好きなときにそちらに連れていけばいい。

同じ鬼籍に入ったならば、また書物について論じましょう。佐保の邸であなたと語らっているときがなにより愉《たの》しかった。嘘偽りではありません。

わたしはあなたが好きだったのです。しかし、わたしの体に流れる血があなたと共に生きることをゆるしてはくれなかったのです。

　宇合は笑みを浮かべながら息を引き取った。

＊　＊　＊

　宇合の訃報が届き、安宿媛は写経の手を止めた。せめて宇合だけでも救って欲しいとはじめた写経だったが、もう続ける意味はない。

「こんなことがありますか、父上、母上」

　安宿媛は宙を見据えた。

「苦労の末に、やっと父上と母上が夢見た世を造る手がかりを得たのです。それなのに、兄上たちはみな、逝ってしまわれた。わたしが就いてはならぬ座に就いた罰ですか」

　安宿媛は溜息を漏らした。

「わたしが皇后になることは父上と母上の望みでしたが、わたし自身の望みでもあったのです。それが罪だというのなら、わたしは抗ってみせましょう。皇后という立場を思う存分利用して、わたしを罰しようとする運命に戦いを挑みます」

　安宿媛は経を書き写していた紙を破り捨てた。

「この数日、甥たちと話をしてきました。だれよりも父上の血を濃く引いているのは、仲麻呂だと思います」

武智麻呂の次男、仲麻呂の顔が思い出される。英明でいて我の強そうな目をしていた。

「仲麻呂と共に、わたしは見果てぬ夢を追いましょう。兄上たちがいなくなった今、しばしの時は必要でしょうが、必ずや仲麻呂を引き立ててみせます」

安宿媛は口を閉じた。廊下をこちらに向かってくる足音が聞こえたのだ。

戸が開き、天皇が姿を見せた。

「宇合も逝ったと聞いた。だいじょうぶか、皇后よ」

天皇は安宿媛の手を取った。

「とても心が痛みます、首様」

「そうであろう。母を失い、兄たちを立て続けに失ったのだ。辛くて仕方ないに違いない。わたしにできることがあったらなんでも言うがいい」

「首様がそばにいてくれるだけでいいのです」

安宿媛は天皇に体を預け、胸に顔を埋めた。天皇の手が髪の毛を優しく撫でる。

「いつでもそばにいるぞ。案ずることはない。わたしが心を寄せる女人はそなただけだ」

天皇の言葉を聞きながら、安宿媛は微笑んだ。

解説

木本好信

本書『四神の旗』は、大宝律令《たいほうりつりょう》の施行や平城京《へいじょうきょう》への遷都を領導して律令国家の基盤づくりの大役を果たし、藤原《ふじわら》氏繁栄の基礎を築いた藤原不比等《ふひと》の四人の息子たち、武智麻《むちま》呂《ろ》・房前《ふささき》・宇合《うまかい》・麻呂《まろ》兄弟を、聖武天皇《しょうむてんのう》（首皇子《おびとのみこ》）を守護する四方神である青龍《せいりょう》（東）・白虎《びゃっこ》（西）・朱雀《すざく》（南）・玄武《げんぶ》（北）になぞらえた物語である。

しかし、この「四神の旗」は、いつも同じ方向にはためいていたわけではない。長屋王《ながやおう》との権力闘争を主題として、聖武・光明皇后《こうみょうこうごう》（安宿媛《あすかべひめ》）をも交えた政争をモチーフに、その中での四兄弟それぞれの思惑・行動、そして苦悩を描いているから、朝廷内外の渦巻く陰謀の風に吹かれ、激しくゆれ動いている。

著者馳星周氏には、すでに不比等を主題にした『比《なら》ぶ者なき』という作品があるので、本書はそれに続く続編ということになる。不比等は三十歳代まで不遇であったが、持統太《じとうだい》上天皇《じょうてんのう》の導きもあっていったんは政権を掌握したものの、やがて太政官《だいじょうかん》（現在の内閣に相当）は自分と阿倍宿奈麻呂《あべのすくなまろ》二人だけの危機的な状況となる。その危難を救って、再び政権を確立するのに尽力したのがほかならぬ息子たち四兄弟であった。今回の物語は、不比等の死後より始まるが、元明《げんめい》太上天皇（持統太上天皇の妹）と娘の元正《げんしょう》天皇、そして不比等の妻県犬養《あがたのいぬかいの》橘《たちばなの》三千代《みちよ》なども引き続いて登場しているから、併読をおすすめしたい。

それにしても、本書が藤原四兄弟と長屋王との権力闘争をモチーフにしている以上は、より作品の理解のためにも、読者諸賢にこの時の政治的な動向を基礎知識として承知していただくに越したことはない。以下の「解説」が少しでもお役に立てば嬉しいことである。

筆者にとって最も関心があったのは、四兄弟相互の政治的な関係である。筆者は従来より不比等没後の藤原氏復権と政権成立を願う長兄《ちょうけい》武智麻呂と、長屋王ら皇親体制派に与《くみ》する次兄房前はめざす政治路線を異にし乖離《かいり》していたと主張、三子宇合を重視すべきことを指摘してきている（拙著『藤原四子』ミネルヴァ書房、二〇一三年）。しかし、末尾に挙げられた参考文献の中にもこれを否定するものもあり、いまだ定説になってはいない。果たして馳氏は、この点をどのように表現されているのだろうかということに興味があった。

その点、馳氏は、武智麻呂ら兄弟と長屋王との権力闘争を主軸に、その間で繰り広げられる権謀術数《けんぼうじゅっすう》を見事に活写している。とくに「長屋王の変」についての箇所が読みごたえがある。この政変は、後述するように無実の長屋王がクーデターを企んでいたとの嘘《うそ》の密告（誣告《ぶこく》）によって罪に陥れられるものであるが、その密告を主導したのは末弟麻呂であったとの説が有力であり、筆者もその理解をとっている。馳氏は、長屋王打倒の陰謀が興福寺《こうふくじ》（藤原氏の氏寺）の一室で、房前を除いた武智麻呂・宇合・麻呂の三人によってなされたことにして話を展開させている。その会話の場面で、馳氏は武智麻呂に「房前の話をするな。あれはわたしに背を向けたのだ」と語らせている。くわえて、政変当日の宇合による兵士を率いての長屋王邸包囲、翌日の武智麻呂らによる長屋王への糾問《きゅうもん》、必死になって長屋王をかばおうとする房前を安宿媛と麻呂が結託して欺《あざむ》く場面、本書中でもっとも緊張感のある迫真のシーンである。史実としてはもちろん立証できないが、似たような状況は実際にあったであろうし、ここで馳氏が武智麻呂・房前の乖離説に拠《よ》っていることがはっきりする。まさに我が意を得たり。

　そして、馳氏は最後に四兄弟が疫病でそろって病死した後、残された安宿媛が生家藤原氏の将来を多くの甥たちの中から託したのが、誰よりも父不比等の血を濃く引いていると感じ、「英明でいて我の強そうな目をしていた」仲麻呂《なかまろ》（後の恵美押勝《えみのおしかつ》）だとして物語を閉じている。このこともまた筆者が史実として紡ぎ出した永年の主張するところである。

　それでは、ごく簡潔に四兄弟時代の政治動向について説明していこう。養老《ようろう》四年（七二〇）に不比等が没すると、その政治的影響は大きく体制の再構築が図られることになるが、その過程で顕在化してきたのが元明太上天皇・元正天皇母子と右大臣となった元明の甥である長屋王（元明の姉御名部皇女《みなべのひめみこ》の長子）を中心とする皇親政治派と、武智麻呂らの藤原氏政権を目指す政治勢力との対立であった。

この両者の対立は、元明が病気になったことによって、さらに尖鋭化することになる。養老五年には死期が迫ったことを意識した元明が、長屋王と房前の二人のみを病床に召して発した詔が、その事実をはっきりと示唆している。その詔の内容とは、遺言ともとれるもので「雍良岑《よらのみね》（奈良市）の地に竈《かまど》を築いて火葬にすること、元正は通常どおりに政務を行ない、皇親や公卿官人は葬儀の車に随うことなく職務を全うすること、元正に近侍する者や五衛府《ごえふ》（兵衛《ひょうえ》・衛士《えじ》・衛門府《えもんふ》など五つの軍隊）は厳重に警戒、元正を守護して不虞《ふぐ》に備えること」（『続日本紀《しょくにほんぎ》』養老五年十月丁亥条）と厳命しているのである。太上天皇が自らの葬儀に天皇をはじめ公卿官人らの参加を認めないなどということは有りえない。その理由が「不虞」、つまり思いがけない出来事に備えるためだというが、元明のいう「不虞」の具体的なこととはクーデターを指しており、それは長屋王・房前の対極にある武智麻呂らに向けてのものであったに違いない。

また元明が詔を発した十日余後、今度は元正が房前のみを召して、武智麻呂らの行動を意識して、「家に病があれば事故を起こすものである」とし、藤原（中臣《なかとみ》）鎌足《かまたり》をイメージする「内臣《うちつおみ》」に補任《ぶにん》（任命）のうえ、「天皇の自分を輔翼《たす》けて、永く国家の安寧《あんねい》に尽すように」と指命している。これは長兄の武智麻呂を措《お》いて房前を側近に登用し、皇親体制に取り込んで藤原氏の分裂さえ期待したものとの理解もあるが（瀧浪貞子『日本古代宮廷社会の研究』思文閣出版、一九九一年）、大筋ではこの理解は首肯できる。

この元明・元正の詔は、藤原四兄弟が一致協力して藤原氏政権を確立させたとの従来から言われてきた事実が、真実と相違していたことを如実に物語っている。

元明が亡くなると、さっそく両派の対立を具象する政争が起こっている。多治比三宅麻《たじひのみやけま》呂《ろ》が長屋王の謀反《むへん》（天皇殺害・廃位の陰謀）を誣告し、穂積老《ほづみのおゆ》が元正の早い首皇太子への譲位を要求したとして、ともに遠流《おんる》に処せられた事件である。この事件は元正・長屋王らの皇親体制派が、首の早い即位を希求する武智麻呂ら反対派の蠢動《しゅんどう》に対し弾劾《だんがい》、その勢力を抑え込もうとしたものであった。

けれども、武智麻呂らの首の即位運動は止むことなく続いたようで、その転機となった画策が、養老七年九月の祥瑞《しょうずい》（吉兆）とされる白亀の出現であった。元正は、翌年二月の譲位の詔で、首に対して「この白亀の出現は天地神が皇太子の徳に応えて現し来たものであるから養老から神亀《じんき》へと改元して、譲位する」と伝え、これを受けて首は「元正の意志でもあり、また天地神の啓示でもあるので即位する」と言っている。ともあれ武智麻呂ら藤原氏にとって待たれた甥首の即位の動機となった白亀の出現は重視しなければならない。もちろん、このような祥瑞出現の背景には政治的な目的をもった人為的な工作があるのであって、そこには麻呂の謀略があった。

また後に神亀六年（七二九）六月の「天平《てんぴょう》」改元のきっかけとなった河内国《かわちのくに》（大阪府南東部）から出現した瑞亀も、やはり麻呂が献上している。これは長屋王をイメージする

「神亀」を捨てて、長屋王を打倒して成立した藤原氏政権の正当性を神威によって天下に知らしめようとしたものであった。このように政治的に重大な転機となる祥瑞出現に麻呂は重要な役割を果たしている。

藤原氏は、聖武を即位させて政争を有利に展開させていたが、神亀四年閏《うるう》九月に妹安宿媛が待望の皇子（基王《もといおう》）を生んだ。基王は翌月には皇太子に立てられたが、三十余日での立太子などいまだかつてないことで聖武や藤原氏の期待の大きかったことがわかる。しかし、その基王は翌年九月に没してしまう。聖武の後継ぎとして期待していた基王の夭折《ようせつ》によって、藤原氏は掌中《しょうちゅう》の珠《たま》を失ったのである。これによって聖武の後継をめぐって政情は混沌《こんとん》としてきた。

そのなかで元正ら皇親勢力が有望視していたのが長屋王であったとする説がある（直木孝次郎『奈良時代史の諸問題』塙書房、一九六八年）。長屋王の父は天武《てんむ》長子の高市皇子《たけちのみこ》、母は天智《てんじ》皇女で持統・元明両女帝の姉妹である御名部皇女である。聖武など比べようもない貴種であり、長屋王邸跡から出土した「長屋親王宮」との木簡《もっかん》が示すように「親王」として待遇されてもいた。けれども筆者は、皇嗣《こうし》として嘱目《しょくもく》されていたのは長屋王ではなく、その長子の膳夫王《かしわでおう》であったと主張してきている（拙著『奈良朝政治と皇位継承』高科書店、一九九五年、初出一九八九年）。膳夫王の母は、元明の娘で文武《もんむ》天皇・元正の妹でもある吉《き》備内親王《びないしんのう》であって、元正にとっては甥にあたる。この時に膳夫王は二六歳くらいで、二九歳の聖武より二五歳も年長の長屋王よりも皇孫待遇を受けていた膳夫王が有力視されていたと思う。

藤原氏としては、とりあえずは安宿媛に新たな男子誕生を待つしか方策はなかったが、いずれにしても皇嗣をめぐって長屋王家族を排除することが求められた。そして起こったのが、神亀六年（七二九）二月十日、長屋王が「私《ひそ》かに左道《さどう》を学んで、国家を傾けようとしている」との密告が発端となった長屋王の変であった。左道の具体的なことはわからないが、基王を呪殺《じゅさつ》したとの疑いであった可能性が高い。長屋王は無実であったので密告は誣告であった。「獄令《ごくりょう》」などには、告発を受けた者は告訴内容を三回審査し、もし虚言であった場合には密告者を斬罪とする規定がある。この密告を受けたのは麻呂であったから、長屋王告発は麻呂の策謀によるものであったことが推察できる。

これをうけて対処などが太政官で論議されたものと思われるが、武智麻呂らは長屋王派の中納言《ちゅうなごん》阿倍広庭《あべのひろにわ》らの反対を押し切り、聖武の裁可を得たうえで、蝦夷《えみし》との実戦経験もある宇合が六衛府（五衛府＋中衛府《ちゅうえふ》）兵士を率いて長屋王邸を包囲した。この宇合による長屋王邸包囲は、長屋王を邸内に押し込め、行動の自由を奪い、外部との連絡を遮断して、さらに公的な場所での認否を避けて、武智麻呂ら翌日の糾問を意のままにすすめ、長屋王を自殺に追い込むうえで事件の結果を左右した。

翌十一日、舎人《とねり》・新田部《にいたべ》両親王と大納言《だいなごん》多治比池守《いけもり》、そして中納言武智麻呂らが長屋王糾問のために派遣された。両親王が参加しているのは、天武の遺児で政界の長老的存在であったこともあるが、池守・武智麻呂ら下僚では左大臣で無実の長屋王を屈服させることが容易にできないからで、武智麻呂らは、皇親勢力の重鎮で長屋王の叔父としての両親王の立場を利用したのである。ことに新田部は母が不比等の妹五百重娘《いおえのいらつめ》で、武智麻呂らにとっては従兄弟《いとこ》、麻呂にとっては母を同じくする兄弟という親しい関係にあった。長屋王は妻吉備や膳夫王などと自死したが、武智麻呂ら姉妹の長娥子《ながこ》との間に生まれた安宿王《あすかべおう》・黄文王《きぶみおう》らは罪を許されるという、いかにも藤原氏による陰謀事件の結末であった。

このように長屋王の変は、麻呂が密告を画策し、宇合が邸宅を包囲し、そのうえで武智麻呂が糾問するという三兄弟が各自の役割を果たす緊密な連携のもとに長屋王を打倒したクーデターであった。そして、そこには房前の姿を見出すことができない。中衛大将《ちゅうえのたいしょう》（中衛府長官）として聖武を守護していたから、『続日本紀』（奈良時代史を中心に記した正史）にも具体的な行動が記されていないとする見解もあるが（中川收「藤原武智麻呂と房前」『古代文化』四五巻八号、一九九三年）、前述のように元明・元正両女帝から武智麻呂らの蠢動の抑制を命じられていたこと、長屋王事件後から亡くなるまでの八年もの間に昇任・昇叙がなかったこと、また長屋王派であった大伴旅人《おおとものたびと》（大伴家持《やかもち》の父）と親しい関係にあったことなどを勘案すると、武智麻呂・宇合・麻呂と房前は政治的には乖離していたのは確かである。これらのことは紙数から詳細を記すことはできないが、拙著『奈良時代』（中公新書、二〇二一年）では詳述したので参照いただければと思う。

　ただ長屋王を葬りさったことで、直ちに武智麻呂を中心とする藤原氏政権が成立したわけではない。天平改元を契機にして安宿媛を皇后（光明皇后）に立て、その権威に依拠しつつ、しばらくした天平三年になって宇合・麻呂兄弟と長屋王の弟鈴鹿王《すずかおう》、葛城王《かつらぎおう》（後の橘諸兄《たちばなのもろえ》）ら六名をあらたに参議に登用して、はじめて武智麻呂を中心に宇合と麻呂を中核とする藤原氏政権が誕生したのである。しかし、武智麻呂が右大臣に昇任するのは遅れて天平六年のことである。そこには不比等の継妻（後妻）で、房前の妻牟漏女王《むろのおおきみ》の母でもあって、そして元正からの信頼が篤く隠然たる政治力をもっていた県犬養橘三千代との疎隔《そかく》な関係からの対立があった。武智麻呂政権が確立したのは、三千代の死を待ってのことであった。けれども、この政権も遣新羅使《けんしらぎし》か遣唐使がもたらした疫病に四子が伝染、天平九年四月から八月にかけて相次いで病死してあっけなく潰《つい》えてしまうのである。

　奈良時代をテーマにした小説の中にはまったく史実を無視した荒唐無稽《こうとうむけい》な読み物も見受けられるが、『四神の旗』は、古代史研究者の小林理恵氏の協力を得て、史実を踏まえたうえでの創作となっていて、奈良時代政治史を長く研究している筆者としても違和感は少ない。

（きもと・よしのぶ　元龍谷大学教授、奈良時代政治史）

参考文献

『続日本紀　全現代語訳　上中下』　宇治谷孟　講談社学術文庫

『懐風藻』　江口孝夫　講談社学術文庫

『藤原氏の研究』　倉本一宏　雄山閣

『藤原氏――権力中枢の一族』　倉本一宏　中公新書

『藤原四子――国家を鎮安す』　木本好信　ミネルヴァ書房

『光明皇后――平城京にかけた夢と祈り』　瀧浪貞子　中公新書

『光明皇后』　林睦朗　吉川弘文館

『県犬養橘三千代』　義江明子　吉川弘文館

『長屋王』　寺崎保広　吉川弘文館

『長屋王家木簡と金石文』　大山誠一　吉川弘文館

『長屋王家木簡と奈良朝政治史』　大山誠一　吉川弘文館

『平城京の住宅事情　貴族はどこに住んだのか』　近江俊秀　吉川弘文館

『読める年表1古代奈良篇』　黛弘道監修　自由国民社

また、『比ぶ者なき』に引き続き本作に置いても東京大学史料編纂所　日本学術振興会特別研究員－ＰＤの小林理恵氏の多大なる協力をいただいた。彼女がいなければ、わたしが古代を舞台にした小説を書くことはかなわない。心からの感謝を記す。

単行本『四神の旗』二〇二〇年四月　中央公論新社刊

中公文庫

四《し》神《しん》の旗《はた》

2023年12月25日　初版発行

著　者　馳《はせ》　星《せい》　周《しゅう》

発行者　安 部　順 一

発行所　中央公論新社
〒100-8152　東京都千代田区大手町1-7-1
電話　販売　03-5299-1730　編集　03-5299-1890
URL https://www.chuko.co.jp/

ＤＴＰ　平面惑星
印　刷　大日本印刷
製　本　大日本印刷

Published by CHUOKORON-SHINSHA, INC.
Printed in Japan　ISBN978-4-12-207458-3 C1193

き-17-14
道誉なり（上）新装版
北方謙三

毀すこと、それがばさら——。後醍醐帝との暗闘、実弟直義との対立で苦悩する将軍足利尊氏を常に支え南北朝動乱を勝ち抜いた、ばさら大名佐々木道誉とは。

207150-6

き-17-15
道誉なり（下）新装版
北方謙三

足利尊氏・高師直派と尊氏の実弟直義派との抗争は一触即発の情勢に。熾烈極まる骨肉の争いに、将軍尊氏はなぜ佐々木道誉を欲したのか。〈解説〉大矢博子

207151-3

き-17-16
楠木正成（上）新装版
北方謙三

乱世到来の情勢下、大志を胸に雌伏を続けた悪党・楠木正成は、倒幕の機熟するに及んで寡兵を率い強大な六波羅軍に戦いを挑む。北方「南北朝」の集大成。

207178-0

き-17-17
楠木正成（下）新装版
北方謙三

巧みな用兵で大軍を翻弄。京を奪還し倒幕を果たした正成だが……。悲運の将の峻烈な生を迫力の筆致で描いた北方「南北朝」感涙の最終章。〈解説〉細谷正充

207179-7

き-17-8
絶海にあらず（上）
北方謙三

京都・勧学院別曹の主、純友。赴任した伊予の地で、「藤原一族のはぐれ者」は己の生きる場所を海と定め、律令の世に牙を剝いた！ 渾身の歴史長篇。

205034-1

き-17-9
絶海にあらず（下）
北方謙三

海の上では、俺は負けん——承平・天慶の乱で将門とともにその名を知られる瀬戸内の「海賊」純友。夢を追い、心のままに生きた男の生涯を、大海原を舞台に描く！

205035-8

さ-74-1
夢も定かに
澤田瞳子

翔べ、平城京のワーキングガール！ 聖武天皇の御世、後宮の同室に暮らす若子、笠女、春世の日常は恋と友情と政争に彩られ……。〈宮廷青春小説〉開幕！

206298-6

さ-74-3
月人壮士《つきひとおとこ》
澤田瞳子

母への想いと、出自の葛藤に引き裂かれる帝——国のおおもとを揺るがす天皇家と藤原氏の綱引きを背景に、東大寺大仏を建立した聖武天皇の真実に迫る物語。

207296-1

好評既刊

馳 星周

比《なら》ぶ者なき

万世一系、天孫降臨、聖徳太子――
すべてはこの男がつくり出した。
藤原不比等《ふひと》が胸に秘めた野望、
それは「日本書紀」という名の神話を
創り上げ、天皇を神にすること。
そして自らも神の一族となることで、
永遠の繁栄を手にすることであった。
古代史に隠された闇を抉り出す会心作。

中公文庫